ゼロK

Zero K
ドン・デリーロ
ゼロK
Don DeLillo
日吉信貴訳
水声社

フィクションの楽しみ

【目次】

バーバラに

第一部　チェリャビンスクの時代に

1

誰だって世界の終わりを思うがままにしたいものさ。

これは俺の親父が、自らが所有し、支配階層向けに私財管理を行う信託会社——台頭しつつある市場だ——のニューヨークのオフィスで、丸みを帯びた窓のそばに立ちながら言ったことだ。珍しくも俺たちは瞑想的な時間をともにしていたが、その瞬間は、親父がヴィンテージもののサングラスをかけて夜を室内に持ち込むことで完成したのだった。俺は部屋にある、様々な意味で抽象的な芸術作品をじっくり眺め、そして親父の発言に続く長々とした沈黙が俺たちのどちらにも帰属していないことを理解し始めていた。俺は親父の妻のことを、二人目の結婚相手で、考古学者である女性のことを考えていた。あと少しで、その精神と衰えつつある肉体が予定どおりに虚空へと漂っていくだろう女性のことを。

あの瞬間のことが、数ヶ月を経て、地球半周分離れたこの場所で蘇ってきた。左右の窓が内からも外からも見えないスモークガラスになっている、装甲を施したハッチバック式の車の後部座席に、俺はシートベルトをして座っていた。仕切りの向こうの運転手は、サッカー用ジャージとスウェットパンツ――尻のポケットの膨らみが武器の所持をにおわせている――に身を包んでいた。でこぼこの道を一時間進んだ後に、そいつは車を止めて襟についた装置に向けて何かしゃべっていた。それから、頭を右側の後部座席に向けて、ゆっくりと四十五度動かしていった。俺はこれを、シートベルトを外して表に出るときだと伝えているのだと受け取った。

この車での移動がマラソン旅行の最終局面だった。俺は車を降りて少し歩くと、暑さに呆然とするも、一泊旅行用の鞄を手にして、体が解きほぐれるのを感じながら、しばらくのあいだ立ち尽くした。エンジンがかかるのが聞こえ、振り返ってそちらを見た。車は私有滑走路へと戻っていったが、それがあたりで動いている唯一のものだった。車はやがて大地に、沈んでいく夕日に、あるいは真っ平らな地平線に飲み込まれていくのだ。

いくつかの背の低い建物――たぶん内部でつながっていて、日差しを目一杯浴びたこの風景のなかでかろうじて見分けることができる――以外には何もない、塩の平原と砕け散った石の破片を長々と眺めながら、俺は一回転してみた。他には何もなかったし、他のどこでもなかった。俺は自分の行き先がどんな場所なのかを正確に把握してはいなかった。知っていたのはその遠さだけだ。まさしくこの荒涼とした大地と、それと一体化した幾何学的形状の石材からなる建物の影響で、オフィスの窓際にいた親父が例の文言を思いついたということは想像にかたくなかった。

親父は今、ここにいた。二人とも一緒だ。父親に継母。そして俺はほんの少しだけ滞在して、別れの言葉のようなものを告げるために、ここに来たのだった。

今いるあたりからだと、建物の数がいくつなのかを知るのは難しかった。二つ、四つ、七つ、九つ。あるいはたった一つで、付属部分が中央部から放射状に広がっているのかもしれない。俺はそれを将来発見される都市のようなものと想像してみた。自己完結的で、保存状態がよく、名前もない、なんらかの正体不明の移住文化集団により放擲されたものとして。

暑さのせいで自分が縮んでいくような気がしたが、もう少しそのままの状態で見ていたかった。それは隠れていて、広場恐怖症のごとく密閉された建物だった。開口部のない寂とした陰気な建物——窓は見えないようになっていた——で、映像が機器の不具合で途切れるときに周囲との区別がつかなくなるようなデザインだと俺には思えた。

俺は敷石に従って、二人の男がこちらを見ながら立っている広々とした入口のところまで進んでいった。着ているサッカージャージは違えども、尻の部分の膨らみは同じだ。連中は、乗り物が建物に接近しないよう設置されたポールの並びの向こう側に立っていた。

脇に目をやると、入口通路の隅の部分には、奇妙なことにもう二人の人間が立っていた。チャドルに全身を包み、動かずに立つ女たちだった。

2

親父は髭を生やしていた。これには仰天した。頭髪よりもわずかに灰色がかった髭は、目元を引き立たせる効果を発揮し、まなざしを強烈なものにしていた。これは、人間が信仰の新たな段階に進もうとするときに生やすような髭なのだろうか？

俺は言った。「いつやるんだ？」

「我々は毎日、毎時間、毎分進んでいる。もうじきにだ」親父は言った。

親父は六十代のなかばから後半といったところだった。ロス・ロックハートという名で、肩幅が広く、頭の回転も速い。サングラスが目の前のデスクに置いてあった。俺は親父とあちこちのオフィスで会うのには慣れていた。ここのオフィスは即席のもので、ディスプレイやキーボード、その他の機器がいくつか、部屋中に散っていた。俺は親父がこの活動全体に、この《コンヴァージェンス》という名の企て《エンデバー》に、相当な金額をつぎ込んでいることを知っていた。そしてこのオフィスは単に形式的なもので、これがあることによって親父は様々な企業、行政機関、基金、信託、財団、シンジケート、共同体、氏族からなるネットワークを駆使し、彼らと手軽に連絡を取り続けることができた。

「それでアーティスは」

「すっかり準備万端だ。ためらったり、考え直したりする様子はまったくない」

「俺たちは永遠に続く精神生活のことを話してるんじゃない。問題は肉体だ」

「肉体は凍らせる。冷凍保存で一時停止状態にするんだ」親父は言った。

「そして、いつの日にか」

「そうだ。末期《まつご》へと導いていた状況を打ち破る術《すべ》の生まれるときが来るだろう。肉体と精神が復活し、生命を取り戻すのだ」

「別に新しい発想じゃない。そうじゃないか？」

「新しい発想ではない。それはだな」親父は言った。「今まさに完全なる実現へと近づきつつあるものなのだ」

俺は面食らった。初めてここで一日中過ごすことになるだろう日の朝がこんなふうで、テーブルの向こうの親父はこんなふうだが、どちらも慣れ親しんだものではなかった。この状況も、物理的環境も、あるいはこの髭面《ひげづら》の男自身も。こういったあれこれを飲み込めるようになる前に、俺は帰路につくことになるだろう。

「そしてあんたはこの計画をすっかり信頼し切っている」

「すっかりな。医学的にも、技術的にも、哲学的にもだ」

「ペットを登録しておく連中はいるが」俺は言った。

「ここは違う。ここには思弁にすぎないものは何もない。夢にすぎないものも、些事にすぎないものもない。男と女に死と生だ」

その声には、平板だが挑むようなところがあった。

「それをやる区画を俺が見ることはできるのか？」

「かなり厳しいな」親父は言った。

親父の妻のアーティスは体の自由がきかなくなるような病気をいくつも患《わずら》っていた。多発性硬化症が体調悪化の主要な原因であるということを俺は知っていた。親父は妻が逝くのを見届ける献身的な目撃者としてここにいたが、その後には、何年も、何十年も、安全な再覚醒が可能となる日まで、肉体の保存を実現する初の方法――それがなんであれ――の教養ある参観者として過ごすのだ。

「ここに着いたとき、武器を持った付き添い二人に出迎えられたよ。セキュリティーを通って部屋まで連れていかれたけど、ほとんど何もしゃべらなかった。俺が知ってるのはそれだけだ。それに名前だな。宗教的な感じのする」

「信仰に基づいたテクノロジー。そういうことだ。新たな神だな。今までの神々とさほど違わないということが結局はわかる。それが現実に存在する真の神であり、期待に応《こた》えてくれるということ以外にはな」

「死後の生」

「最終的にはな、そうだ」

「コンヴァージェンス」

「そうだ」

「数学の言葉であったな。収束《コンヴァージェンス》」

「生物学にもある。生理学にもある。その話はよそう」親父は言った。

母さんが家で死んだとき、俺はベッドの隣に座っていた。母さんの友達の杖をついた女もいて、扉のそばに立っていた。こんなふうに俺はその瞬間を思い描いてきたものだった。たったこれだけだ。今もこれまでもいつも、ベッドの上の女に、扉のそばの女に、ベッドそのものに、金属製の杖だけ。

ロスは言った。「ホスピスになっている下の区画で、私はときおり、この措置を受け入れる準備の整った者たちのなかに立ってみるんだ。期待と畏怖が入り交じっていてな。懸念だの不安だのよりもはるかにはっきりしているよ。崇敬の念があり、驚きに満ちている。これにおいて彼らはともにある。彼らが今までに想像していたよりもはるかに大きな何かだ。彼らは共通の使命を、目的を感じている。そして私は自分が、何世紀か前にあった同じような場所を思い浮かべようとしているのに気づかされるのさ。旅行者のための宿場、隠れ場だ。巡礼者のためのな」

「なるほど、巡礼か。旧時代の宗教に戻っているんだな。俺がホスピスに行ってみるのは可能か？」

「おそらく無理だな」親父は言った。

親父は俺に小さな平べったいディスクのついたリストバンドをよこした。係争中の裁判で、容疑者の位置情報を警察が知るために足首につける監視装置のようなものだと親父は言った。俺はこの階と一つ上の階のいくつかの区画に入れることになったが、他はどこもだめだ。リストバンドを外すとセキュリティーに通報される。

「自分の見聞きするものに対して、慌てて白黒つけることがないようにな。この場所の設計に身を捧げる者たちがいたのだ。理念に敬意を表するように。環境そのものに敬意を表するようにな。アーティスは、これをアースアートのような制作進行中の作品として見るといいと言っている。ある種のアースアート、大地のアートとしてな。大地より形作られ、そして大地へと沈んでいく。容易には近づけない。人的、環境的要因による静けさに規定される。どこか墓のようでもある。大地とは指針になる原則なのさ」親父は言った。「大地へと戻り、大地より現れるのだ」

俺は廊下をぶらついて時間を過ごした。廊下にはほとんど誰もおらず、あいだをおいて三人を見かけ、各人に対して頭を下げてみたが、一人がしぶしぶとこっちを見てきただけだった。壁には緑色のブラインドがかかっていた。幅の広い廊下を進み、別の廊下へと曲がっていった。壁はまっさらで、窓はなく、幅の広い扉があったが、それらはすべて閉まっていた。各扉は同じような抑えた色になっていて、その色調には見出されるべき意味があるのだろうかと思った。これは新しい環境になるといつも俺がしていることだった。意味を注ぎ込んでその場所を首尾一貫したものにするか、あるいは少なくとも自分をその場所に位置づけようとする。そうして自身の不確かな存在感を認識するのだ。

最後の廊下の突き当たりでは、天井の隙間からスクリーンが突き出ていた。それは下へと伸び始めて壁中に拡がり、ほとんど床まで達しそうだった。俺はゆっくりと近づいていった。最初は、画面中に水が映っていた。水が森林を突き進んでいき、川岸を突き破っていた。段々畑を打つ雨のシーンが入り、雨以外に何も映らない瞬間が続く。やがて人々があちこちで走り、別の者たちは激流で上下するボートのなかでどうにもならなくなっている。水浸しの寺院が映り、家々が丘からずり落ちていた。俺は、街の通りで水嵩《みずかさ》が増し続け、車も運転手も沈んでいくのを眺めていた。スクリーンの大きさのために、映像の効果はテレビニュースの範疇に収まらないものになっていた。すべてがぼんやりと現れ、各シーンは通常の放送枠を超えて長々と続いた。それは俺の目の前に、目線の先にあり、すぐそばで現実に存在するものだった。地滑りで崩壊した家のなかで、実物大の女がぐらつく椅子に座っている。水に沈んだ男の顔が俺をじっと見つめている。俺は後ずさりしなければならなかったが、一方でまた見続けねばならなかった。見ないではいられなかったのだ。ついには、俺は廊下を振り返り、誰かが現れるのを待った。映像が進み、延々と続くあいだ、俺のそばに立ってくれるだろう人間が、もう一人の目撃者が現れるのを。

音声はまったくなかった。

3

アーティスはロスとともに泊まっているスイートに一人でいた。ローブにスリッパという姿で肘掛け椅子に座り、眠っているように見えた。

何を言えばいい？　どう切り出せばいいんだ？

きれいだなと思ったし、実際にそうだった。悲しいぐらいにだ。病でやせこけ、ほっそりとした顔に、櫛の入っていない白に近い金髪で、青白い両手は膝の上に重ねている。俺はこの女性のことを最初は後妻と目していたが、やがて継母と思うようになり、さらにその後は考古学者として認識するようになったのだった。この最後の肩書きはそれほど軽々しいものではない。というのも、やがて俺はこの人のことをよく知るようになったからだ。俺はアーティスが苦行者のごとき科学者なのだと想像してみるのを気に入っていた。一定期間を粗造りな野営地で過ごし、別種の過酷な状況に積極的に順応するような人間としてだ。

なぜ親父は俺にここに来るよう求めたのだろう？

アーティスが死ぬときに、自分のそばにいてほしかったんだ。

俺はクッションのついた長椅子に座り眺めて待ったが、やがて椅子に座ってじっとした人物のことから思考が離れていき、心の内の狭まった風景のなかにはあいつが、俺たちが、つまりはロスと俺がいた。

あいつはカネからできた男だった。自然災害による利潤への影響を分析することで、駆け出しの名声を得た。俺を相手にカネの話をするのが好きだった。母さんは言っていた。セックス——それがあの人が知らなきゃいけないことよ。カネにまつわる言語は込み入っていた。あいつは術語を定義したり、図表を作ったりと、緊急事態のなかで生活しているごとくで、大抵の日はオフィスで一日十時間か十二時間は缶詰になっていたが、空港に大慌てで向かったり、会議の準備をしたりもしていた。自宅では、全身鏡の前に立ち、リスク志向や海外の司法制度といった準備中のテーマについて何も見ずに話し、身ぶり手ぶりと表情に磨きをかけるのだ。オフィスの臨時雇いと不倫し、ボストンマラソンで走っていた。

俺は何をしていたのか？　ぶつぶつ小言を言い、足を引きずり、頭のまんなかを前から後ろまで細く剃り上げていた。あいつにとって俺は反キリストのごとき存在だったのだ。

俺が十三のときにあいつは出ていった。向こうがそれを告げてきたとき、俺は三角法の宿題をやっているところだった。いつも尖《とが》らせている鉛筆の突き出た古いマーマレードの瓶が置かれた小さな机の向こうに、あいつは腰を下ろした。あいつが話すあいだ、俺は宿題を続けた。教科書にある公式をじっくりと見て、ノートに何度も何度も書き写した。**サイン**、**コサイン**、**タンジェント**。

なぜ親父は母さんを捨てたのか？

どちらもずっと何も言わなかった。

数年後、俺はアッパー・マンハッタンで一部屋半の借家に住んでいた。ある晩、親父がテレビに出ていた。映りの悪いチャンネルで、しっかり受信できていない。ジュネーヴにいるロスが二重のようになってフランス語をしゃべっている。親父がフランス語をしゃべるなんて俺は知っていただろうか？　この男が自分の父親だという確信があっただろうか？　字幕であいつは失業の仕組みに言及していた。俺は立ったまま眺めていた。

そしてアーティスが今、このほとんど信じられないような場所にいる。砂漠のこの不可思議なるもののなかに。やがて巨大な埋葬室のなかに、凍りついた肉体として保存されるのだ。そしてその後には、想像を超える未来が。**時間、宿命、好機、不死。**こういった言葉をそれだけで考えてみるんだ。そして、ここに俺の純朴な過去が、でこぼこの歴史がある。思い浮かべずにはいられない瞬間が。というのもそれは俺自身のものであり、見たり感じたりせずにいるのは不可能で、俺のまわりのあるゆる壁から染み出てくるのだから。

かつて、聖灰の水曜日《アッシュ・ウエンズデー》に、俺は教会へ行って列に並んだ。俺は彫像に、飾り板に、支柱に、ステンドグラスの窓を見まわし、そして祭壇周辺の手すりのところまで行ってひざまずいた。司祭が近づき、俺の額に印を、親指型の聖灰の汚れをつけた。**汝は灰なり**《ダスト・ザウ・アート》。俺はカトリックではなかったし、両親もそうだった。自分たちが何者なのかなんてわからなかった。俺たちは食っちゃ寝であり、父さんのスーツをクリーニング屋に持って行かなきゃいけない連中だった。

親父がいなくなったとき、俺は捨てられた、あるいはなかば捨てられたのだという考えを受け入れることに決めた。母さんと俺は互いのことを理解しあい、信頼しあっていた。俺たちはクイーンズに住むことにし、庭などまったくないガーデンアパートメント〔賃貸アパートの半地下階の部屋〕で暮らした。これは俺たち両方に似つかわしかった。俺は奇抜に剃った頭に再び髪を生やした。二人で一緒に散歩した。一体誰がアメリカ合衆国でそんなことをするというのか？　母親と十代で思春期の息子が。母さんは俺が守るべき常識から逸脱するのを咎めることは――あったとしてもほとんど――なかった。俺たちは薄味の食べ物を口にし、公園のコートでテニスボールを打ちあっていた。

それにしても、ローブに身を包んだ司祭と、その灰をすり込むような親指をこすりつける動き。**かくして汝灰に戻らん《アンド・トゥー・ダスト・ザウ・シャルト・リターン》。**街路を歩くときに俺を見ているかもしれない連中を探した。店のウインドーの前に立って、そこに映った自分の姿をじっくりと眺めた。それが一体なんなのか俺にはわからなかった。気が動転しながらの崇敬の動作だったのか？　聖母教会をおちょくっていたのか？　それとも単に自分自身の姿を意味あるものにしようとしていただけだったのか？　何日も何週間も、印がついたままでいてほしかった。家に着くと、母さんは後ろの方へと体を傾け、まるで俺の全体像を見ようとしているかのようだった。最短の査定だ。俺は笑顔を作らないことに決めていた――俺が笑顔だと墓堀人みたいになるのだ。母さんは世界共通の水曜日の退屈さについて何かしら語った。ちょっとの灰に、ごくわずかの出費で、水曜日があちこちで記憶に残るものになるわ、と母さんは言った。

ついには親父と俺は、互いのあいだに距離を生み出し続けていた緊張関係をなんとか乗り越え始めた。俺は教育に関して親父が整えたいくつかの手はずについては受け入れることにしたが、親父が所有する各会社の近くには一切近寄らないようにしていた。

それから数年して――まるで一生のような数年だったが――俺は今目の前に座っていて、そばにある卓上ランプが照らす方へと身を傾ける、この女性のことを知るようになったのだった。

　そしてさらにもう一生涯分のごとき時間をかけて――今度のはアーティスの生涯だ――この人は目を開き、そこに座っている俺を見た。

「ジェフリー」

「昨日遅くに着いたんだ」

「ロスが教えてくれたわ」

「そしてロスの言ったことが本当だとわかる」

　俺はアーティスの手を取って握った。これ以上言うことなどなさそうだったけれど、俺たちは一時間ほど話した。アーティスの声はほとんど囁きのようで、俺の方もそうだった。この状況に、あるいはこの環境そのものにふさわしい代物になるようにだ。長く静かな廊下に、囲い込まれ、孤立しているという感覚に、次世代アースアートに、活力を一時停止させた状態の人体に。

「ここに来てからというもの、気がつけばちっちゃなものに、そしてさらにちっちゃなものにと意識を集中させているの。心がほどけて解きほぐれてきてね。何年も埋もれていた細部のことを考えているの。以前は見落としていたり、あまりにも些細で思い出すまでもないと思っていた瞬間を目にするのよ。もちろん、それは病気であり、あるいは薬のせいよ。閉じていく、終わりに近づいていくという感覚ね」

「一時的なものだろ」

「あなたはなかなか信じられないかしら？　なぜなら私の方は信じられるから。これについて学んできたの」アーティスは言った。

「わかってるよ」

「懐疑はもちろんね、必要なものよ。でもどこかの時点で、私たちにはもっと壮大でもっと長続きするものがあるということがわかり始めるのよ」

「素朴な質問があるんだ。懐疑的なことじゃなく、現実的な話だ。なんでホスピスにいないんだ？」

「ロスがそばにいてほしがってるのよ。お医者さんたちが来てくれてて。定期的にね」

アーティスは「定期的《レギュラリー》」という最後の単語の込み入った発音に対処するのに苦心し、ゆっくりともう一度その部分から話した。

「それか、車椅子に乗せられて廊下を進み、上下に動くエレベーターのような暗室に入るわ。横か後ろに動いてるのかもしれないけれど。とにかく診察室に連れていかれて、そこで看て、聞いてもらう。何もかもとても静かよ。このスイートのどこかにも看護師がいるわ。二人以上かもしれない。中国語で話すの。彼女と私が。あるいは彼と私が」

「これから戻っていく世界がどんなものなのか考えるのか？」

「雫《しずく》のことを考えるのよ」

俺は待った。

アーティスは言った。「雫のことを考えるの。自分がかつてシャワー中にどんなふうに立ち、垂直のカーテンの内側で水滴が落ちていくのをどんなふうに眺めていたかを。自分がどれだけ雫に、飛沫《ひまつ》に、小さな球体に集中していたかを、そしてそれが私の体のでこぼこを通り越し、頭を打ちながら下に落ちていくにつれて、どんな形になるか待っていたことを。一体いつごろからこんなこと覚えてるのかしら？　二十年前、三十年、それとももっと前から？　わからない。あのとき、何を考えていたのか？　わからない。たぶん、私は雫にある種の生命を与えていたのね。それに命を与え、動かしていたの。わからない。たぶん私の心はほとんど空っぽだったのね。頭を打つ水はばかみたいに冷たかったけれど、わざわざ水流を調節しようともしなかったわ。私は雫を見なくちゃいけなかった。それが長くなり始めて、流れていくのを。でも流れ去るものにしては、あまりにも澄んでいて透明だわ。頭を水に打たせながら、流れなんてないと自分に言い聞かせるの。流れるのは泥かヘドロで、それは海底にいる原始生命で、主に海の微生物からなっているのよ」

アーティスはある種の実体のない言葉をしゃべっていて、話を中断し、考え、思い出そうとしていた。そしてこの瞬間に、この部屋に戻ってくると、俺のことを改めて位置づけ直さねばならなかったのだ。息子のジェフリーが自分の向かいに座っている。アーティス以外のみなには、俺はジェフと呼ばれていた。この人のやわらかな声で余分な音節が発音されると、自分を――あるいは普段よりも愛想がよくて頼りがいのある第二の自己を――意識するようになった。そいつは肩を広げて歩く男で、純粋な作り物にすぎない。

「たまに暗い部屋で」俺は言った。「俺は目を閉じようとするんだ。部屋に入っていって目を閉ざす。あるいは寝室で、ベッド脇のドレッサーに置いたランプに自分が近づくまで待つんだ。そして両目をつぶる。これは暗闇への屈服なのか？　一体なんなのかはわからない。順応なのか？　暗闇に状況を語らせろってことなのか？　一体なんなんだ？　変わり者のガキがやりそうなことみたいで。昔の俺みたいなガキがだ。でも俺は今でもやるんだ。暗い部屋に入って、たぶん少し待ってから、扉のところに立ち、そして目を閉じる。暗闇を二重にすることで俺は自分を試しているんだろうか？」

俺たちはしばしのあいだ黙っていた。

「私たちがしてみては、後で忘れてしまうことよ」アーティスは言った。

「俺たちは忘れないけどな。俺たちのような人間は」

俺はこの言い方が好きだった。俺たちのような人間。

「人格のうちのちょっとした断片のようなものよ。ロスが言ってるわ。私は異国みたいだって言うのよ。ちっちゃなものが、もっとちっちゃくなって。それが私の存在様態になったのよ」

「俺は暗い寝室のなかをドレッサーに向かっていって、卓上ランプの位置を感じ取ろうとし、やがてそれに被せた笠に触れ、手探りでその下のオン・オフ用のつまみに達するんだ。明かりをつけるスイッチに」

「それであなたは目を開く」

「いや、そうなのかな？　変わり者のガキは目を閉じたままかもしれない」

「でも、月曜と水曜と金曜だけでしょ」曜日に関してほとんど脈絡もなさそうに、アーティスは言った。

奥の部屋から何者かがやってきた。灰色のジャンプスーツを着て、黒髪に浅黒い顔をした女で、仕事用の表情をしている。ゴム手袋をしていて、アーティスの背後という位置に立ち、俺を見ている。

退出する時間だ。

アーティスは弱々しく言った。「私だけなのよ。シャワーを浴びる肉体。プラスチックに囲まれた一人の人間が、濡れたカーテンを滴《したた》り落ちる水滴を眺めている。その瞬間は忘れられるために存在しているの。これが究極の核心みたいね。開いていく過程にあるのでなければ、決して考えられることのない瞬間。おそらく、だから独特な感じではないのね。私だけ。私はそれについては考えないわ。

単にそのなかで生き、そしてそれを後にするだけ。でも永遠にではない。今、この特別な場所にいるのでなければ、後にしていたわ。ここにいると、私が今までに口にし、行い、考えたことすべてがこの手のそばに、すぐそこにあって、しっかりとからみついている。だから第二の生へと向けて目を開いても、それは消えないの」

そこは食事室と呼ばれていて、そこを構成する要素においても規格という面においても実際にそのようなところだった。四つの小型テーブルが置かれ、他に一人、人間がいた。修道士のマントのようなものをまとった男だ。俺は食べながら、気づかれないように何度かちらりとそいつを見ていた。男は、自己の内にこもりながら、食べ物を切り、咀嚼していた。そいつがここを出るために立ち上がると、マントの下に色落ちしたジーンズが、その下にはテニスシューズが見えた。料理は食べられるものではあったが、記憶に残るほどの何かでは必ずしもなかった。

扉のまんなかのパネルに埋め込まれた磁力式の装置にリストバンドのディスクをあてて、俺は部屋に入った。部屋は狭くて特徴がなかった。壁のついた何かしらのものとまで言えそうなほど、特徴のない部屋だった。天井は低く、ベッドはいかにもベッドらしく、椅子は椅子としか言いようがない代物だった。窓はなかった。

臨床の推計によれば二十四時間以内にアーティスは死に、そうすると俺は帰路につき、ロスの方は、冷凍保存業務の数々が予定どおりに進行しているかを自分で確認するために、しばらくはここにとどまるということになる。

だが俺はすでに罠にかかった気でいた。訪問者は建物を出ることが許可されておらず、たとえこの先《せん》カンブリア時代風の岩々に囲まれた一帯には行くべき場所などどこもないにしても、俺はこの束縛を身をもって感じていた。部屋にはデジタルの通信機器は何もなく、俺のスマートフォンはここではまったくの役立たずだった。血をめぐらせるためにストレッチをした。腹筋とスクワットをした。昨晩の夢を思い出そうとした。

この部屋にいると、自分もそこにある必需品へと吸い込まれていくような気がした。俺は椅子に座り、目を閉じた。俺は自分自身がここに座っているのを目にした。成層圏のどこかからこの施設そのものを目にした。かっちりと密集したかたまりで、屋根は様々な傾斜になり、壁は日に焼けている。俺はアーティスの眺めた水滴を目にした。一滴一滴、シャワーカーテンのなかで滴り落ちていく。俺は裸になってしぶきに向かうアーティスの、ぼんやりとした姿を目にした。俺の目が閉じているという事実の内側に、彼女の両目が閉ざされているイメージがあった。

椅子から立ち上がり、部屋を出て、アーティスにさよならを言ってここを去りたかった。なんとか自分を起き上がらせ、直立の姿勢にさせて扉を開いた。だが俺がしたのは廊下を歩くことだけだった。

4

俺は廊下を歩いた。この廊下の扉の色は抑えた青のグラデーションになっていて、俺はブラインドに命名しようとしてみた。海、空、蝶、藍《インディゴ》。これらは全部不適格で、一歩歩くごとに、扉を一つじっくりと眺めるごとに、自分がますます愚かに感じられてきた。俺は扉が開き、人が現れるのを見てみたかった。自分がどこにいるのか、自分のまわりで何が起きているのか知りたかった。女が一人、きびきびと大股で歩いてこっちへ向かってきていた。俺は色彩についてそうしたように、そいつに名前をつけたい、あるいはなんらかの徴候、何かへのヒントのために女をじろじろ見たいという衝動に抗っていた。

やがて考えが閃いた。単純だ。扉の向こうには何もない。俺は歩いて考えた。じっくりと考えた。どこかの階にはオフィスの入った区画があるんだ。それ以外の場所では廊下は純然たるデザインで、扉は建物の設計全体の一要素にすぎない。ロスがだいたいそんなふうに説明していた。俺はこれが、色彩と形を持ち、手近な素材で作られた視覚芸術なのだろうかと考えた。科学者、カウンセラー、技術者、そして医療従事者の頑強な意欲と核心的仕事に随伴し、それらを取り囲むことを目指した芸術。

俺はこの発想を気に入った。それはこの状況にふさわしいものだったし、もっとも魅惑的な芸術を特徴づけるだろう突飛さや思いがけない大胆不敵な幸運という基準を満たしていた。俺がしなければならないのは扉を叩くことだけだった。色で選び、扉を選び、そして叩く。もしも誰も扉を開かなかったら、隣の扉を、さらにその隣の扉を叩けばいい。だが俺は、ここに来させてもいいだろうという親父からの信頼を裏切らないように注意はしていた。それに隠しカメラがある。廊下は監視されていて、静まりかえった部屋で無表情のやつらがモニターをじっと見ているに違いない。

三人の人間が俺の方に進んできた。一人は子どもでモーターつきの便器のような車椅子に乗っていた。彼は九歳か十歳ぐらいで俺のことをずっと見ていた。その上半身は片側に大きく傾いていたが、目つきは鋭かったので、俺は立ち止まって話しかけてみたかった。それは無理だと大人たちがはっきりと示していた。連中は車椅子の脇を固め、俺が善意で立ち止まるなか、まっすぐ前を、通行が許された空間を見つめていた。

やがて俺は角を曲がり、壁が焦げ茶に塗られた廊下へと進んでいった。泥に似せようとした濃厚でとろけるような顔料だと俺は思った。壁にそろえた色の扉がいくつかあり、みな同じものだった。それから壁にくぼみがあって、そこには人形が立っていた。手、足、頭、胴からなり、その場に固定されている。俺はそれが裸の、体毛も表情もないマネキンで、赤みを帯びた茶色であるということを確認した。おそらく茶褐色かあるいは赤褐色ということになるのだろう。おっぱいもあった。おっぱいもついていたのだ。俺は人形をじっくり見るために立ち止まった。型に流したプラスチックでできた人体で、関節をつないだ女のモデルだ。俺は片手で胸に触れるところを想像してみた。そうすることが求められている気がした。とりわけ俺が普通の人間だったならば。頭は楕円形に近く、両腕は俺の解読を誘う位置にあった。片足を後ろにやって、自分を守っているのか、それとも引っ込んでいるのか。人形は床に固定されているが、保護用のガラスで囲われてはいなかった。片手でおっぱいに触れ、太ももをなで上げる。昔だったら俺はそんなことをしていただろう。今ここでは、カメラとモニターがあり、体自体にも警報装置がついているだろう。それには確信があった。俺は後ずさって眺めた。人形の静止したさまを、空っぽの表情を、空っぽの廊下を、夜分の人形を、マネキンを。恐れを抱き、後ずさる。俺はさらに後ろに引き、見続けていた。

ついには、俺は扉の向こうに何かがあるのかどうかを確認しなければと決意した。あり得そうな結果については忘れることにした。廊下を歩き、扉を選んで叩いてみた。俺は待ってみて、隣の扉のところに行き、叩いてみる。待ってみて、隣の扉のところに行き、叩いてみる。これを六回やり、もう一回と自分に言い聞かせると、今度は扉が開き、スーツとネクタイに、ターバンという姿の男が立っていた。俺はそいつを見て、何を言おうか考えた。

「違うドアを開けてしまったみたいです」俺は言った。

男は俺を厳しい目で見た。

「全部違うドアだ」そいつは言った。

親父のオフィスを見つけるのにしばらくかかった。

かつて、まだ二人が結婚していたころ、親父は母さんをフィッシュワイフと呼んでいた。冗談だったのかもしれないが、俺は辞書でその言葉を調べてみたくなった。口汚い女、シュルー。俺は**シュルー**を調べねばならなかった。がみがみ言う女、口やかましい女。シュルーマウスを表す古英語に由来。俺は**シュルーマウス**を調べねばならなかった。その辞書によると**シュルー**の1の意味に戻ることになった。小型でインセクティヴォラスの哺乳類。俺は**インセクティヴォラス**を調べねばならなかった。辞書には、虫を食べることを意味するとあった。ラテン語のインセクトゥスに由来するインセクトに、ラテン語のウォラに由来するヴォラスを加えたもの。俺は**ヴォラス**を調べねばならなかった。

三、四年後に俺は、一九三〇年代に書かれ、ドイツ語から翻訳された、分厚くて濃密なヨーロッパ小説を読もうとしていたが、そのときに**フィッシュワイフ**という単語に出くわした。その言葉を見て、結婚時代のことを思い出さざるを得なくなった。だが俺を除いた母親と父親の二人が一緒に生活している姿を想像しようとしてみても、何も思い浮かばず、何もわからなかった。ロスとマデリンの二人きり。一体二人は何を話していたのか、どんなふうだったのか、何者だったのか？　俺が感じたのは、かつて父親のいた粉々に粉砕された空間だけだった。そしてこの場には母親がいた。部屋の向こうに座り、ズボンに灰色のシャツという格好の細身の女性だ。母さんが本について聞いてくると、俺はお手上げというそぶりをした。その本は難題だった。中古品のペーパーバックで、小さな文字がぎっしりの水でふやけたページに、凄まじく暴力的な感情が詰め込まれていた。母さんは一度読むのをやめて、三年以内にもう一度手にしてみるといいと言った。だが俺は今それを読みたかった。今それが必要だった。たとえ読み終えられないとわかっていたとしても。俺は自分を殺しかけるような本を読むのが好きだった。自分が誰なのか——そんな本を読んで父親にやり返す息子だ——を知るための助けになるような本だ。俺はコンクリートの狭いバルコニーに座って読むのが好きだった。そこからは、ロウアー・マンハッタンの橋や摩天楼の数々のあいだにある、鉄製でガラス張りの円形になった親父の職場がわずかだが見えた。

デスクの向こうに座っていないときには、ロスは窓のところに立っていた。だが、今このオフィスに窓はない。


俺は言った。「それでアーティスは」

「検査中だ。もう少しで投薬が始まるだろう。どうしても薬の入った状態で過ごすことになるんだ。あいつはけだるい安らぎと言っているよ」

「いいね」

親父はその言い回しを繰り返した。親父の方も気に入っていたのだ。親父はワイシャツにサングラス——KGB仕様という懐かしい名で呼ばれ、様々な色彩に見えるスウープの偏光レンズが使われている——という格好だった。

「俺たちは話をしたんだ。俺とあの人で」

「あいつから聞いたよ。お前はもう一度会ってもう一度話すことになる。明日にはな」親父は言った。

「そのあいだにさ。この場所だけど」

「ここがどうした?」

「俺はあんたが言ったほんのわずかなことしか知らなかった。俺は何もわからない状態で移動してきたんだ。最初は車に乗ったら運転手がいて、それから会社の飛行機でボストンからニューヨークだ」

「スーパーミッドサイズのジェット機だな」

「男が二人乗ってきた。それでニューヨークからロンドンだ」

「同僚たちだな」

「俺には何も言ってこなかったよ。だからって気にもしなかったが」

「やつらはガトウィックで降りた」

「ヒースローだと思ってたよ」

「ガトウィックだったんだ」親父は言った。

「それで、一人乗ってきたやつがいて、俺のパスポートを持っていって、戻ってきてそれを返して、俺たちはまた空を運ばれてたんだ。客室には俺一人だった。寝てたと思うな。何か食べて、寝て、それで着陸だ。操縦士は一度も見なかった。フランクフルトだろうと思ったよ。一人乗ってきて、俺のパスポートを持っていき、それを返した。スタンプを確認してみたよ」

「チューリッヒだ」親父は言った。

「それで三人乗ってきた。男が一人に女が二人だ。年長の女が俺にほほ笑んできた。連中が何を言ってるのか聞き取ろうとしてみたよ」

「そいつらはポルトガル語でしゃべっていたんだ」

親父はこのやりとりを楽しんでいた。真顔で椅子に座り、天井に向けて言葉を発していた。

「連中は話してたけど、食事はしなかったよ。俺は軽く食べた。それとも、もしかしたらそれはもっと後で、次のフライトのときだったかもしれないけど。着陸してあいつらは降り、一人乗ってきて、俺を滑走路に降ろして別の飛行機へと連れていった。そいつは二メートルはある禿げ頭の男で、黒のスーツを着て、首のところに銀の円形ネックレスをぶら下げてたよ」

「ミンスクにいたんだな」

「ミンスク」俺は言った。

「ベラルーシにある」

「誰もパスポートにスタンプを押さなかったと思うな。最初のとは別の飛行機になった」

「リュスジェットのチャーター機だ」

「小さくなって、アメニティーも少なく、他に客はいなかった。ベラルーシか」俺は言った。

「お前はそこから南東に飛んだんだ」

「俺はうとうととぼんやりして、疲れ切ってたよ。次のフライトが中継地ありだったかどうか確信がない。全旅程で何回離発着したのかも確信がない。俺は眠って、夢を見て、幻を見ていた」

「ボストンでは何をしていたんだ？」

「彼女が暮らしてるんだ」

「お前とお相手が同じ街で暮らしているなんて気がまったくしないな。一体どうしてだ？」

「そうすると時間がもっとかけがえのないものになるんだ」

「ことは大違いだな」親父は言った。

「わかってるよ。ちゃんと学んだんだ。時間は存在していない」

「あるいは、それが圧倒的であるがゆえに、私たちは時間が同じように過ぎ去るのを感じないのだ」

「あんたは時間から雲隠れしてる」

「私たちは時間に委ねているのさ」親父は言った。

今度は俺が椅子に座る番だ。タバコがほしかった。俺は二度禁煙したが、もう一度吸っては禁じてみたかった。それを生涯続く循環として思い描いてみた。

「質問をしていいのか、それともおとなしくこの状況を受け入れた方がいいのか？　掟を知りたいな」

「質問はなんだ？」

「俺たちはどこにいる？」俺は言った。

親父はゆっくりと頷き、このことについてじっくりと考えていた。やがて親父は笑った。

「一番近くて、それなりの大きさなのは、国境の向こうのビシュケクという街だ。キルギスタンの首都さ。それからアルマトイだな。カザフスタンにあって、もっと大きいが、さらに遠い。だがアルマトイは首都ではない。昔は首都だったが。今では首都はアスタナで、あそこには黄金の摩天楼と、波の出るプールに飛び込む前に砂浜で横になれる屋内ショッピングモールがある。ここら辺の地名なりその綴りなりがわかれば、疎外感もそれほど感じなくなるだろう」

「俺はそんなに長くはここにいないぜ」

「確かにな」親父は言った。「だがアーティスについての予測に変化があったんだ。あれは一日遅くなる見通しだ」

「時間管理は極めて正確なんだと思ってたが」

「お前はいなくてもいい。あいつも理解してくれるだろう」

「俺はいるさ。もちろんいるよ」

「非常に厳密な管理下にあってさえも、肉体というのはある種の決定に影響を与えるものだ」

「あの人は自然に死を迎えるのか、それとも今際《いまわ》の際《きわ》へと導かれるのか？」

「お前は今際《いまわ》の際《きわ》以上のものの存在を理解するさ。これは次に来る、さらに壮大なるもののための序章にすぎないということをな」

「すごく事務的な感じだな」

「実際にとても穏やかなものになるだろう」

「穏やかか」

「あっという間で、安全で、痛みもないだろう」

「安全か」俺は言った。

「これまでに微調整を施してきた方法と完全にシンクロさせる必要があるんだ。あいつの肉体と病に最適な方法とな。あいつはあと何週間かは生きられるだろう。そうとも。だがそれでどんな最期になる？」

親父は今では前屈みになり、肘をデスクにつけていた。

俺は言った。「どうしてここなんだ？」

「いくつかの研究所と技術センターは別の二つの国にあるがな。ここが本拠地で、中央司令部だ」

「でもなんでこんなに隔絶してるんだ？　なんでスイスじゃないんだ？　ヒューストンの郊外じゃないんだ？」

「これが私たちの求めたものなのさ。この切断が。私たちの必要とするものがあるのだ。継続的なエネルギー源に、高度に機械化されたシステム。風除《かざよ》けの壁に、防備の整った各階。建物内のゆとりあるスペース。防火。警備のパトロールに大地に空気。サイバー空間での精巧な防衛。そして他にもいろいろとな」

建物内のゆとりあるスペース。親父はその言い回しを好んで口にしていた。親父はデスクの引き出しを開いてアイリッシュウイスキーのボトルを持ち上げた。親父がグラスの二個載ったトレーを指すと、俺は部屋を横切りそれを取りに行った。デスクに戻ると、俺は砂が入り込んでいないか、グラスをよく調べてみた。

「このオフィスにいる連中だけど。隠れてるよな。一体何をしてるんだ？」

「未来を作っているのさ。未来についての新たな理念だ。他の理念とは違う」

「そしてここでなければいけない」

「ここは何千年にもわたって遊牧民たちが移動してきた地域だ。開けた土地の羊飼いたちが。ここは歴史によって破壊され矮小化されていない。ここでは歴史は埋められているのだ。三十年前、アーティスはここより北東の中国付近で土を掘っていた。古墳のなかの歴史を。私たちは限界の外にいる。自分たちの知るすべてを忘れようとしているのだ」

「あんたはこの場所では自分の名前も忘れられるんだな」

親父はグラスを持ち上げて飲んだ。ウイスキーは三回蒸留した珍しいブレンドで、ごく限られた数しか生産されていないものだった。何年か前に親父は細かいことを教えてくれていた。

「カネのことはどうなんだ？」

「誰のだ？」

「あんたのだよ。あんたは大物だ、どう考えてもな」

「私は自分を真面目な人間だと思ったものだった。やっていた仕事だの、努力だの、献身だのでな。

それから後に、他のことにもいろいろ夢中になれるときがあった。芸術にだ。その理念、伝統、イノベーションについて独学してな。芸術を愛するようになったんだ」親父は言った。「作品自体をな。壁に絵を掛けて。それから私は稀覯本に手を出し始めた。図書館の立入制限区画で何時間も何日も過ごしてな。そしてそれは所有を必要としてではなかった」

「あんたには他の人間には認められないアクセス権限があったな」

「でも私は所有するためにあそこに行ってたのではない。私は立って見るために、屈んで見るためにあそこに行ってたんだ。鍵のかかった書庫にある、値のつけられない本の背表紙の題名を見るためにな。アーティスと私で。お前と私で。前にニューヨークで」

俺は喉を通るウイスキーの穏やかな熱を感じてしばらく目を閉じ、ロスが世界のいくつかの首都で見た本のタイトルを思い出しては声に出すのを聞いていた。

「でもカネより重要なことってなんだ？」俺は言った。「条件はなんだ？　リスクは。この計画でのあんたのリスクはどれぐらいなんだ？」

俺はいらだちを込めずにしゃべった。穏やかに言ったし、皮肉混じりでもない。

「この理念の重大性と、背後にある可能性を、多大なる含意を教わってな」親父は言った。「私は絶対に考えを変えたりなどしないと決意したのさ」

「何についてでも、今までに考えを変えたことなんてあったのか？」

「最初の結婚だな」親父は言った。

俺はグラスを見つめた。

「それで女は誰だったんだ？」

「いい質問だ。深遠な質問だな。私たちには息子がいたが、それ以上のものは」

俺はこの男を見たくなかった。

「でも女は誰だったんだ？」

「そいつは本質的には一つのものだ。お前の母親だよ」

「名前を言ってくれ」

「私たちは名前で呼びあったりしていたかな、あいつと私が？」

「名前を言ってくれよ」

「私たちのように結婚した者はな、私たちは普通でなかったが——いやそれほど普通でないわけでもないか——互いの名前など呼ぶものなのか？」

「一度でいい。あんたが言うのを聞きたいんだ」

「息子がいた。私たちは息子の名は口にしていたよ」

「俺のために。さあ。言ってくれ」

「ついさっき自分で何を言ったか覚えているか？　ここにいると自分の名前も忘れることがある。人間はいろんなふうに自分たちの名前を忘れるのさ」

「マデリン」俺は言った。「俺の母さんはマデリンだ」

「ああ、思い出したぞ。そうだ」

親父はほほ笑んで、思い出したふりをしては落ち着き、やがて表情を変え、タイミングを見計らって話題を変え、俺に向かって厳しく言った。

「考えてみるんだ。ここにあるものとここにいる者について。お前が何年もため込んできた取るに足らない悲嘆の数々の終わりについて、考えてみるんだ。個人としての経験を超えて考えてみろ。経験など捨て去れ。この集団のなかで行われているのは、単なる医学の創造だけではないんだ。社会理論家も関わっているし、生物学者、未来学者、遺伝学者、気候学者、神経科学者、心理学者、それに倫理学者もだ。それがふさわしい呼び名ならな」

「そいつらはどこなんだ？」

「ここに常駐している者もいるし、出入りする者もいる。立入制限階があるのさ。みな不可欠な頭脳だ。世界英語で、そうだ、だが他の言語でもな。必要なら通訳が——人間のときも機械のときもあるが——つく。コンヴァージェンスに特有の上級言語を設計している言語学者もいるよ。語根に、屈折に、身ぶり手ぶりまでもな。みんなそれを身につけて話すのさ。今現在の私たちが表現できないものを表現するのを可能にし、今見られないものを見られるようにし、自分たち自身と他者を、互いを結びつけるようなやり方で見られるようにし、あらゆる可能性を拡げる言語だ」

親父はさらに一口か二口飲み、グラスを鼻のところに持っていき、においを嗅いだ。今では空になっている。

「私たちがしかと予測しているのは、私たちの押さえたこの場所がやがては新都市の中心となり、おそらくは私たちの知っているどんな国とも違った独立国家になるということだ。自分を真面目な人間と称するときに私が言わんとするのはそういうことだ」

「多額のカネでな」

「そうだ、カネだ」

「凄まじい額だ」

「それに他の後援者がな。個人、財団、企業、諜報機関を通した様々な政府による秘密資金。この理念は多くの学問分野の切れ者たちにとっては天啓だ。彼らは今がそのときだと理解している。単なる科学や技術にとどまらず、政治的、それどころか軍事的戦略でもある。別様の考え方であり、生き方だ」

親父は注意深く、指の幅と好んで言う量を注いだ。自分のグラスに、それから俺のに。

「まずはもちろん、アーティスに。ありのままのあいつに。私にとってあいつがどれほど大切かということに。それから、完全な受容への飛躍に。信念、主義主張に」

こんなふうに考えてみろ、と親父は言った。自分の人生を年単位で考え、それから秒単位で考えてみるのだ。年でなら、八十年だ。現代の基準からすればおかしな感じはしない。それで今度は秒単位でだ、と親父は言った。秒単位でのお前の人生だ。八十年に相当するのは？

親父は黙った。たぶん数を数えているのだ。秒、分、時間、日、週、月、年、十年。

秒だ、と親父は言った。数えてみろ。お前の人生を秒で。地球の年齢を考えてみるんだ、地質学上の時代を、生まれては消える海を。銀河の年齢を、宇宙の年齢を考えてみるんだ。何十億という年を。そして私たちだ、お前に私。私たちは閃光のごとく生き、死ぬのだ。

秒だ、と親父は言った。私たちの時間は秒で測れるのだ。

親父は青のドレスシャツを着て、ネクタイはせず、第二ボタンまで開けていた。俺はシャツの色が、最近見た廊下の扉の一つとそっくりだと考え、楽しんでいた。もしかしたら、俺は親父の論を掘り崩そうとしていたのかもしれなかった。ある種の自己防衛だ。

親父は眼鏡を取り、下に置いた。疲れていそうだったし、年取って見えた。俺は親父が飲んで注ぐのを眺め、突き出されたボトルを拒んだ。

俺は言った。「もし誰かがここについての何もかもを俺に語っていたら。数週間前に、この場所について、理念について、誰か俺が信頼し切っている人間から教えられたら、たぶん俺は信じていたと思うよ。でもここにいて、それに取り囲まれていると、なかなか信じられないんだ」

「お前は夜しっかり眠らないといけないいな」

「ビシュケク。ここはそうなのか？」

「それにアルマトイだ。といってても両方ともかなりの距離だが。それから北の方のどこかには——相当北に進むんだが——ソビエト政府が核実験を行った場所がある」

俺たちはそれについて考えた。

「お前は自分の経験を超えたところまで到達しなければならない」親父は言った。「自分の限界を超えるんだ」

「俺には外を見る窓が必要だよ。それが俺の限界さ」

親父はグラスを掲げ、俺が同じ動作をするのを待っていた。

「お前を公園に連れていったな。私たちがあのころ住んでいたところにあった、古くてぼろぼろになった公園にな。お前をブランコに乗せて、押しては待ち、また押して」親父は言った。「ブランコは飛んでいき、戻ってくる。シーソーにも乗せたな。私はシーソー板の反対側に立って、こちら側の板の端をゆっくりと下ろしていった。お前は宙へと上がっていき、両手でがっちりと取っ手をつかんでいた。それから私は自分の側の板を上げ、お前が下に落ちるのを見ていた。上って下りる。少し速くなっている。上って下りる、上って下りる。お前が取っ手をしっかり握っているのは確認したよ。シーソー、シーソー、と私は言っていた」

俺は一瞬動きを止めて、それからグラスを掲げ、次に出てくるものを待ち受けていた。

俺は長い廊下のスクリーンの前に立っていた。最初は空以外には何も映らなかったが、やがて脅威が予感させられ、こずえが傾き、不自然な光が映し出される。そして数秒後には、円柱状に回る風と、埃とごみが映る。それが画面を埋め尽くし始めた。風は漏斗状になってぐらつき、暗くてねじ曲がり、音はなかった。左下の彼方《かなた》では新たな風の円柱が地平線から伸び上がっている。そこは視界を遮るものの何もない平地で、スクリーンはもはやすっかり竜巻に占拠され、今にも公然たる叫び声に変わっていきそうだと俺には思えた、畏敬の念を感じさせる沈黙が伴っていた。

そこに映るのは俺たちを取り囲む気候だった。俺はテレビの報道で多くの竜巻を見たことがあり、瓦礫の山となった嵐の通り道や、竜巻の余波、ルート上の粉砕された家屋、吹き飛ばされた屋根、崩れた壁の場面が映るのを待っていた。

それは現れた。そうだ。あらゆる道がなぎ倒されていて、スクールバスが道の端にあった。だが、人々は道を進むのだ。スローモーションで、スクリーンから飛び出してこの廊下まで出てきそうだった。救い出したものを手にし、男女の一団が、黒人と白人が、厳粛に行進し、死者は前庭に置かれた、破壊された床板の上に並べられていた。カメラは長々と死体を映し出していた。彼らを襲った暴力的な最期のクロースアップは見ているのが耐えがたかった。だが俺は見ていた。何かしらだか誰かしらに対する使命を感じていたのだ。たぶん犠牲者に対してだろう。自分は使命への誓いを立てた、ただ一人の目撃者なのだと思ったのだ。

今では、別の場所が、日中の別の時間の別の街が映っていて、自転車をこぐ若い女が前景にいる。

どこか滑稽な動きをしていて、そわそわと迅速にスクリーンの片側からもう片側へと進んでいた。まだはるか遠くではあるが、一マイルほどの幅の嵐が、竜巻が映り、大地と空のあいだを這っていた。それから地下室への階段をふらふらと下りていく太った男のカットが入る。あまりにリアルな映像で、家族でガレージに密集している。彼らの顔は暗闇のなかだった。それから再び自転車に乗った少女に戻り、別の道でペダルをこいでいる。何も心配せず、切迫してもいない。昔のサイレント映画のワンシーンみたいだ。女はうすのろで純朴なバスター・キートンだった。それから赤い閃光が輝き、それがまさにそこにあった。竜巻が圧倒するごとく到達し、家屋の半分を飲み込む。純粋なる力であり、トラックと納屋がちょうどその進路上にあった。

画面が白くなり、俺は立ち尽くして待った。

完全なる荒れ地になり、大地は破砕されていた。映像も、沈黙も執拗に続いた。俺は何分かそこに立ったまま待ち続けたが、家屋は消え、自転車の少女も消えた。何もない、終わった、完了したんだ。何も映っていない、いつものスクリーンだ。

さらに何かがあるのを予感して、俺は待ち続けていた。体の奥底からウイスキーによるゲップが込み上げるのを感じた。行くところなんてなかったし、今が何時なのかもわからなかった。俺の腕時計は北米の東部標準時に固定されていた。

5

前にもこの食事室でこいつを見たことがあった。修道士のマントを着ていたやつだ。男は俺が入っても顔を上げなかった。扉のそばの細長の溝に食べ物が出てきて、俺は料理とグラスと食器を、狭い通路を挟んでそいつの斜め前のテーブルまで持っていった。

男は面長で大きな手をしていた。頭はてっぺんに向かうにつれ細くなり、髪は頭の形がわかるほど短く刈り込まれ、灰色のまばらな無精髭を生やしっぱなしにしていた。マントはこの前羽織っていたものと同じで、紫色に金の装飾がついて、古くてしわの寄ったものだった。袖はなかった。マントから飛び出していたのは、ストライプ柄のパジャマの袖だった。

俺は食べ物をよく見てから一口食べ、そしてこいつはきっと英語をしゃべるだろうと決めつけることにした。

「俺たちが食べてるこれは一体なんなんですか？」

男は俺の料理の方を見たが、俺のことは見なかった。

「モーニング・プロフという奴だ」

俺はもう一口食べて、味と名前を結びつけようとしてみた。

「なんなのか教えてくれますか？」

「ニンジンにタマネギ、羊肉に米だ」

「米はわかります」

「オシ・ナホルだ」男は言った。

俺たちはしばらく黙って食べた。

「ここで何をしてるんですか？」

「死にゆく者に話しかけている」

「安心させているんですね」

「私が何について安心させると言うんだ？」

「存続について。再覚醒について」

「信じているのか？」

「信じてないんですか？」俺は言った。

「自分が信じたがっているとは思わないな。私はただ終わりについて語るだけだ。穏やかに、静かに」

「でも理念それ自体は。この事業全体の背後にある論拠は。受け入れていないんですね」

「私は死にたいし、永遠に終わりになってほしい。君は死にたくないのかね？」男は言った。

「わかりません」

「もしも最後に死が訪れるのでなければ、生きることの何が大事になるのかね？」

その声を聞いて俺は、目立ちはしないが屈曲したこの英語がどこに由来するかを探ろうとしていた。おそらくそのピッチとトーンは時間と伝統と他言語によって守られたものだ。

「なんでここに来ることになったんですか？」

男はそれについて思案せねばならなかった。

「おそらく誰かが言った何かのせいだろう。私は単に流れ着いただけだ。動乱の時期にタシケントで暮らしていた。国中で何百人も死んだ。あそこでは釜茹でで人間が死ぬ。中世的思考だ。私は暴力的な動乱状態にある国々によく行くのだ。ウズベク語会話を身につけ、地方の役人の子どもたちへの教育を手助けしていた。彼らに英語を一単語一単語教え、数年間病に伏していたその役人の妻を世話しようとした。私は聖職者の役割を果たしていたのだ」

男は食べ物を口にし、咀嚼して飲み込んだ。俺は同じことをして、男が再開するのを待った。一体なんなのかを教えてくれたおかげで、料理はまさにそれ本来の味がし始めていた。羊だ。モーニング・プロフ。男にはもうこれ以上言うことはなさそうだった。

「そうすると聖職者なんですか？」

「私はポスト福音伝道者の集団の一員だった。私たちは世界教会協議会からの急進的な分離派でな。七ヶ国に支部があるが、この数は変わり続けている。五、七、四、八。我々は、自分たちで作ったマスタバという質素な建物に集まるんだ。太古のエジプトの墓から着想を得たものだ」

「マスタバ」

「平たい屋根に、斜めになった壁に、長方形の土台だ」

「墓に集まっていたんですね」

「我々は熱烈に、その年を、その日を、その瞬間を待っていたんだ」

「何かが起こるんですね」

「それが何になるか？　硬質な石か鉄のかたまりの流星体か。直径二百キロメートルの小惑星が宇宙空間から降ってくるか。我々は天体物理学に通じていた。地球を直撃する物体」

「そうなってほしかったんですね」

「我々は欲深《よくぶか》に求めていた。絶え間なく祈っていた。それは外から来るはずだった。あらゆる物質の微粒子を含み無限の射程を有している、果てしない銀河の拡がりから。あらゆる神秘が」

「やがてそれが起きた」

「物体は海に落ちる。軌道を外れた衛星、宇宙探査ロケット、スペースデブリ、宇宙ゴミの断片。人間が作ったものだ。いつも海にな」男は言った。「やがてそれは起きた。物体がかすめるようにぶつかる」

「チェリャビンスク」俺は言った。

男はその名を漂わせておいた。名前自体が弁明となった。そのような出来事は実際に起きている。そんな出来事が発生するようにと身を捧げている者たちは、たとえ規模や損害がどれほどであろうとも、ごっこ遊びに興じているわけではないのだ。

男は言った。「シベリアはそういったものを受け止めるために存在しているのだ」

俺はこいつが話相手のことを見ていないのがわかった。こいつには、相手の名前にも顔にも関心を払わない、放浪者的なところがあった。名前も顔も、部屋ごとに、国ごとに取り替え可能だったのだ。話すというよりも物語るといったふうだった。こいつは蛇行する話の筋を追い――こいつ自身の話のだ――そして大抵は、こいつの語る物語の誰でもいい聞き手になるのを厭《いと》わない誰かしらがいたのだった。

「ここにはホスピスがありますよね。そこで死にゆく者に話しかけるのですか?」

「連中はホスピスと言っている。安全な避難場所と言っている。なんなのかは私にはわからない。付き添いが毎日、私をあそこまで、下の立入制限階まで連れていくのだ」

男は高性能の機器やしっかり訓練されたスタッフの話をした。それでも、そこに行くと十二世紀のエルサレムのことを思い浮かべてしまうと男は言った。騎士階級が巡礼者の面倒を見るのだ。男は自身が癩《らい》病患者やペストの犠牲者のあいだを歩きながら、昔のフランドル絵画に出てくるようなやつれた顔を眺めているのだと思うこともあった。

「私は騎士たちが、テンプル騎士団が指揮した流血、浄化、虐殺のことを考える。あらゆる場所から集まった者たち。病人や死にゆく者。彼らを世話する者たち、彼らのために祈る者たち」

「それで自分が何者でどこにいるのかを思い出すんですね」

「私は自分が何者かなど忘れはしない。慈善宗教団員だ。自分がどこにいるか、そんなのはどうでもいい」

ロスも巡礼者の話をしていた。ここは新たなエルサレムを目指して作られたわけではないかもしれないが、人々はここでより高次な存在を見出すための長旅に出る。あるいは少なくとも、肉体の組織が腐敗するのを防ぐための科学的プロセスに入っていくのだ。

「部屋に窓はありますか？」

「窓はいらない。窓の向こうに何がある？　どうしようもない気を散らすものだけだ」

「でも部屋自体はどうですか。もしも俺の部屋みたいだったら。大きさが」

「部屋とは慰めであり、瞑想である。手を上げると天井に届く」

「修道士の独居房というわけですね？　それにマント。そのまとっているマントを俺は見てるんです」

「スカプラリオという名だ」

「修道士のマント。でも修道士らしくない。その手のマントは灰色か茶色か黒か白じゃないんですか？」

「ロシアの修道士に、ギリシアの修道士だ」

「わかりました」

「カルトジオの修道士にフランシスコの修道士に、チベットの僧に、日本の僧にシナイ砂漠の修道士だ」

「そのマントは、それは一体どこのものなんですか？」

「椅子にかかっているのを見つけたんだ。今でもその光景を思い描ける」

「あなたはそれを持っていった」

「これを見た瞬間から、私のものだとわかっていたんだ。あらかじめ決まっていたことだ」

一つか二つは疑問をぶつけることもできた。誰の椅子だったのか、どこの部屋だったのか、どこの街だったのか、どこの国だったのか？　だが俺は、そうすることがこの男の語りの作法に対する侮蔑になるだろうとわかっていた。

「余命何時間か何日かという人間の世話をしてないときは、何をやってるんですか？」

「私がするのはそれだけだ。人々に話しかけ、彼らのために祈る。彼らは私が手を握ることを求め、その人生について私に語る。話したり聞いたりするだけの力が残っている者はな」

俺は男が立ち上がるのを眺めた。最初にちらっと見たときの印象よりも長身だった。マントは膝までの丈で、男が扉に向かうとパジャマのズボンがはためいた。男はくるぶしまで覆う白黒のスニーカーを履いていた。俺はこいつを滑稽な人物だとは思いたくなかった。明らかにそうではない。実のところ、俺はこいつの存在、外見、発言内容、偶然に流されたその人生の足跡に救われたように感じたのだった。マントは呪物で真面目なものだった。修道士のスカプラリオ、シャーマンのマント。霊的力を持つと自分が信じるものを身につけているのだ。

「俺が飲んでるのは紅茶ですか？」

「緑茶だ」男は言った。

俺はウズベク語の単語やフレーズが飛び出すのを待っていた。


アーティスは言った。「十年かそれぐらい前に手術をね、右目の。終わったとき、あの人たちは当分つけておかなきゃいけない、目を守る眼帯をよこした。私は家で眼帯をつけて椅子に座ってたわ。看護師がいてね。ロスが手配してくれたの。別に必要なかったけど。私たちはマニュアルにあった全部の指示に従ったわ。椅子に座って一時間眠って、起きると眼帯を外して、あたりを見まわして、そうしたらすべてが違って見えたの。驚いたわ。私は一体何を見ていたの？　私はいつもまわりにあったものを見ていた。ベッドに、窓に、壁に、あとは床。でもそれがなんて明るいのか。輝いてるのよ。ベッドカバーに枕カバーも。豊かで深みのある色彩で、内側から何か発してるの。前には絶対なかったわ。今までずっと」アーティスは言った。

俺たち二人は前の日と同じように座り、俺は相手の言っていることを聞くために前屈みになる必要があった。話を続ける準備が整うまで、アーティスは時間が流れるがままにしていた。

「何かを見るとき、私たちが、実際にそこにあるものについての若干の情報、感覚、暗示を得ているにすぎないのは知ってる。細かいことや専門用語は知らないけど、でも視神経が真実を完璧に伝えるわけではないってことは知ってるわよ。私たちが見てるのは暗示だけ。他はすべて私たちが勝手に作り上げたものなのよ。現実のものを我流で再構築したもの。もしも現実のものと言える何かが哲学的に存在したらだけど。ここで、この施設のどこかで、人間の視覚の未来モデルに関する研究が今も進んでるのを知ってるわ。ロボットに、実験動物に、もしかしたら私のような人間を使って実験をしてね」

アーティスは今、俺のことをまっすぐに見ていた。短いあいだだが、俺に自分自身を見るよう仕向けた。そこに立ち、見られている人間として。かなり長身で先史時代的なぼうぼうで豊かな髪をした男。椅子に座った女性が続ける深遠な洞察から俺が借用できそうなのはこれだけだった。

アーティスは今度は俺を、例の日に見たものと取り替えた。

「でもその風景が、なじみの部屋が今では変貌してるの」アーティスは言った。「それに窓。私は何を見ていたのか？　広々としてこれ以上ないぐらい真っ青な空。私は看護師には何も言わなかった。何を言えばいいの？　それに絨毯。ああ。ペルシアというのが今でもただただ素敵な言葉だわ。あの形と色彩、左右対称の柄、温かみや赤い色には何かがあるなんて言ったら大袈裟かしら。なんて言えばいいのかわからないわ。絨毯に魅了されて、それから窓枠ね。白いの、本当に白くて。でも私はあんな白を見たことがなかったし、知覚を変化させるような痛み止めも飲んでいなかったわ。一日四回、目薬をさしてただけ。ものすごい深みのある白よ。比較を絶する白。比べる必要なんてなかった。あるがままの白。大袈裟な言い方じゃないのは、すっかり話を作ってしまっていないのは確かかしら？　自分が思ったことははっきり覚えてる。私は思ったの。これが本当の姿をした世界なのかしら？　これが私たちが見方を学んでこなかった現実なの？　後知恵じゃないわよ。これが動物たちが見ている世界かしら？　窓の外を見て、こずえと空に目をやりながら、最初の少しのあいだだけ、私はこんなことを考えていたの。これは動物だけが見ることのできる世界なのかしら？　野生のタカやトラに属する世界」

アーティスはずっと身ぶり手ぶりをまじえてはいたが、かろうじてという様子だった。手が何度も動き、記憶を、映像を整理していた。

「看護師を家に帰して、片目に眼帯をつけて早めにベッドに入ったわ。指示にそうあったの。朝、眼帯を外して、家中を歩き、窓の外を見たわ。見え方はよくなっていたけど、でも普通でしかなかった。あの経験は過ぎ去ってしまったの。ものの輝きが。看護師が戻り、ロスが空港から電話してきて、私は指示に従ったわ。晴れた日で、歩いてみた。それともあの経験はどこかへ流れていってしまったわけではなくて、輝きも消えてしまったわけではなくて、単に何もかもが再び抑圧されてしまっただけなのかしら。なんて言えばいいのか。私たちの見え方や考え方、私たちの五感が許容するだろうこと、そちらが優位に立つということだったのか。他にどう推測すればよかったのか？　私はそんなに例外的なのか？　何日か後にまたお医者さんにかかった。自分の見たものを伝えようとしたの。それから彼の顔を見て、話すのをやめたわ」

　アーティスはしゃべり続け、ときおり普段の話し方と抑揚を維持できなくなるようだった。単語や音節から離れ、自分の語ろうとした感覚を両目によって再び求めていたのだった。アーティスとは顔面全体であり、両手であり、ローブのひだの下に集まった肉体なのだった。

「でもそれで話は終わりじゃないんだよな？」

　この質問でアーティスは喜んだ。

「そうよ、そうなの」

「いつまたそうなるんだ？」

「そうね、まさにね。それが考えてたことで。臨床の標本になるの。毎年進展がある。体のあちこちを取り替え、あるいは作り直す。ドキュメンタリー調なのに気づいたかしら。私はここの人たちに話してきたの。原子レベルの組み立て直し。再覚醒して世界への知覚を新たにするというのを私は確信してるわ」

「あるがままの世界」

「必ずしもそれほど先でもないときにね。それでこれが、未来を想像しようとするときに私が考えることなの。もっと深い本当の現実へと生まれ変わるの。輝かしい光の筋、十全たる物質、聖なるものへと」

　俺はこの永遠の生への賛歌にアーティスを誘導したものの、どう応じればいいのかわからなかった。俺の限界を超えている。この何もかもが。アーティスは科学の厳密さを知っていた。たくさんの国で仕事をしてきたし、様々な大学で教えてきた。人類の発展の多様な段階について観察し、特定し、調査し、説明してきた。だが聖なるものとは。それはいずこに？　もちろんあらゆるところにあった。美術館に図書館に礼拝場に採掘された地中に、石と泥の廃墟に。そしてアーティスはそれを掘り出し、両手でつかむのだ。俺はアーティスが、銅製の小さな神の、縁が欠けた頭の埃を吹き払うのを想像した。だがこの人が今語った未来は別物で、さらに純粋なオーラをまとっている。それは超越であり、月並みな経験という尺度の外側に存在する叙情詩のごとく熱烈な約束だった。

「自分がこれから経験するプロセスについて知ってるのか。細かいことや、連中がどうやるかとか」

「ちゃんとわかってるわ」

「未来のことは考えるのか？　戻ってくるってどんな感じなんだ？　体は同じ。そうだな。あるいは体はよくなっているかもしれない。でも心は？　意識は変わらないのか？　同じ人間なのか？　ある名前を持った者として、あらゆる歴史と記憶、そしてその人間の、その名前のなかに蓄積された秘密を持った者として、死ぬ。だがそういうものは何も変わらない状態で目覚めるのか？　それは単に長い夜の眠りにすぎないのか？」

「ロスと私でよく言ってる冗談があるの。再覚醒のときに、私は何者になっているのか？　私の精神は私の肉体を離れて、どこかの別の肉体に移るのか？　私が探してる言葉は何かしら？　それとも目覚めると、自分はフィリピンのオオコウモリだなんて思っているのか？　虫に飢えてね」

「それで本当のアーティスは。どこにいるんだ？」

「男の子の赤ちゃんの体に入り込んでるの。田舎の羊飼いの息子よ」

「輪廻転生だな」

「ありがとう」

部屋のなかで、まわりには何があるのかわからなかった。俺が目にしていたのは椅子に座ったこの女性だけだった。

「明後日」俺は言った。「それとも明日かな？」

「どうでもいいわ」

「明日だと思うな。ここでは日付の感覚がなくなるよ」

アーティスは少しだけ目を閉じ、それからまるで初めて出会ったふうに俺を見た。

「年はいくつなの？」

「三十四だ」

「まだ始まったばかりね」

「何が始まったんだ？」俺は言った。

ロスが奥の部屋の一つから出てきた。運動着にスポーツ用靴下という格好で、気がかりであまり眠れていないのがよくわかった。親父は後ろの壁のところにあった椅子をアーティスの座る肘掛け椅子の隣に動かし、その両手に自らの手を重ねた。

「あのころは」俺は親父に言った。「そんな格好でいつもジョギングしてたよな」

「あのころはな」

「たしか、そんな洒落た服じゃなかったけど」

「あのころはタバコを一日に一箱半吸ってた」

「そうすれば何もかも相殺されるって話だったよな」

俺たち三人。俺たちが同じ部屋にいたことなんて何ヶ月もなかったことにふと気づいた。俺たち三人が。想像を絶することだが、俺たちは今ここにいる。別の形の収束《コンヴァージェンス》だ。連中が来てアーティスを連れていく前日に。俺はそんなふうに考えていたのだ。連中が来てアーティスを連れていくのだろう、と。連中はまんなかで折れ曲がって上半身を起こせるような担架を押して到着し、カプセル、小瓶、注射器を用意し、アーティスに人工呼吸用のマスクを取りつけるのだ。

ロスは言った。「アーティスと私でジョギングした、そうだったよな？　ハドソン川沿いをバタリー公園まで走り、それで戻ってきたものだった。リスボンでも走ったな。思い出してくれよ。朝六時に、例の急な坂道を上って礼拝堂まで行って、景色を眺めて。パンタナール大湿原でも走ったな。ブラジルで」親父は俺がわかるようつけ加えた。「実質的にはジャングルを通っていたあの高台の道をな」

俺はベッドと杖のことを考えた。片隅にはベッドに入った母さんがいて、扉のそばには例の女がいる。母さんの近所の友人だが、名前はずっと不明で、杖に、四点杖に——小型の足が四本拡がった鉄の杖に——体重をかけている。

ロスは様々なことを話しては思い出し、もはやほとんど無駄口を叩いているようだった。二人が近くから見た動物や鳥のことや、親父がそいつらに名前をつけたこと、植物の種《しゅ》のことや、それにも名前をつけたこと、そして低空で飛んだ飛行機からのマット・グロッソの眺めについて。

連中が来てアーティスを連れていくのだろう。車椅子に乗せてエレベーターまで運び、立入制限階と呼ばれているところの一つまで下りていくのだ。アーティスは化学物質に誘発されて死ぬのだ。氷点下の地下納体堂のなかで、集団妄想、迷信、傲慢、自己欺瞞により導かれる、高度に精密な医療行為において。

俺は怒りがこみ上げてくるのを感じた。今に至るまでここで行われていることに対する自分の反感の深さに気づいていなかった。どうしようもない昔話を語る親父の声のリズムに、それとなくからみついた反応だ。

男がトレーを持って現れた。ティーポットとカップとソーサーを持ってきたのだ。そいつは親父の椅子のそばの折りたたみテーブルにトレーを置いた。

いずれにせよ、アーティスは死ぬのだ、と俺は思った。夫や連れ子や友人たちがまわりにいる自宅のベッドでにせよ、あるいはここで、何もかもがどこか別の場所で起こるという、この連隊の前哨基地でにせよ。

お茶が来て部屋は静まった。男がいなくなるまで俺たちは静かに座っていた。ロスは指を舐め、ポットに触れた。そしてこぼさないようひどく集中しながら、お茶を注《そそ》いだ。

お茶のせいでまた怒り沸騰だった。カップとソーサーに、慎重な注ぎ方が。

アーティスは言った。「この場所がね、ここの何もかもが、私にとっては通過点のような気がするの。ここに来ては去っていく人がたくさんいて。それでまた別の人たちがね。一方の意味においては、私みたいに去っていき、でももう一方の意味においては、私みたいにここに残る人たちが。ここに残り、そして待つ。束の間に消えてしまわないのは芸術品だけよ。それは鑑賞する者のために作られたのではないわ。単にここに存在するために作られたの。それはここにあり、ここに固定され、岩に組み込まれた礎《いしずえ》の一部になっている。色を塗った壁に、模造の扉に、映像を映す廊下のスクリーン。他にも至るところにオブジェが」

「マネキンだな」俺は言った。

ロスは俺の方に身を傾けた。

「マネキンな。どこにだ？」

「どこだかはわからない。廊下の女だ。女がちょっと怯《おび》えてそうなポーズを取っている。赤褐色の女だ。裸だった」

「他のところには？」親父は言った。

「わからないな」

「他にマネキンは見なかったのか？　裸だったり、そうではなかったりの他の人形は？」

「いいや。全然だ」

「到着したときに」親父は言った。「お前は何を見たんだ？」

「大地に空に建物。去っていく車」

「他には？」

「もう言ったと思うぜ。入口で俺を案内する男が二人待っていた。近づくまで俺はそいつらを見なかった。それからセキュリティーのチェックを通り抜けた」

「他には？」

俺は他のものについて考えてみた。さらには、この深刻な状況下でなぜこんな下らない話をしているのか不思議に思った。こういうのは生死に関わる問題のまっただなかで起こる現象なのだろうか？

俺たちは当たり障《さわ》りのない領域に引っ込んでしまっている。

「お前は他のものも見たんだよ。建物に入る前に五十メートルほどの距離から、端の方にな」

「何を見たっていうんだ？」

「二人の女だ」親父は言った。「フードのついた長い衣装を着た」

「チャドルの女二人はな。もちろん。暑くて埃の舞うなか、ただ突っ立ってたよ」

「そのとき初めて芸術品を目にしていたんだ」親父は言った。

「まったく気づかなかった」

「立ったまま完全に静止している」親父は言った。

「マネキンね」アーティスは言った。

「見たか見なかったか。それは問題ではない」親父は言った。

「あれが本物の人間じゃないなんて想像もしなかったよ。単語は知っていた。チャドルだ。それともブルカか。あるいは別の名前かもしれないが。俺が知らなきゃいけなかったのはそれだけさ」

俺は手を伸ばしてロスからティーカップを受け取り、それをアーティスに渡した。俺たち三人。誰かがアーティスの髪を刈り込み、櫛を通していて、こめかみのあたりまでの短さになっていた。これはほとんど規則のように思われた。やつれた顔を強調し、目を大きく見開いた状態にしておくのだ。だが俺は入念に眺めた。俺はアーティスが、肉体においてよりも精神において、言葉の端々にうっすらと現れるためらいのなかで、何を感じているか理解しようとしていた。

アーティスは言った。「私は自分自身を人工的に感じてしまうの。私は、私ということになっている何者かにすぎないのよ」

俺はそれについて考えた。

アーティスは言った。「声が違っているの。自分がしゃべるのを聞くとどこか自然ではないの。それは私の声ではあっても、私のなかから出てきたように思えなくて」

「薬だ」ロスは言った。「ただそれだけのことさ」

「自分の外から来ている感じなの。いつもってわけではないけれど、たまに。自分が双子で、お尻がつながっていて、もう一人の方がしゃべっているみたいなふうで。でも実際はまったくそうじゃない」

「薬だ」親父は言った。

「たぶん実際に起きたことが頭をよぎるの。ある程度の年齢になると、人は実際には起こらなかったことを思い出すというのは知ってるわ。これは違う。起こったことではあるけれども、それは間違いで呼び起こされたという感じ。私が言いたいのはそういうことかしら？　電気信号が間違ったところに行ってしまった」

私は、私ということになっている何者かにすぎない。

これは論理学か存在論を学ぶ学生が分析すべき一文だ。俺たちは話の続きを待った。アーティスは今では、途中で止めたり休んだりしながら、連続的に断片を出すというふうにしゃべっていて、俺は自分が頭《こうべ》を垂れ、祈禱のときのように集中しているのに気づいた。

「私は乗り気よ。伝えられないほどに。これをするのに。別次元に突入する。そして戻ってくる。ミ・ラ・イ・エ・イ・ゴ・ウ。自分自身にかける言葉よ。何度も何度も。なんて美しい。ミ・ラ・イ・エ・イ・ゴ・ウ。そう言うの。もう一度そう言うの。もう一度そう言うの」

アーティスがティーカップをゆるやかに置く仕草、守るべき家系の伝統。カップをぎこちなく手にし、それをぞんざいに下ろすのは先祖代々の記憶への裏切りだった。

ロスは緑と白の運動着を着て、たぶんそろいの局部サポーターもつけて座っている。

「未来永劫」親父は言った。

今度は俺の番で、なんとかその言葉を囁いた。それからアーティスの両手が震え始め、俺は自分のカップを下ろしてアーティスのそれに手を伸ばし、親父に渡した。


俺は他人の家を恐れていた。ときおり放課後に、友達がそいつの家なりアパートなりで一緒に宿題をやろうと誘ってくることがあった。それは衝撃だった。他の人間の生活するさまが。他のやつらが、俺以外の人間が。俺はどう応答すればいいのかわからなかった。そのべたついたなれなれしさに、キッチンの流しの水、流しから飛び出た鍋の取っ手。俺は興味を持ちたかったのか、楽しみたかったのか、無関心でいたかったのか、優越感に浸《ひた》りたかったのか？　浴室の前は歩いてみただけだ。女のストッキングがタオル掛けから垂れ、窓の下枠には薬の瓶――蓋が開いているのもあれば閉まっているのもある――が置かれ、浴槽のなかには子ども用のスリッパがあった。こういったものを目にして俺は走って隠れたくなった。自分の潔癖ぶりゆえにということでもあった。寝室には整えられていないベッドがあり、床には誰かの靴下が落ちていた。寝間着に裸足という年配の女がいて、ベッド脇の椅子にその生涯が寄り集まっていた。老女は腰を曲げ、何か言いたげな顔をしていた。一体こいつらは誰なんだ、毎分毎分、来る年も来る年も？　俺は家に帰り、閉じこもりたくなった。

俺は自分がやがては、グローバル金融における親父のキャリアとは真逆の人生を築いていくだろうと考えていた。俺たちはそんな話をしていた。マデリンと俺とで、それなりには真剣に。俺は詩を書いているだろうか、半地下の部屋で暮らして。哲学を学んでいるだろうか。アメリカ西部のどまんなか、どこかにある名もない大学で、超限数学の教授でもやっているのだろうか。

そして若い芸術家の作品を買い、メーン州の地所に建てたスタジオを彼らに使うよう勧めるロスがいたのだった。具象、抽象、コンセプチュアル、ポストミニマル。そこにいたのは、場所、時間、資金を必要とする才能の認められていない男と女だった。ロスがあの連中を利用しているのは、膨れ上がった財産に対する俺の反応を和《やわ》らげるためだと、俺は自分に言い聞かせようとした。

結局、俺は自分にふさわしい進路を歩むことになった。クロス・ストリーム・プライシング・コンサルタント。そしてインプルメンテーション・アナリスト――クラスタ環境と非クラスタ環境でだ。これらの仕事はそれを説明する言葉に飲み込まれていた。仕事の名前が仕事だったのだ。机の上のモニターから仕事が俺を見返していて、その場所でこれこそが俺の属するところなのだとしっかりと理解した上で、俺は自分の状況を受け入れていた。

自宅では、路上では、飛行機への搭乗をゲートで待つときにはまったく違っているだろうか？　俺は個人用機器のための偽薬で生計を立てている。どのボタンに触れても、自分が知らなかった、知る必要のなかったことがわかって神経が高ぶった。俺の不安な指先にそれが現れ、少しのあいだ表示された後に永遠に消え去るまでずっとだ。

母さんは糸くずを取るためのローラーを持っていた。一体なぜ自分がそれに魅了されたのかはわからない。俺は母さんが布製のコートの裏をその道具できれいにするのを眺めていたものだった。俺は**ローラー**という単語を、辞書をこっそり引かずに定義しようとしてみた。腰を下ろして考え、考えているのを忘れ、やがて再開し、メモ用紙に言葉を走り書きし、その夜と翌日はときおり自分が無口になっていくのを感じながら。

回転する円筒形の機器で、衣服の表面に付着した繊維の断片を集める。たとえ辞書の定義を見ないことが大事だったにしても、これにはどこか満足できて、大変な苦労の末に出てきたようなところがあった。ローラーそのものは十八世紀の道具のようで、馬を洗うためのものらしかった。俺はしばらくのあいだこれを続け、ある物体どころか、観念を表す言葉を定義しようとしていた。**忠誠**を定義するんだ。**真実**を定義するんだ。こんなことを続けて自分がだめになる前に、俺はやめねばならなかった。

失業の仕組み、とロスはテレビで言っていた。フランス語でしゃべり、字幕がついていた。これについて考えようとしてみた。だが、俺は自分が引き出すかもしれない結論を恐れていた。この表現は大仰な専門用語ではなく、意味をなすものであり、重要テーマに関する説得的な議論へと開かれたものであるという結論だ。

マンハッタンにアパートメントを見つけ、仕事を見つけ、それから別の仕事を探していたときに、俺は毎週末を散歩に充《あ》てていた。たまに彼女が一緒だ。抱きかかえられるぐらい細身で長身の恋人がいたのだ。彼女はファースト・アヴェニューのファースト・ストリートに住んでいて、俺はゲイルという名の綴りがGaleかGailのどちらなのか知らなかった。俺は訊いてみる前にしばらく待つことにした。ある日は片方の綴りだと考え、別の日にはもう片方の綴りだと考えてみて、そして自分が彼女のことをどんなふうに考え、どんなふうに見るか、彼女にどんなふうに話しかけ、どんなふうに触れるかについて違いが生じるかを見極めようとしたのだった。

長い無人の廊下にある部屋。椅子にベッドに剝き出しの壁に低い天井。部屋で座り、それから廊下をぶらつく。そこでは俺は、自己という存在がもっとも小さなものへと変わっていくのを感じることができた。俺を取り巻くひどくうぬぼれた考えの数々が個人的な夢想にすぎないものへと縮小していったのだった。なぜならここにいる俺は自己防衛が必要な人間ではないからだ。

他所《よそ》の家のにおい。母親の帽子と手袋を身にまとって俺に向けてポーズを取ったガキがいた。これ以上ないってほどひどい代物だったが。妹と交代で、むずむずするおぞましい菌を退治するために、父親の足の爪にローションを塗らなければいけないと言っていた小僧だ。やつはそうするのが愉快なことだと思っていた。なぜ俺には笑えなかったのだろう？　台所のテーブルに座って宿題を一緒にやっているあいだも、あいつは**菌**という言葉を繰り返していた。しおれたトーストが半分、こぼれたコーヒーでまだ濡れているソーサーの上に置かれていた。**サイン、コサイン、タンジェント。菌、菌、菌。**

GaleとGailどちらなのかは、今に至るまで俺の生涯でもっとも興味深い問題だ。もっとも、女の名前の綴りについてなんの洞察も得られることはないし、女の体の上を滑る男の手の動きが変わるわけでもないけれども。

ネットワーキング・サイトのシステム・アドミニストレーター。人事プランナー——グローバルな流動性。仕事から仕事への——ときには街から街への——漂流は、俺という人間にとって不可欠なものだった。俺は主体的ではなかった。ほとんど常にそうだった。主体性とはなんであったとしてもだ。ちょっと自分を試してみようと思ったのだ。特にネガティブな含みのない、精神の挑戦だったのだ。何も賭けられてなどいない。ソルーション・リサーチ・マネージャー——シミュレーション・モデル。

マデリンは——評決を下すのは珍しいのだが——俺たちが昼食のため落ちあった博物館内のカフェテリアのテーブルで前屈みになった。

「すごく元気な男の子ね」と母さんは囁いた。「ひどい格好をした男ね」

修道士は椅子から立ち上がって手を上げると天井に届くと言っていた。俺は自分の部屋で立ち上がって同じことをやろうとし、爪先立ちでなんとかできた。座ってみると、部屋になんの特徴もないことに震えた。

そして俺は地下鉄でポーラと一緒にいる。アイダホ州ツインフォールズの出身、熱心な旅行者であり、ステーキハウスを経営している。それから車両の反対側には乗客相手に熱弁をふるう男がいた。苦難と喪失について、いつも不快な瞬間だ。電車の隅から隅まで、各車両で、仕事がないこと、家がないことについて。男は自身の物語を語るためにここにいて、手には紙コップを持っていた。乗客一同の目は断固として逸らされていたが、俺たちはそいつを見ていた。当然だ。長年乗ってきたのだし、盗み見は手慣れている。電車が大きく揺れていてもそいつが車両内をなんとか歩こうとしているときに。そしてポーラがいる。彼女は堂々と男を見て、そいつのことを分析的にじっくり考えている。不文律が破られた。ラッシュの時間帯のことで、俺たちは立っている。彼女と俺がだ。そして俺は彼女の尻に触れ、無視される。地下鉄はすっかりその男のための環境になっている。それか、ほぼそうなっている。ロカウェーからブロンクスまでずっと。あいつは俺たちから同情されて当然という雰囲気をまとい、俺たちはあいつに消えてほしいと思っている。俺は二、三ドルを紙コップに放り込み、もう一度ポーラの尻に触れる。今度はからかってだ。そして男は力いっぱいに車両間のドアを開き、今では俺が、あいつに向けられた陰鬱な視線のうちのわずかを浴びている。

俺は寝室に入る。部屋の壁にはスイッチ一つない。ランプがベッド脇のドレッサーに載っている。部屋は暗い。俺は両目を閉じる。暗い部屋で目を閉じる人間は他にもいるのだろうか？　こんなのは意味のない気まぐれだろうか？　それとも俺は、名前も研究の蓄積もある心理学的論拠に則ったふうにふるまっているのだろうか？　そこには心があり、ここには脳がある。俺はしばらく立ち尽くし、これについて考える。

ロスは俺をモルガン・ライブラリーまで引っ張っていき、十五世紀の書物の背表紙を眺めた。あいつは展示ケースのなかにあるリンダウ福音書の宝石で飾られた表紙を見つめて立ち尽くしていた。あいつは二、三階とバルコニーに入れてもらう手はずを整え、数時間後、隠し階段を上り、俺たち二人はインレイの入ったウォルナットの本棚のあいだを屈んで、小声で話しながら進んだ。グーテンベルク聖書が、そして各世紀の他の聖書が棚に並べられ、優美に十字の形をなしていた。

親父はそんなやつだった。母さんは何者だったのか？

名前はマデリン・シーベルトで、アリゾナ南部の小さな町の出身だった。サボテンの郵便切手のところよ、と母さんは言っていた。

母さんはコートをハンガーに掛ける。ハンガーは開いたクローゼットの扉にうまく掛かるように、上のフックの部分がひねってある。そしてコートの後ろ側にローラーを転がす。これを見て俺は満足する。というのもおそらく、俺にはマデリンが、コートをハンガーに掛けて、うまく工夫してクローゼットの扉の部分に配置し、そしてたまった糸くずをローラーで取るという単純な行為によって、ありふれた喜びを感じているのを想像できるからだ。

糸くずを定義するんだと俺は自分に言い聞かせる。**ハンガー**を定義するんだ。そして俺は実際にやろうとしてみる。そんな機会が、他のどうしようもない思春期の名残りとともに、執拗に続く。

俺は二、三度、その図書館を再訪した。開館時間内にメイン・フロアにだ。マントルピースにはタペストリーがかかっている。だが俺は親父にそのことを言わずにいた。

6

三人の男が敷物の上にあぐらをかいて座っていて、その向こうには空以外何もない。そいつらはゆるめの服――似あっていない――に身を包み、一人が頭を垂れて座り、あとの一人がまっすぐ前を向いていた。各人が脇にある容器、太めの瓶か缶を握っていた。二人の手の届くところには簡素な器《うつわ》に載った蠟燭があった。しばらくしてからそいつらは、連続して左から右に――見たところ計画的にというわけでもなさそうだが――瓶を手に取り液体を胸と手足に注いだ。それからそのうちの二人が、目を閉じながら頭部と顔面へと進み、ゆっくり注いでいた。まんなかにいた三番目の男は、瓶を口につけて飲んでいた。そいつの顔が歪むのが見えた。口は反射的に開き、蒸気が漏れるままになっていた。ケロシンかガソリンかランプ用オイルだ。男は残りを頭にかけて瓶を下に置いた。三人とも瓶を置いた。最初の二人は火のついた蠟燭をシャツの前の部分とズボンの足の部分に近づけ、三番目の男は胸ポケットからマッチ箱を取り出し、何度か失敗した後になんとか火をつけた。

俺はスクリーンから後ずさった。俺の顔はまだ斜めを向いていた。ケロシンが食道を通過して体内に入っていったときに三番目の男が示した反応を見てから、ずっと斜めを向いている。口を開けて燃える男たちが俺の上で揺れていた。俺はさらに後ずさった。混沌としていて、音はなく、えげつなかった。

俺は体の向きを変え、廊下を歩いていった。その映像は俺のまわりの至るところに存在していた。あのひどい数秒。火がつかず男が何度もマッチを擦り続けているときに俺が感じた苦痛。俺はあの男に着火できてほしかった。燃える同志たちのあいだに座って、一本、また一本とマッチの先の部分をだめにするのは、男にとって耐えがたかっただろう。

廊下の端に何者かが立っていた。女だ。俺を見ている。ここにいる俺は迷子の旅行者で、ここまで誰からも注意を向けられなかった。ビデオスクリーンから逃げてきた男。映像はまだすぐそばにあり、緊迫したものだったが、女は俺の向こう側を見ていなかった。スクリーンは空白だったか、あるいはどんより曇った日の何もない原っぱを映していたのかもしれなかった。俺が近寄ると、女はわずかに頭を左に傾《かし》げ、一緒に向きを変えて狭い廊下を進み、その突き当たりは別の長い廊下と直角になっていた。

女は小柄で、俺よりも年上で――四十代だ――丈の長いドレスにピンクのスリッパという格好だった。俺は焼身自殺については何も言わなかった。ここでのしきたりを尊重しようと思い、何も言わず、どんなものが出てくるのも覚悟していた。俺たちは廊下を一歩一歩進んでいった。俺は花柄で体にぴたりと張りついたドレスと、リボンできつく結ばれた黒髪をちらりと見た。女はマネキンではなかったし、今この瞬間は映像として流れているのでもなかったが、この合間に入ったワンシーンが、閉じた各扉のあいだで展開する、他から切り離された一つの瞬間よりも幅と広がりを持つのかどうかを、俺は考えねばならなかった。

俺たちは頑丈そうな壁面で行き止まりになった通路に入った。付き添いの女が短い単語をいくつか声に出すと、前方の壁面の覗き穴が使えるようになった。俺は大股で前に一歩進み、高くなった位置から、自分が穴を通して細長い部屋の向こう側の壁を見つめているのに気づいた。

巨大な人間の頭蓋骨が、壁から突き出た台座に載せられていた。頭蓋骨はところどころにひびが入り、古さゆえのしみがつき、けばけばしい銅製で、生命力を失ったような灰色をしていた。眼窩《がんか》は宝石で縁取られ、とがった歯は銀色に塗られていた。

そして部屋そのものがあった。岩を切ってできた壁と床からなる質素なものだ。男と女が一人ずつ、表面に傷の入ったオークのテーブルのところに座っていた。その上に名札はなく、書類が散らばってもいない。二人は話していたが、必ずしも互いに対してではない。男女に向かって九人が木製の長椅子に自然に散らばり、そいつらの背中が俺の方に向いていた。

付き添いはきっとどこかへ行ってしまっただろうと思ってはいたが、俺は普通の人間がそうするように確認のために後ろを振り向き、その時間を無駄なものにしてしまった。女はいなくなっていた。当然だ。そして俺の五歩ばかり後ろでスライドドアが閉じる途中だった。

テーブルの前の女は人間による偉大なる壮観について語っているところだった。白装束の信者たちが、毎年毎年、何百万もメッカに巡礼し、集団で祈禱することについて。そして、ガンジス川のほとりに何百万人も、何千万人ものヒンドゥー教徒が集《つど》う不死の祭典について。

女は華奢な感じで、丈の長いゆったりしたチュニックを着て、頭にはスカーフを巻き、やわらかに、正確にしゃべっている。そして俺はその優美に訛《なま》った英語と黄褐色の肌がどの地域のものなのか突き止めようとしていた。

「サン・ピエトロ広場の上のバルコニーに教皇様がおいでになるのを考えてみてください。とてつもない数の人々が祝福を受けに集まったのです」女は言った。「心の平安を得るために。教皇様は人々の未来を祝福するためにそこにおられたのです。今際《いまわ》の際《きわ》を超えて、この先の魂の生について安心させるために」

俺は自分自身が、拳《こぶし》を固めた無数の肉体のあいだにいて、みなで畏れ多き神秘のなかへと連れ出されるのを想像してみたが、そんなふうに思い続けられなかった。

「私たちがここで行っているのは、ささやかで痛みを伴う私事です。ときおり、一人また一人と地下室に入っていきます。平均的な日には何人ぐらいが？　平均的な日などありません。それにここには単なる見せかけもありません。憐れみ、屈服、服従、崇拝のなかで肉体が瞬間移動することもありません。私たちは指輪やスリッパに口づけをすることもありません。祈禱のための敷物もありません」

女は背を屈めて座り、片手でもう一方の手を握っていた。よく練られたそれぞれの言い回しによって女の献身ぶりが示されていたので、俺も考えることを選んだ。

「でもかつての信仰や儀礼との結びつきはあるのでしょうか？　私たちは単に、すでに山のようにあった永遠の生についての伝統を、革新的テクノロジーによって更新し、引き延ばしたにすぎないのでしょうか？」

長椅子に座った男が振り向いて俺の方を見た。親父だった。俺を見てゆっくりと訳知り顔で頷いている。ここに彼らがいるのだよと言っているようだった。この企てのあり方を決定づける理念と理論を打ち出した二人の人間が。前に親父は不可欠な頭脳と表現していた。そして他の連中は、ロスがそうであるように、後援者に違いなかった。資金繰りを支える金持ち連中が、石室で背もたれのない長椅子に腰を下ろし、コンヴァージェンスの哲学的核心について何かしらを学んでいるのだ。

男がしゃべり始めた。どこか近くから音が、さざめきが聞こえてきた。そして男の言葉は、中欧のどこかの言語から、機械的で性差を感じさせないなめらかな英語へと変わっていったのだった。

「これが未来なのです。この隔たりが、この地下に没した空間が。確固としているけれども、同時にある意味でつかみどころがない。宇宙から見た地図の座標です。そして我々の目的の一つは環境と溶けあう意識を確立することなのです」

男は背が低くずんぐりしていて、額は広く髪はちぢれていた。まばたきが多く、ずっと目をパチパチしていた。話をするのは一苦労といった様子で、そいつはしゃべりながら片手をしきりに回転させていた。

「我々は自分たちが時間の外側で、歴史の外側で生きるのを目撃するのでしょうか？」

女が俺たちを地上に呼び戻した。

「未来への夢と希望は、生が地上に存在する際の錯綜と現実を説明するには往々にして役立たずです。我々には明白な事実です。飢えた人々に、ホームレスに、閉じ込められた人々。敵対党派に宗教にセクトに民族。崩壊した経済。気候の大変動。我々はテロリズムに動じないでいられるでしょうか？サイバー攻撃の脅威をはねつけられるでしょうか？　ここで本当に自足していられるのでしょうか？」

語り手たちはその発言を、目の前に集まった者たちを超えたどこかへと向けているようだった。自分の視界を外れたどこかに音声と映像を記録する装置があって、この議論は主に保存用のものなのではないかと俺は勘ぐった。

それから俺は、自分がここにいるということは、父親と息子である俺と巻き毛の付き添い人にしか知らされないようになっているのではないかとも勘ぐった。

連中は終末について、万人の終末について話していた。女は今では下を向き、ざらついた木製のテーブルに向けてしゃべっていた。この女は定期的に断食し、数日間食べ物なしで、水だけを口にしているのではないかと想像した。以前はイギリスとアメリカで過ごし、逃避の作法、潜伏の作法を会得して、書斎に引きこもっていたのではないかと想像した。

「我々は星のなすがままにいます」女は言った。

太陽の実態はよく知られていません。連中は太陽嵐について、フレアとスーパーフレアについて、コロナの放出について語った。男は十分な数の喩《たと》えを見つけ出そうとしていた。そいつは地球の軌道に言及するときに、それにあわせてぎこちなく片手を回転させていた。俺は女を見た。頭を垂れて、しばらくのあいだ黙っていた。何十億年もの歳月、我らが脆弱な地球。彗星や小惑星がでたらめに激突する。過去の絶滅、現在の種の喪失。

「破局は我々が寝る前に聞くおとぎ話です」

まばたき男が興に乗ってきた、と俺は思った。

「多かれ少なかれ我々は、たとえそれがどんなものになろうとも、地球を襲うだろう最後の大災害への対抗策を練るためにこの場所にいるのです。我々が終末をシミュレートするのは、それについて研究するため、ひょっとしたらそれを生き延びるためでしょうか？　我々は未来を調整し、自分たちの面前の時間の枠組みのなかに移そうとしているのでしょうか？　仮に未来のある時点において、地球の生命がさらに弱体化しているとしても、死は受け入れがたいものでしょう」

俺は男を昔の映画で見たことがあった。家具だらけの部屋で夕食のテーブルに集った一家の長だ。教授だったが大学を辞めて、こいつが言うところのこの地下に没した空間で理念の挑戦に従事している男だと俺は思った。

「破局は初期段階の脳に組み込まれています」

俺はこいつに名前をつけることに決めた。二人とも名前をつけてやろう。遊び半分に、そして俺という隠れた男の、秘密の目撃者という大したことのない役割を拡張し、この場面に関わり続けるために。

「それは我々一人ひとりの死すべき定めからの逃避です。破局。それは我々の肉体と精神のなかの、ひ弱で臆病な部分を圧倒するのです。我々は終わりに直面するけれども、一人ではありません。我々は嵐の中心で自身を失うことになるのです」

俺は男が言っていることに注意深く耳を傾けた。うまく翻訳されているが、俺は一言も信じなかった。それはご都合主義的な詩のような代物だった。現実の人間、現実の恐怖にあてはまるものではなかった。それとも俺が狭量で、あまりにも視野が狭いということなのだろうか？

「我々は孤独の力を獲得するためにここにいるのです。生の終わりにまつわる何もかもを再考するためにここにいるのです。そして我々はサイバー人間という形態で、今までとはまったく違ったふうに我々に語りかける宇宙へと進出していくことでしょう」

俺は様々な名前を閃いては却下した。やがて俺はサボーという名を思いついた。これが男の出身国の名前なのかは知らなかったが、そんなことはどうでもいい。ここでは出身国などというものは存在しないのだ。俺はこの名前が気に入った。こいつの膨れた体にぴったりだった。ミクローシュ・サボー。翻訳の機械的音声と見事に対をなす、土臭さを感じさせる名前だ。

俺はしゃべっている女をじっくりと見つめた。こいつの話は誰にも向けられていなかった。誰もいない空間に向かってしゃべっていたのだ。女に必要なのはファーストネームだけだ。名字はなし。家族もいなければ、他人との親密な関わりもなく、趣味もなく、戻らなければいけない特定の場所もない。ここにいるべきでない理由などなかったのだ。

頭に巻いたスカーフは独立のしるしだった。

「孤独、そうです。地下室で一人凍らされて、カプセルのなかにいることを考えてみてください。新テクノロジーはあなたがあなたであるのを保った状態で脳が機能するのを可能にするでしょうか？　これがみなさんが直面しなければならないかもしれないことです。意識ある精神。極限での孤独。一人ぼっち《アローン》。この言葉そのものを考えてみましょう。中英語です。**すべては一つ《オール・ワン》**。人格を脱ぎ捨てるのです。人格とは仮面であり、人生を構成する様々なお芝居のなかで創られる登場人物です。仮面は剝がれ、その人格は真の意味においてあなたとなるのです。すべては一つ。自己。自己とはなんでしょうか？　他者がいなくとも、友人が、見知らぬ人が、恋人が、子どもがいなくとも、歩く道が、口に入れる食べ物が、自分を見る鏡がなかろうとも、あなたがそうであるすべてのことです。しかし他者なくして、あなたは何者だというのでしょうか？」

アーティスは人工的に自己であることについて語っていた。これは性格の問題なのか。じきに姿を変え、縮められ、強化され、純粋な自己になり、低温のなかで一時停止状態にされる人間による作り話なのか？　そんなことは考えたくなかった。この女の名前について考えたかった。

女はところどころで中断しながら時間の性質について語った。過去、現在、未来と進む連続という発想にとって、地下の冷凍室では何が起こるでしょう？　あなたがたは日数を、年数を、分数《ふんすう》を理解するのでしょうか？　この能力は次第に弱まり、消えるのでしょうか？　時間の感覚なしで、みなさんはいかにして人間でいるのでしょうか？　より人間らしくなるのか？　それともいまだ生まれざる胎児になるのか？

女は旧世界の教授であるミクローシュ・サボーを見た。そして俺は男が、スリーピースのスーツを着た一九三〇年代の誰かだと想像してみた。著名な哲学者で、マグダという女と非合法のロマンスに耽《ふけ》っていた。

「時間は難しすぎる」男は言った。

これにはニヤッとさせられた。俺は屈みながら、目の高さより少し下に位置する覗き穴のところに立っていた。そして気がつけば再び部屋の奥の骸骨を見ていた。この地域の工芸品であり、盗品としてあり得そうなものであり、生の終わりに対して科学の力で立ち向かうというこの環境において、もっとも予想外なものだった。通常の頭蓋骨の五倍ほどの大きさがあり、さっきははっきりと見えていなかったかぶりものをしていた。人目を引く無数の小鳥がついた縁なし帽で、頭蓋にぴったり張りつき、金色の鳥たちは羽の先端がつながっていた。

それは本物らしく見えた。巨人の頭蓋で、死を感じさせてそっけなく、その職人的技巧と銀色の剝き出しの歯は戸惑いを覚えさせる。人の心を打つにはあまりに冷笑的な民芸品だった。俺は部屋には人がいなくて家具もなく、岩の壁があり、石で寒々としているのを想像した。そしてそうするとたぶん、骸骨はすっかりくつろいでいるように見えるのだろう。

二人の男が部屋に入ってきた。長身で色白の双子だ。古い作業ズボンにそろいの灰色のTシャツを着ていた。二人はテーブルの両端に立ち、前口上もなくしゃべり、互いに完璧にバトンタッチしながら話を進めた。

「今は銀河年第一幕のほんの始まりにすぎない。我々は宇宙の住民になりつつある」

「当然疑問もある」

「ひとたび我々が生の拡張をほしいままにし、絶えず再生する存在に至る可能性へと近づいたならば、我々のエネルギー、我々の野心はどうなるだろうか？」

「今までに構築した社会制度は」

「我々は倦怠と放縦という未来文化を設計しているのか？」

「死とは祝福すべきものではないのか？　それこそ我らが生の価値を、分刻み、年刻みで規定しているものではないのか？」

「他にもあまたの疑問が」

「先進テクノロジーで多少長生きすれば十分ではないのか？　我々はただただひたすら生き続ける必要があるのか？」

「なぜ無秩序に人間を激増させることにより、創造的科学を台なしにしてしまうのか？」

「文字どおりの不死性により、我々の不朽の芸術形式や、素晴らしい文化は虚無へと追いやられるのか？」

「詩人は何を書く？」

「歴史はどうなる？　カネはどうなる？　神はどうなる？」

「他にもあまたの疑問が」

「我々は制御不能となる人口水準へ、環境破壊へ向かう道を開いているのではないか？」

「生者はあまりに多く、空間はあまりにも狭い」

「腰の曲がった老人の惑星になるのではないか？　何百億もの歯抜けの微笑」

「死ぬ者たちはどうだ？　他の者たちは。他の者たちは常に存在するだろう。なぜある者は生き続け、別の者は死ぬのか？」

「世界の半分はキッチンを直し、世界のもう半分は飢餓を抱えている」

「我々は心身を苛《さいな》むあらゆる症状が、寿命が限りないものになるという状況のなかで治療可能になると信じたいだろうか？」

「他にもあまたの疑問が」

「生を規定する本質はその終焉にある」

「自然は、堕落せざる原初の形態に戻るべく、我々を殺《あや》めることを欲している」

「仮に永遠の生を得るとして、我々にはいかなる利益があるのか？」

「どんな究極の真理に我々は直面するのか？」

「最期は死ぬという悲しみこそが、人生で出会った人々にとって我々を大切な存在にするのではないのか？」

「他にもあまたの疑問が」

「死とは何を意味するのか？」

「死んだ者はどこにいるのか？」

「人が自分であるのをやめるのはいつか？」

「他にもあまたの疑問が」

「戦争はどうなるのか？」

「この新技術により戦争が終わるのか、それとも新たな紛争が拡散するのか？」

「個人の死がもはや必然でないのなら、核による破壊という絶えることなき発想はどうなるのか？」

「従来のあらゆる限界が消え始めるのか？」

「ミサイルが自ら発射台から外れようとするのか？」

「技術には死の願望があるのか？」

「他にもあまたの疑問が」

「しかし我々はそんな疑問をはねのける。それらは我らが企ての要諦を見落としている。我々は人間であることが意味する境界の拡張を望む。拡張し、そして超克するのだ。我々は人間の思考を改め、文明のエネルギーをねじ曲げるためにできるあらゆることに挑んでいるのだ」

二人はしばらくのあいだ、こんなふうに話していた。こいつらは科学者でも社会理論家でもなかった。一体何者だ？　こいつらは、何者なのかうまく特定できない、ある種の冒険家だった。

「我々はこの荒野を作り直してきた。この隔離された砂漠の糞穴を。我々自身を道理から、信頼できる思考とされているものの重圧から切り離すために」

「今日、ここで、この部屋で、我々は未来へ向けて語っているのだ。我々に勇敢だの、古風だの、愚かだのと評決を下すだろう者たちへと」

「二つの可能性を考えてみよう」

「我々は未来の、我々すべての未来の書き換えを欲し、そして一枚の空白のページで終わった」

「あるいは、我々はほんのわずかな者たちのあいだにいた。地上でのあらゆる生を、来《きた》るべきあらゆる時間のために変えていった者たちのなかに」

俺は双子のステンマルクと命名した。こいつらは双子のステンマルクだ。ヤンとラース、それともニルスとスヴェンか。

「カプセルのなかで、ポッドのなかで眠る者たち。今いる者たちと来るべき者たち」

「彼らは本当に死んでいるのか？　死者と呼べるのか？」

「死とは文化的構築物であり、人間的に不可避のものと厳密に確定されているわけではない」

「そして彼らは地下室に入る前と同じ人間なのか？」

「我々は彼らの肉体にナノボットを住まわせるだろう」

「臓器を回復させ、システムを蘇らせるのだ」

「胚性幹細胞」

「酵素、タンパク質、ヌクレオチド」

「彼らは我々の研究対象に、遊戯用玩具になるだろう」

スヴェンは聴衆の方に身を傾け、この最後の言い回しを口にした。そして後援者たちは小声でおかしそうに反応した。

「脳のしかるべき受容体に埋め込まれたナノ・ユニット。ロシア文学に、ベルイマン、キューブリック、黒澤、タルコフスキーの映画。古典的芸術作品。子どもたちが多くの言語で幼児用の押韻詩を読み上げる。ウィトゲンシュタインの命題、耳で聞ける論理学と哲学の書物。家族の写真とビデオ。ポルノも選べる。カプセルのなかで、昔の恋人を夢に見、バッハを、ビリー・ホリデイを聞くこともできる。音楽と数学の相互にからみついた構造についても研究できる。イプセンの戯曲を読み直すことも、ヘミングウェイの文章の流れを再訪することもできる」

俺はスカーフを巻いた女をもう一度見た。名前はまだない。名前をつけるまでは現実の存在にならなさそうだった。女は今では背筋を伸ばし、両手をテーブルの上で休め、両目を閉じていた。瞑想状態だったのだ。そう信じたかった。ステンマルク兄弟の語る言葉を一語一語聞いていたのだろうか？女の精神はお言葉も、お題目も、神聖なる音節も欠いていたのだろうか？

俺は女をまずはアルジュナとし、それからアルジャナと名づけてみた。かわいらしい名前だがぴったりではなかった。俺はここに、密閉された空間にいて、名前をひねり出し、訛りに注目し、即席で来歴と国籍を考えている。そういった特徴を放棄することを求める環境への反応としては浅薄なものだ。俺は自分を鍛えて、この状況とつりあう存在になる必要があった。でも俺が状況とつりあっていたことなど今まであったのか？　俺がしなければならなかったのは、俺がしていたことだった。

ステンマルク兄弟の発言に耳を傾けた。

「やがて我々の長大化した生に対する反応として、死への信仰が出現するだろう」

「死を取り戻す」

「死の反逆者集団が無差別に人を殺しだすだろう。田舎のそこここで男と女が前屈みで歩き、原始的な武器を手にすれちがう者を殺すのだ」

「儀礼的でもある、飽くことなき殺戮」

「死体の上で祈り、死体の上で詠唱し、とても口になどできない馴れ馴れしいあれやこれやを、死体に対して行う」

「そして死体を焼き、灰を自らの肉体に塗りつける」

「あるいは死体の上で祈り、死体の上で詠唱し、可食部分の肉を頬ばる。残りの部位は焼き捨てる」

「どんな形であれ、死滅という原型を再確認するために、死に取り憑かれし自らのルーツへと、人は回帰するのだ」

「死は終わらせがたい習慣だ」

ニルスは拳を上げ、肩越しに親指を後ろに突き出す動作をした。壁の骸骨を指していた。そして俺はただちに、直感的に、この巨大な剝き出しの骨のオブジェがこいつらの手になること、それからこの二人が、精彩を欠いた外見で、悪魔学者の心を持ったこの二人が、この施設全体の外観、調子、雰囲気に責任を負っていることを悟ったのだった。やつらの設計だったのだ。何もかもが。調子も流れも、半地下になっているのも、そのなかのものすべても。

何もかもがステンマルク仕様なのだ。

これは隔離と隠遁というやつら流の美学なのだ。ひどく奇妙で現実離れしていると感じられたあらゆる要素が。誰もいない廊下に、色彩の模様に、オフィスに通じて開く扉と開かない扉。迷宮のような瞬間、宙づりになった時間、無感動の中身に説明の欠如。俺は現れては消える映像スクリーンのことを、音のない映像のことを、頭のないマネキンのことを思い浮かべた。自分の部屋のことを考えてみた。その異様な平板さについて、そのようなものとして構想され設計されたどこことも感じさせない雰囲気について、そしておそらく五百か千はある同じような部屋について。そしてそう考えてみて、再び自分が誰とも区別がつかない存在へと縮まっていくように感じた。それに死者について、あるいは死んでいるだろう者について、はたまたそいつらが何者であれ、カプセルに直立して低温状態で死んでいる者について。それ自体が芸術だった。ここ以外のどこでもあり得ない。

兄弟は演説のやり方を変更した。録音装置にではなく、聴衆である九人の男女に直接語りかけるのである。

「我々は仕事に打ち込み、休みなく六年間ここで過ごしてきた。それから故郷へと帰還し——短期間だが実りある日々だった——以来ここことの行き来を繰り返している」

「ときが来れば」

「この言い方には一定の必然性がある」

「ときが来れば、我々はついに北の安全な故郷から、この砂漠の一点へと発つ。年老いて虚弱になり、足を引きずりながら、最終的清算へと近づくのだ」

「我々はここで何を見つけるのか？　世界の確立された宗教における、口にするのも憚《はばか》られるほど神聖なあの世よりも、確実な約束だ」

「我々には約束が必要なのか？　なぜ単に死ぬだけではだめなのか？　なんとなれば我々は人間であり、我々はすがりつくからだ。この場合は、宗教の伝統にではなく、現在と未来の科学にだが」

二人は穏やかに親しげに話していて、先ほどのやりとりよりも深い相互性があり、自己喧伝のかけらもなかった。聴衆は静まり、完全に動かずにいた。

「死の準備ができたというのは消えたがっていることを意味しない。心と体は我々にこの世を去るときだと伝えてくるかもしれない。だがそれでも我々は握り、つかみ、ひっかくのだ」

「ピン芸人が二人」

「ガラスのような物質に包まれ、細胞ごとに作り直され、そのときを待つ」

「ときが来れば、我々は戻るのだろう。我々は何者になるのか、何を見つけるのか？　何十年をも隔てた世界それ自体か。遅かれ早かれだが、それについて考えてみよう。外に何があるか想像するのは決して簡単ではない。よくなっているのか、悪くなっているのか、それともすっかり変わり果てて、判断がつかないほどに我々は驚いているのか」

　やつらは未来の地球の生態系について語り、回復した環境と荒れ果てた環境について理論化していた。それからラースが両手を上げて休止のサインを出した。聴衆が転換を飲み込むのに多少の時間がかかったが、じきに部屋は静まり、ステンマルクも沈黙する。兄弟自身が虚《うつ》ろな目で真っ正面をじっと見つめていた。

　ステンマルク兄弟は五十代前半で――俺がそう設定したのだ――皮膚が薄くて色白なので、俺の立っているところからも手の甲の枝わかれした青い静脈が見えた。俺は連中を前時代の路上のアナーキストだということに決めた。狙った地域での暴動や、より大きな騒擾の策を練るのに密やかに打ち込んでいるのだ。それらはすべて、二人の芸術的能力によって醸成されたものだった。それから俺は気がつけばこいつらが結婚しているのか考えていた。しているな、姉妹とだ。俺には連中が四人そろって森のなかを歩くのが見えた。兄弟が前を進み、それに姉妹が従う。家系の習慣であり、遊びであった。二人組のあいだの距離は冷静に測られ、注意深く維持される。俺のなかば狂った想像のなかでは、五メートルということになるだろう。俺はフィートやヤードではなく、メートルで測ることにしていた。

　ラースが両腕を下ろして休止が終わり、双子は話を再開した。

「諸君のうちの何人かもまた、ここに戻ってくるかもしれない。愛する者の通過を目撃するために。そしてもちろん、諸君もそのような通過が自分自身のための行いのように思い始めるかもしれない。ある日、諸君のそれぞれが、ときが来れば」

「我々は、今日ここで話していることのいくつかが気持ちを萎えさせるよう機能しているのに気づいている。別に構わない。これは我々の観点からの単純な真理である。だがそれを実行するのだ。カネと不死のことを考えるのだ」

「諸君は集められ、召集されて、ここにいるのだ。これが諸君の待ち続けたものではないのか？　自分自身のための神話を、まさに自らのものであると主張する方法だ」

「王、女王、皇帝、ファラオ」

「それはもはや諸君が眠るあいだに耳にするからかうような囁きではない。現実のものなのだ。諸君は神のごとき指先で触れられる何十億人もの彼岸で考えることができるのだ。実存的な跳躍を遂げるのだ。悲しく、残忍で、嘆かわしい死という脚本を、ありふれた方法で書き換えるのだ」

セールス調ではなかった。俺にはなんなのかはわからなかったが。カネのある選民どもの虚栄心への挑戦、愚弄、皮肉なのか、それとも金持ち連中が――たとえ当人たちが自覚していなくとも――常に聞きたがっていることを言おうとしただけなのか。

「今この時代においては子宮内で育った我々にとって、ポッドとはなじみやすいものではないのか？　そして我々が戻るとき、気がつけば何歳になっているのだろうか？　我々が選ぶのであり、諸君が選ぶのだ。申込用紙の空欄に記入すればいい」

俺は死に関するこのやりとりにうんざりして覗き穴から離れた。だが声から逃れるのは不可能だった。兄弟はスウェーデン語かノルウェー語で数単語羅列し、続いてノルウェー語かデンマーク語になり、そして今度はドイツ語で単語を並べ連禱した。ほんのわずかな単語はわかったが他はだめだった。ほとんどわからず、ほぼすべてだめだった。羅列が進んで俺は気づいたのだが、ヴェルト《Welt》、ヴォルト《Wort》、トート《tod》の音節で始まる語がほとんどだった。これは部屋に取り憑いた芸術だった。単調で紋切り型な音速の芸術であり、連中の声と、この墓場のような空間全体と、この白昼に語られる崇高なテーマに対して、俺は体を落として屈み、スクワットジャンプをするという形で応戦した。俺は跳んでは屈み、屈んでは跳んだ。腕は上に突き出している。五回、十回、十五回。そして再び体を落としては上げる。真の解放だ。そして俺は声に出してぶつぶつと数えた。

　やがて俺は木に住む猿を自分と似た者として想像した。毛むくじゃらの長い腕を頭の上まで振り上げ、自己防衛で飛び跳ねて吠え、筋肉をつけ、脂肪を燃やしているのだ。

　ある時点で、俺は誰か別のやつが聴衆相手に演説しているのに気づいた。ミクローシュだった。名字は忘れた。まばたき男のことだが、今は特徴のない翻訳された言葉で、存在と非存在という主題について語っている。俺はスクワットジャンプを続けた。

　俺が覗き穴に戻ると双子のステンマルクは消えていて、ミクローシュはまだしゃべり、頭にスカーフを巻いた女は前と同じ姿勢で、背筋を伸ばして椅子に座り、両手は机の上だった。女の両目はまだ閉じていた。すべては同じだった。違うのは、今、見ていたら、俺が女の名前を知っていたということだった。女はアーティスだった。アーティス以外の誰だというのだ？　それが女の名前だった。

　俺は鍵のかかった空間のなかに立ち、スライドドアが開くのを待っていた。それをスライドドアと呼ぶのが間違いだということはわかっていた。ここで使うもっと進んだ言葉があるはずだった。専門用語なり言い回しなりが。だが、俺は候補となる言葉を考えるという密やかに提示された課題への挑戦を控えた。

スライドドアが開くと付き添いが待っていた。俺たちは廊下に沿って進み、それから別の廊下に入った。俺たち二人とも、またしても話はしない。そして俺は数分後にオフィスかスイートでロスと会うことになるのだろうと思っていた。

俺たちは扉のところまで来て、付き添いは立って待っていた。俺は女を見て、扉を見て、そして俺たち二人とも待った。俺はほしいものがあったのに気づいた。タバコだ。それは常習化した欲求だった。胸ポケットのなかばつぶれた箱をつかみ、すぐに火をつけ、ゆっくり吸い込むのだ。

俺は付き添いをもう一度見て、ここで何が起きているのかすっかり理解したのだった。これは俺の扉、俺の部屋への扉だった。前へ進み、扉を開けたが、女は立ち去らなかった。俺は石室でロスが急に頭を動かして長椅子から俺の方を見たが、その表情に何かがあったことについて考えた。父から息子への、男から男への訳知り顔だ。今振り返って、親父は俺のために用意したこの状況のことを伝えていたのだと気づいた。この状況のことを。

俺はベッドに座り、女が服を脱ぐのを眺めていた。

女が髪の毛のリボンをゆっくりとほどくのを眺め、そして髪は肩へと落ちてきた。

俺は身を屈めて、女がフェルトのスリッパの一足を脱ごうとするときに、それを手で取った。

長いドレスが女の体を滑り、床まで落ちるのを眺めた。

俺は立ち上がって女へ近づき、壁に押しつけた。二、三日は消えない跡が体につくのを想像しながら。

ベッドで女が自分の言語で――ウズベク語だかカザフ語だかなんだかで――話すのを聞きたかった。だがそんな打ちとけた行いがこの状況にかなうものではないというのは俺も理解していた。

俺はしばらく何も考えなかった。両手と体があっただけだった。

そして静けさに、またしても考えてしまうタバコ。扉の外に立っていたときに俺が欲していたもの。俺は自分たちが呼吸する音を聞き、そして俺たちを取り囲む風景を想像しているのに気づいた。それを設計し、抽象化しながら。俺たちを中心にした穏やかな周辺。

俺は女がゆっくりと服を着るのを見て、名前をつけないことに決めた。女は名前もなく、部屋にうまく溶け込んでいた。

7

ロス・ロックハートっていうのは偽名なのよ。俺が十九か二十のある日、母さんは何気なくそんな話をした。ロスは母さんに大学を出た直後からそうするようにしたと言ったのだった。親父は長いことそうしようと考えていた。最初は夢想のような調子でだったが、やがて腹を決め、どこか超然としながら名前を徹底的に吟味してリストを作成し、それから各候補を消していくことで、自己実現に近づいていくのだ。

これはマデリンが使った言葉だった。**自己実現**。座って音消しでテレビを見ながら、おっとりとしたドキュメンタリー調の声で母さんが言った言葉だ。

それは挑戦だったんだ、と親父は母さんに言った。インセンティブであり、背中を押してくれるのだった。そうすることでもっと懸命に働き、もっと明晰に思考し、自分を違ったふうに見る気が湧き起こるだろう。やがて**ロス・ロックハート**という名が一枚の紙の上を舞うアルファベットの連なりになってしまえば、自分はただ自分自身をちらりと見るだけの男になるだろう。

母さんがしゃべっているあいだ、俺はその後ろに立っていた。俺はテイクアウトした七面鳥のサンドイッチを片手に、反対の手にジンジャーエールの入ったコップを持っていたので、そのときを思い出すと、そこに立って考え、食べ物を口にしている自分の姿が蘇ってくる。マデリンの話に夢中になるほど、サンドイッチもじっくりと嚙むようになった。

俺はその男についてさらに詳しくなっていったのだった。秒刻みに、一語ごとに。自分自身についてもだ。俺の歩き方、しゃべり方、靴紐の結び方についても説明された。そしてそれはなんとも興味深かった。マデリンが短く断片的に語るだけで、多くの物事がおのずから明らかになるのだ。それは俺の挫折した思春期についての分析だった。俺は自分がそんな人間だとは思われていないはずの何者かにされたのだった。

どうしてもっと早く言ってくれなかったのか？　俺は母さんが肩をすくめて質問を受け流すのを待ったが、聞こえたというそぶりも見せなかった。母さんはただ、親父の本名を肩ごしに伝えられるほどのあいだ、テレビ画面から目を離しただけだった。

親父はニコラス・サタースウェイトとして生まれた。俺は向こうの壁を見てこのことを考えた。聞こえないほどの声で、唇を動かしながら名前を口にした。何度も何度もだ。俺の前に男の姿が広がった。すごい勢いでだ。これが俺の本物の父親だった。この名を表す文字に織り込まれた世代の歴史と、俺にまで至るすべての生を捨てることを選んだ男。

鏡を見て、親父は仮構の男を見ているのだ。

マデリンはテレビに戻り、俺は食べ物を咀嚼し、文字を数えていた。Nicholas Satterswaite——姓名あわせて二十文字で、名字だけだと十二文字だ。数字は俺に何も語りかけてこなかった。一体この数に何が語れるというのか？　だが俺は名前のなかに入り込み、それについてあれこれ考え、自分自身をそこに押し込む必要があった。サタースウェイトという名であれば、俺は何者だったのか？　何者になっていたのか？　俺はあのときはまだ十九歳で、何かになる途上だった。

俺はでっちあげた名前の魅力というのは理解していた。陰の自己から玉虫色の虚構へと変わっていった人々。だがこれは親父の設計であって、俺のそれではない。ロックハートという名は俺にとっては完全に間違いだった。かっちりしすぎで堅苦しすぎだった。硬質で腹をくくったロックハート。ロックハートという堅固なる閉域。この名前は俺を閉め出していた。俺にできるのは外からじっと見つめることだけだった。俺はこんなふうに事態を理解していた。母さんの後ろに立ち、結婚したときに母さんがロックハートという姓にならなかったことを思い出しながら。

この真実をもっと早く知っていたら何が起こっていたかを考えてみた。ジェフリー・サタースウェイト。そうなれば、ぶつぶつ言うのをやめ、体重を増やし、筋肉を増強し、貝を生で食べるなんてことも、俺を真剣に品定めする女の子たちがいるなんてこともあり得ただろう。

だが俺は本当に出自のことなど気にしていたのだろうか？　俺がサタースウェイトの系譜を追求し、名前に埋め込まれた人と場所をそこに位置づけようとしたとは考えがたい。俺は拡大家族の一員――誰かの孫とか、甥とか、いとことか――であることを欲しただろうか？

マデリンと俺とは、互いに相手を必要とする存在だった。俺たちは一対一で会った。俺はテレビの画面を見て、ニコラス・サタースウェイトという名の何が親父を改名にまで駆り立てたのか聞いてみた。特徴がないからよ、と母さんは言った。すぐに忘れちゃうのよ。綴りにはいろいろなものがあるし、たぶん発音もそうね。海外から孤立したアメリカの観点からすると、この名前はどこからともなく現れてはどこでもないところに去っていくものなの。それでそれと比べてね、アングロ・サクソン由来のものがよかったのよ。それが暗に示している責任が。息子について判断する参考として、父親がその名前を使えてね。

だがロックハートという名前はどうなのか？　どこに由来するのか？　責任とはなんなのか？　母さんにはわからなかったし、俺もそうだった。ロスにはわかっていたのか？

画面では、高速道路の車を生中継で映しながら交通情報が流れていた。上空からの撮影だ。交通専門チャンネルで、毎日二十四時間やっている。音は消されていたが、しばらくして車が画面に現れてはそこから去るということが終わりなく続き、その光景は浅薄な現実から遊離していた。母さんが見て、俺も見て、その光景は亡霊のようになっていった。俺は車道の状態をずっと見つめ、車を八台数え、さらに十二台数えた。本当の名前の文字数。姓と名をあわせて二十字。俺はずっとこうしていた。八台数えて、それから十二台だ。俺は声に出して名前を綴った。マデリンから修正が入るかもしれないと予測しながら。だが一体、母さんがなぜ名前の綴りを知っていたり、気にしたりするというのか？

これがその一日について、いやもしかしたらその年全体について思い浮かぶことだった。俺がどんなふうに車を見て文字数を数えたか、どんなふうにサンドイッチを咀嚼したか。サンドイッチは道端の露店で買った、ライ麦パンにハチミツを塗って七面鳥の胸肉を挟んだものだったが、マスタードが少なすぎた。

体温で温まったシーツに包まれてよく眠り、俺は目の前の食事が朝食なのか昼食なのか確信が持てなかった。食べ物自体にはヒントになりそうなところはなかった。なぜこれが意味をなすのか？　それはステンマルク兄弟が食事室を設計したからだ。俺はやつらの計画について想像してみた。何百もの食事室が徐々に大きくなっていく。四つのテーブル、十六のテーブル、百五十六のテーブル。各食事室は徹底して功利主義的だ。皿に食器、テーブルに椅子、それに食べ物自体。こういったものすべてが確かな統制下にある夢の精神を体現している。

俺はゆっくりと食べ、料理を味わおうとした。アーティスのことを考えていた。今日は連中が来てあの人を連れていく日だ。だがアーティスの心臓の鼓動が止まれば何が起こるかについて、俺はどう考えているのだろうか？　ロスはどうなのか？　俺は自分が何を信じたいのか確信が持てなかった。この一連の流れに対する親父の信頼は本物だということか、それとも時間をかけて疑念を沈めていくことによって、親父がこの強固な確信を捏造したということか。差し迫った死という事実は深淵な自己欺瞞を誘発しないだろうか？　椅子に座り紅茶をすするアーティス。声と手が震え、肉体は思い出へとしぼんでいく。

やがて修道士が入ってきた。俺は驚きかけ、この小さな部屋がこいつのまわりに収斂してきているように思えた。修道士はマントの下にフードつきのスウェットシャツを着ていて、首の後ろにフードが垂れていた。皿、グラス、食器が細長の溝に現れ、それを取ってテーブルに向かってきた。俺はこいつを椅子に落ち着かせ、皿を置かせた。

「ずっとまた会いたいと思ってました。聞きたいことがあるんです」

男は動きを止めた。質問を待っているのではなく、横から入ってきた雑音が人間の声なのか、何者かが自分に話しかけてきているのか考えているというだけだ。

　男が食べ始めるまで俺は待った。

「スクリーンですが」俺は言った。「廊下に出てきて、天井に消えていくやつです。この前スクリーンに映った映像、あれは焼身自殺でした。見ましたか？　僧侶だったと思います。あいつらは坊さんだったんですか？　祈禱用の敷物にひざまずいていたようです。三人の男で、見るのも畏《おそ》れ多い。見ましたか？」

「私はスクリーンは見ない。あれは気が散る。だが僧侶はいる、確かに。チベットにも、中国にも、インドにも、自分に火をつける者たちがな」

「抗議で」俺は言った。

　この発言は男からさらなる言葉を引き出すにはあまりにも自明なものだった。俺はこの話題を出し、大義のために男たちが死んでいくという残酷な瞬間をスクリーン上で目撃したことについて、褒めてもらえるのではないかと期待していたのだと思う。

　やがて男が言った。「僧侶に元僧侶に尼に他の者たちもだ」

「やつらの一人はケロシンだかガソリンだかを飲んでいました」

「彼らは蓮華座で座るか、道中を走り回る。燃える男が道を走り回るのだ。もしもそんなものを直接目にすることになったら、私もともに走るだろう。もしも彼が叫びながら走るのならば、私もともに叫ぶだろう。そして彼が倒れたら、私も倒れるだろう」

　スウェットシャツは黒で、マントから袖がはみ出ていた。男はフォークを皿に置き、ゆったり座ってくつろいだ。俺は食べるのをやめて待った。男はどこかの大都市の隅にあるさびれたカフェなんかで座っていてもおかしくなかった。他の客のそばに一人でいる変わり者といったタイプで、よく見かけるけれども、誰かが話しかけることはほとんどない。名前はなんだ？　名前なんかあるのか？　自分の名前がわかっているのか？　なぜこんな格好をしているのか？　どこで暮らしているのか？　あれこれのテーマについてこいつ一人で語るのだが、それに耳を傾け、注視してくれるのはほんのわずかな人々だけだ。明瞭で、内奥から響く深みのある声と、意味のある反応を求めるにはあまりにも散漫な発言。

だがこの修道士はその手の男ではなかった、そうではないか？　こいつにはここでの役割があった。修道士は避難所に、隠れ家に並んだ男女に声をかけていた。自分たちの知るたった一度の人生の最後の日々、最後の数時間のなかにいる人々だ。そしてこの修道士は、第二の生という驚くべき約束に対する幻想などまったく抱いていなかった。

男は俺を見て、俺の方はこいつが何を見ているのか知っていた。修道士は、椅子に座ってちょっと横向きに背中を曲げた男の姿を見ていたのだ。こいつの表情からそれ以上のことはわからない。俺が噛んでいる食べ物は、たぶん肉だろうと思われた。

「私は何かしらをする必要があったのだ。脇を駆けながら祈る以上のことを、あれこれ発言する以上のことを、あるいは決まった服装をする以上のことをな。私たちはいかにして他者とともにあればいいのだろうか？　我らを隔てるものが生まれながらに押しつけられているときに、分断が昼夜とも我らに取り憑いてつきまとうときに」

男の声は物語のような調子を帯び始めた。ある種の暗唱であり、自分で思い出しているのだ。

「私はチベットのヒマラヤ山脈にある聖なる山まで旅することに決めた。巨大な氷で覆われた白いピラミッドだ。私はその山の名をあらゆる言語で知った。あらゆる歴史と神話も学んだ。その周辺に着くまでに何日も過酷な移動をしなければならず、そうだな、一週間以上だな、やっと最終日にふもとだ。山のふもとに到着する人間の大群。オープントラックに詰め込まれ、布で包んだ持ち物を脇からぶら下げる人々に、トラックから飛び降り、うろつき回って見上げる人々。氷と雪に満ちた頂上があったのだ。宇宙の中心だ。荷物とテントを運ぶためのヤクを連れた人々。至るところにテントが張られる。至るところに祈りの旗が掲げられる。マニ車《ぐるま》〔チベット仏教で用いられ、回転する円筒に祈禱文を収納した仏具〕を手にした男たちに、古いポンチョにウールのマスクという格好の男たち。五千メートルという高所の縁《へり》を巡礼するためにここにいる我々みな。私はもっともきつい作法で道をたどることに決めた。一歩進んでは全身で地面に倒れ込んで平伏する。立ち上がって、一歩進み、そして全身で地面に倒れ込んで平伏する。古来の風習のなかで育ち、鍛えられた者でなければ、数日間か数週間かかるだろうと言われた。二千年ものあいだ、毎年何千もの巡礼者が来て、頂上を囲んで歩いては這っている。六月の猛吹雪。自然の脅威のなかでの死。一歩進んでは全身で地面に倒れ込んで平伏する」

　男は祈禱による静寂の凄まじさ、瞑想状態と啓蒙、彼らの儀式の脆弱な性質について語った。仏教徒にヒンドゥー教徒にジャイナ教徒。男は今や俺を見ていなかった。壁を見て、壁に向かって話していた。俺はフォークを持った手を皿と口のあいだで止めたまま座っていた。男は禁欲、節制、そしてタントラの至福について話し、俺はフォークの先の肉の標本のようなものを見ていた。これは俺が嚙んで飲み込むことのできる動物の肉だった。

「私は案内人は連れていなかった。テントを運ぶヤクだけだ。焦げ茶色で毛深かった。私はそいつを見続けた。すっかり茶色で毛むくじゃらの千歳《せんさい》だ。ヤクがな。私は時計回りで進むか反時計回りにするか助言を請うた。行動の規則があるのだ。距離は五十二キロにおよぶだろう。でこぼこの地面に、高山病に、雪に暴風。一歩進んでは全身で地面に倒れ込んで平伏する。私はパン、チーズ、水を持っていた。主要路を上った。西洋人は見かけなかった。西洋人は誰もいなかったのだ。馬の毛布に身を包んだ男たち、長いローブを着た男たち、手にぴったりの木製の靴を身につけた男たち——這うときに小石から両手を守る小さな木靴だ。巡礼の標高にまで達した。岩だらけの道に続く。小さく一歩、あるいは大股で一歩進んで、地面に倒れる。全身で倒れ込むのだ。私はテントの外に立ち、彼らが歩いては這うのを見ていた。整然とした作業だ。彼らは情熱も聖なる感情も示していなかった。単に決意しており、ここに来てしようとしていたことを顔面と全身で果たしていた。私は眺めていた。他には立って休んでいる者がいて、しゃべっている者がいて、私は眺めていた。そして始めようとした。ひざまずき、地面で全身を伸ばし、雪の上に指で印をつけ、意味のない言葉を口にし、指でつけた印よりもわずかに前に進み、立ち上がり、呼吸し、一歩進み、そして再びひざまずく。体の各部は寒さと身を切る風であらゆる感覚を失うだろう。完全なる空《くう》を切望する者たち。絶え間なく額が切れ、大地への屈服——ひざまずいてから身を屈めて大地にぶつかるのだ——で傷を負う者たち。私はこれをやろうとしてみて、一歩進み、ひざまずき、身を屈め、指でつけた印よりもわずかに前に進み、一歩進むごとにいくつか意味のない言葉を口にした」

男は何をするのを望んでいたのか思い出そうとし続け、反復が強調され始めているようだった。言葉は記憶を組み立てなおし得るのだろうか？　男はしゃべるのをやめて思い出していた。俺にはテントの外に立つこの男が見えた。背が高くて帽子はかぶらず、重ね着した古着に包まれている。自分にはこいつが一時間だか一週間だか、なんとか這っていたのかどうか訊ねるつもりがないのはわかっていた。だが俺はその行為自体に反応した。その原理原則に、男の意図について。俺の断片的な想像を超えている。他の者にとっては、どんくさく、あまりにも過酷で、大仰な伝統と安直な崇拝に満ちた代物だ。

やがて男は食事を再開し、俺もそうした。フォークに刺さった肉への感受性が完全に偽物だとわかった。たとえヤクの肉だとしても罪の意識は感じなかった。俺は噛んで飲み込んだ。自分の従事するあらゆる行いがあるレベルから発せられ、言葉そのままに行われねばならないのを、俺は理解し始めていた。**噛む**ことと**飲み込む**ことを考えずに、俺は噛んで飲み込むことができなかった。俺は双子のステンマルクを責められるのだろうか？　おそらく**部屋**を責められただろう。自分の部屋を、内省のための箱を。

男は再び俺を見ていた。

「現代における生の薄っぺらさ。指で貫けるほどの」

男は俺の向こうを見てから、グラスを手に持って立ち、それをテーブルに戻す前に最後に一口飲み、扉の方へと向かっていった。俺の肩ごしに、サッカー用ジャージとスウェットパンツという格好の男が出入口のところにいるのが見えた。修道士がそいつに続いて外に出ると、俺もテーブルを押しのけて両方を追いかけた。

純粋な衝動によっても肉体は考えたことを行える。修道士は俺の行動に気づいていたが、何も言わなかった。二つ目の長廊下の端で、付き添いの男が振り返って俺を見た。そいつと修道士は、俺にはこの地域のチュルク諸語のどれかに思える言葉でやりとりしていた。それから付き添いは腕を腰の高さまで上げるよう指示し、ズボンの小さなポケットから先の細くなった機器を取り出し、俺のリストバンドのディスクに接触させた。俺はこれによって、以前は制限されていた区画に入る許可を得たのだと受け取った。

俺たち三人は壁で囲われた空間に入った。後ろで入口の扉がスライドして閉まると、俺は水平方向らしき動き——計測できないほどの速度で静かに滑走している——をおぼろげながら感じるようになった。時間もまた俺の測定能力を超えているようだった。ときおり不明瞭な音がするように感じられ、何秒間かあるいはもしかしたら何分間かしてから、俺たちは垂直に動きだし、下方へと進んでいき、ゆえに立入制限階に向かっているのだと俺は想像した。その効果は体外離脱にも似た、浮遊している感覚で、もし他の二人がしゃべっていたとしても俺には聞こえていなかった。

はめ込まれた扉が開くと俺たちは通路を歩いて、巨大で天井が低く、暗い空間へと入っていった。ほとんど迷宮のようだった。図書館の自習用の閲覧席のような、仕切られたブースが並んでいた。修道士は立ち止まり、スウェットシャツの黒いフードに手を伸ばし、頭にきちんとかぶせた。これは儀式的な瞬間なのだろうと受けとめることに決めた。

俺はこいつのあとを数歩進んでずらりと並んだ閲覧席に近づき、そこにいる人々が学生というよりは患者であるのに気づいた。座った人々に、背筋を伸ばし、紐で固定された人々。他の者たちは仰向けになり、すっかり静まっている。開いた目、閉じた目、誰もいない閲覧席もある。相当な数だ。ここが修道士の職場であるホスピスだった。俺はそいつが行くところに行った。右にも左にも閲覧席がある通路の網の目に沿って。近くの壁の肌理《きめ》が見分けられた。ざらついて粒が粗く、中間色で、白とグレイの線が塗られて混ざりあい、乏しい光と低い天井のなかに、密集した男たちと女たちがいた。それがこの区画の全般的な特徴だった。そして俺はこの環境に結びつけられるようなステンマルク的なものを見出せず、カテゴリー化することができずにいたのだった。

俺は椅子だかベッドだかの患者たちを見た。それは椅子でもベッドでもなく、ある種のパッドのついたスツールかやわらかいベンチといったところだった。どの人間が寝ているのか、薬を投与されて落ち着いているのか、効き目が様々な麻酔の影響下にあるのかは、簡単にはわからなかった。ときおり、あちこちで、各人は正真正銘すっかり目覚めているように見えた。

修道士は俺たちの入った通路の端で止まり、俺が付き添いの姿を確認しようと別方向を見た——そちらにはいなかったが——ちょうどそのときに、俺の方を向いたのだった。

「我々は待っているのだ」男は言った。

「ええ、わかってますよ」

俺は何をわかっていたのか？　自分が囲い込まれ、罠をかけられているようなものだと感じていることだ。そして俺は修道士に、いかなる考え方を優先しているのか、ここにいるときにこいつが体感している性分について尋ねた。

「私には性分などない」

俺はスツールと閲覧席について訊ねた。

「私はまぐさおけと呼んでいる」

俺はこいつに俺たちは何を待っているのか訊ねた。

「来たな」男は言った。

黒のスモックを着た人間が五人いて、二人は頭を丸めていた。連中は通路をおおよそこちら側に向かってきていた。五人は案内人か看護兵か救急医療士か付添人といったところだった。近くの閲覧席で立ち止まり、そのうちの二人はヘッドボード上の装置を確認していた。一人は患者に話しかけていた。連中のうちの三人が一列縦隊で出立の手配をしていた。禿げた二人の看護兵は後ろから車輪つきの閲覧席を押していた。俺は他の患者のことを考えた。この奇妙な一隊が通路に沿って陰になっているところまで進んでいくのをまのあたりにして彼らが感じるだろう、自分の番が近づきつつあるという緊迫した予感について想像しようとしてみた。

俺が修道士の方を向くと、やつはすでに近くの閲覧席の者で手がふさがっていた。女が座っていて、俺がきっちりとしたものではない英語訛りのロシア語だろうと思った言葉で修道士は穏やかに話しかけ、身を屈めて近づき、両手を女の上で組んでいた。その言葉を思い起こすのは修道士にとって一苦労だったが、女の頭は反応して上下に動き、俺はもうこの男に自由に仕事をさせておくべきときなのがわかった。

わだちのある古いマントを、スカプラリオをまとった修道士。

俺はしばらくぶらつき、呼び止められるだろうと思っていた。待機中の肉体のなかにいる誰かに声をかけようかと思った。案内人がマッサージをしたり、心拍数をチェックしていたりということはまったくなく、セラピー用の音楽もまったく聞こえてこない。俺は、ほとんどまばたきせず、指をひきつらせることもなく、自分が半分は空っぽの肉体の倉庫にうっかり入り込んでしまったのだと思い始めた。

俺は自分が震えているのに気づいた。ほんのわずかに震えただけだが、震えたことによりまわりを見まわし、それから上と下にも無言で目を向け、あらゆる方向の同じ中立的な調子を確認した。灰色の様子に、質素で薄暗く、中間的で、ここの天井は低く、照明は薄暗い。おそらくこれはステンマルク兄弟の頭にある防空壕だったのだろう。

俺は通路沿いに歩き、この区域のごく少数の患者たちを眺めていた。言葉それ自体が完全に間違っていると思った。だが患者でなければ彼らは一体なんなのか？　やがて俺は、ロスがここを取り巻く状況を説き伏せるような調子で説明する際に使った言葉のことを考えた。**崇敬と畏怖**だ。これが俺の見ているものだろうか？　俺は目に、手に、髪に、肌の調子に顔の形状を目にしていた。人種と民族。そして患者でなく被験者だ。従順で混乱を起こすこともない。俺はアイシャドーを塗り鎮痛剤を飲んだ女の前に立っていた。平穏も心地よさも尊厳も見出せなかった。ただ他人の制御下にあるだけの人間。

俺は閲覧席に座っている強健な男のそばで立ち止まった。ニットシャツを着て、ゴルフコースでカートにどすんと座った輩《やから》に似ていた。俺はこいつの前に立ってどんなふうに感じているか訊ねた。

男は言った。「あんたは誰だね？」

俺は男に、訪問者でいろいろと教えてもらいたいのだと伝えた。とても健康そうに見えると俺は言った。ここで過ごした時間について、連中にどこかに連れていかれるまでにあとどれぐらいあるのかについて興味があると俺は言った。

男は言った。「あんたは誰だね？」

俺は言った。「肌寒いとか、湿《しめ》っているとか、ここは狭いとか感じませんか？」

男は言った。「俺はあんたを見て見ぬふりしてるんだ」

それから、俺はあの子どもを見た。廊下のどれかで見た、モーターつきの車椅子に乗って、やせこけた体つきの二人に付き添われていたガキだということがすぐにわかった。ここではこいつは閲覧席に座り、光を受けてとても静かに、彫刻のごとく、頭と両肩を片側にひねり、尻と両足を反対側にひねるコントラポストの姿勢を取っていた。

俺は何を言えばいいのかわからなかった。俺は名前を言った。穏やかに話しかけ、威圧しないよう気をつけた。何歳なのか、どこの出身なのか訊ねた。

頭が左を向き、両目が急に俺の立っている右側を向いた。少年は俺がここにいることについて彼なりに考え、もしかしたら俺たちの束の間の遭遇について思い出してさえもいるようだった。それから少年はしゃべり始めた。あるいはめちゃくちゃな雑音のような音を出し始めた。もごもごしたりとかどもったりとかはせず、単にどうも壊れているといったような判然としない一連の音声だった。彼は自分の考えを表したが、俺は既知のどんな言語の痕跡も、あるいは意味のニュアンスも見出せなかったし、少年には自分が少しも理解されていないだろうことに気づいている様子はまったくなかった。

少年は口と目以外は動かさず、彼が視野を拡げる必要のないところまで俺は移動した。俺はもう話しかけずにただ立って聞いていた。そして俺は、少年の出身国や、誰がここに連れてきたかや、いつ地下室に連れていかれるのかについて推測しようとはしなかった。

俺がやったのは、少年の手を取り、どれほどのあいだこのままでいられるだろうと考えることだけだった。少年の肉体的な損傷状態——上半身と下半身が一直線にならないのだ——を前に、このひどいねじれ状態を前に、俺は気がつけば、いつの日かこの肉体と頭脳に適用される新たなテクノロジーについて考えていた。少年が走者として、ジャンプ競技者として、弁論家としてこの世界に戻るのを可能にするテクノロジーについて。

そんなことを考えずにいられるだろうか？　たとえ心の奥底に疑念があるにしても。

自分がどのぐらいそのままでいたのかはわからない。少年が突然話をやめて、即座に眠りに落ちると、俺は彼から手を離して修道士を探しに行った。

俺はこの区画を通り抜け、修道士が立って、誰かの閲覧席の上で手を動かしているのを見て安心した。そして石室の語り手たちにしたように、こいつにも名前をつけてもいいと思いついた。だが名前となると、こいつの場合は架空の出生名ということになるが、かなりの重荷だった。こいつは修道士で、被験者一人一人に向かって閲覧席で、まぐさおけで語っていたのだ。

俺は少年のことを考えた。名前をつけるべきなのは彼の方だということに気づいた。少年からはじけ出た音声は話を解釈する上で助けにはならなさそうだった。だが聞いているときに俺は何かを感じ取っていただろう。アイデンティティの断片を、少年について次々と浮かぶ疑問を和らげる、小さいながらも形を成していく要素を。

俺は修道士のそばに立ち、近寄った者に対して彼が言うことを聞こうとしていた。あるところで修道士は老女に、ここで穏やかに横になっていれば、体を拡げて痛みのなかで生んでくれた母親のことを考えていれば、祝福されるとスペイン語で言っていた。俺はこれについては理解できたが、一人の中年男に、あなたが住まうのは保存された状態の地中深くで、この回廊を備えつけた大広間よりもはるかに深い場所にあると英語で語るに至るまでは、修道士が人々に語ることすべてがわからなかった。きっと世界の終わりにおいてでさえ安全である。修道士は世界の終わりについて熱心に語ったのだった。

スウェットシャツのフード、頭巾をかぶった修道士。

俺たちは入ってきた通路まで一緒に歩き、俺はここでの手続きについていくつか訊ねた。

「ここは避難所であり、待合所だ。彼らは死ぬのを待っている。ここにいる者はみなここで死ぬのだ」修道士は言った。「輸送コンテナに入れて死人を運び込むなどという手配はしない。一人一人、世界の様々な地域から運ばれてきて、やがて地下室に置かれるなどということはな。死にかけの者が事前に登録してやがて死に、無傷で保存するためのあらゆる手段を用いてここに送られてくるのではないのだ。彼らはここで死ぬ。死ぬためにここに来たのだ。これがこの計画上の彼らの役割だ」

これが修道士が言うべきすべてのことだった。俺たちをこの階まで運んだ空間に再び入ったとき、付き添いがいる気配はなく、修道士は彼が現れるのを待つことに関心がないようだった。静かに上昇しているときに俺はこれが何を意味するのかわかり始めた。少なくとも今のところは、俺のリストバンドの制限機能をもとに戻す者は誰もいないということだ。

俺は何も言わなかったし、修道士も何も言わなかった。

歩いて部屋に戻ると、見るべきもの、触れるべきものすべてを目にし、それぞれの名称を口に出した。狭い浴室に以前はなかったハンドソープのボトルがあり、おかげでありふれた品々の凡庸な名称に没頭していられなくなった。俺は洗面台の上の鏡を見て、自分の名前を声に出した。それから俺は親父を探しに行った。

8

ロスは使っていたオフィスにいなかった。オフィスには何もなかった。机と椅子が消えていた。コンピュータ機器も、壁のチャートも、グラスも立てかけたトレーも消えていた。ウイスキーのボトルも消えていた。これには最初は面食らったが、やがてそれほど妙なことでもないと気づいた。アーティスが連れていかれ、ロスが自分の作り上げた世界に戻るときが近いのだ。

俺はアーティスが椅子に座り、ローブにスリッパという格好で、両手を膝で握っているだろうと思いながら、スイートまで行った。俺は何を言えばいいのだろう？　あの人はどんなふうになっているのか？　やせて、青白くなっているだろうか？　それに俺に話しかけたりとか、あの人の方を向いて座っている俺を見返したりとかはできないのだろうか？

だが椅子に座っていたのは親父だった。情報収集のために俺は動きを止める必要があった。ロスは裸足にTシャツにブランドもののジーンズという格好だ。俺が入っても親父はこっちを向かず、単にその視線のなかでふらつく人物に気づいただけだった。部屋にいるもう一人に。俺はそばの長椅子に座り、以前あの人に向きあったように、親父に向きあった。今回だけだ。あの人と会う最後の一回を逃したという事実に後悔を覚えながら。

「知らせてくれるだろうと思ってたのに」

「まだなんだ」

「またか。またやらなかったのか。アーティスはどこにいるんだ？」

「寝室だ」

「それできっと明日には。そう言おうとしてるんじゃないか？」

立ち上がって寝室の扉を開くと、ベッドにあの人がいた。毛布をかぶり目は開いている。両手は毛布の上で休んでいる。俺はゆっくりと近づいて片手を取って握り、そして待っていた。

アーティスは言った。「ジェフリー」

「そう、そいつだ。俺だよ」

「決意しないと」アーティスは囁いた。

俺はほほ笑み、アーティスの前だと自分は俺よりもむしろそいつであることが多いのだと言った。だがそれがここにあるすべてだった。アーティスの両目は閉ざされた。手を離して部屋を去るまでに、俺はしばらく待っていた。

ロスは両手をポケットに突っ込んで、壁から壁へと歩いていた。じっくりと考え込んでいるというよりも、斬新な健康管理法によって設定された日課をこなしているといったふうだった。

「そうだ、明日にはきっとな」親父は何気なく言った。

「これはアーティスをだしにして医者がやるゲームなんかじゃないぜ」

「あるいは私がお前とやるゲームでもないか」

「明日」

「お前には早めに知らせがいくだろう。ここにいるんだ、この部屋に。何よりも、明け方にな」

親父は行ったり来たりを続け、俺は座って見ていた。

「あの人は本当に今やらなきゃいけないところにいるのか？　あの人に覚悟ができてるってのも、未来を確認するのに乗り気だというのもわかってる。でもあの人は考えられるし、しゃべれている」

「身震い、けいれん、偏頭痛がしている。脳が損傷し、神経系が崩壊しつつある」

「ユーモアの感覚は無傷だ」

「この段階ではあいつには何も残っていないのだ。あいつはそう考えているし、私もそうだ」

俺は親父を見続けていた。何も履いていない両足とポケットの両手のエネルギーに重点を置いた新たな健康管理法だ。俺は親父に率直に、何度ここに――この施設に、見聞きするために――来たのか訊いてみた。

「今回を含めて五回だ。前の二回はアーティスと一緒に。その経験のおかげで自分自身についての考えが固まったよ。いろいろな先入観を取っ払うことができた。そんなのは無視することにしたのだ。より自分の心の内で考えるようになってきた」

「それでアーティスは」

「それでアーティスだが、このような事業の射程と強度が何者かの刻々の日常生活の一部となり得ることを私に理解させてくれたのだ。どこにいようとも、どこに向かおうとも、あるいは単に食事をしているだけでも、眠ろうとしているだけでも、このことが頭のなかに、肌のなかにあるのだ。人は独特な出来事について、うさんくさい状況だと言いたがるものだ。誰もそんなものを作り上げることはできないと言う。だが何者かが作り上げたのだ。そのすべてを。そしてここに私たちがいる」

「たぶん俺の視野はひどく狭いんだ。この経験についていけてない。俺がするかもしれないことは、この数日間に見聞きしてきたことと、自分がすでに知っていることを関連づけることだけだ。ひとつなぎに逆連想できる。冷凍ポッド、トンネル、カプセル、料金所、電話ボックス、チケットブース、シャワー室、番小屋」

ロスは言った。「公衆便所を忘れているぞ」

ロスはポケットから手を出し、何分間か歩く速度を速め、やがて向こうの壁に向かって立ち止まり大袈裟に呼吸をした。やかましくて深かった。それから椅子に戻ってきて、今度は穏やかにしゃべった。

「何が不安なのか言っておこう」

「聞くよ」

「男が先に死ぬものとされている。男は先に死ぬべきではないのか？　お前にはこの種の第六感はないか？　私たちは自らの内でそれを感じているのだ。私たちが死に、連中が生き続ける。それが自然的秩序ではないのか？」

「それには別の見方もある」俺は言った。「女が死んで、男に互いを殺しあうがままにさせるんだ」

親父はこの発言を味わっているようだった。

「世話焼きな女。自分の男の必要に従う。どんなときでも包容力があり、献身的で、愛情に満ち、支えてくれる。マデリンだ。そんな名前だったよな？　お前の母親は？」

俺は当惑しながら待った。

「お前は昔あいつが私を刺したのを知っているか？　そうだ、お前は知らない。あいつはお前に絶対に言わなかった。どうして言うものか？　あいつは私の肩をステーキナイフで刺したんだ。私がテーブルでステーキを食べていたら、あいつが後ろまで来て肩を突き刺したんだ。雄々しさあふれる四つ星レストランのステーキナイフというわけではなかったが、とにかく地獄のような痛みだった。それに新しいシャツが血まみれになった。それだけだ。それ以上は何もない。緊急治療室には行かず、浴室に行った。家のやつだ。しっかりと手当てしたよ。警察にも電話はしなかった。単なる家庭での不和だ。不和がなんだったのかは今では思い出せないが。新しいシャツを捨てた。思い出すのはそれだ。たぶんあいつはあのシャツが嫌いで私を刺したんだ。たぶん私を刺すことでシャツに報復していたんだ。結婚生活にはつきものだ。誰も隣の結婚生活がどうなっているかなんて知らない。自分の結婚生活がどうなっているかを理解するだけでも大変だ。あのときお前はどこにいたのか？　私は知らないが、お前はおねんねしていたか、サマーキャンプに行ってたのか、それとも犬の散歩でもしてたのか。犬を二週間飼ってたよな？　とにかく私はステーキナイフを捨てることにした。何せ、たとえ私たちみなが集まり、あのナイフから血液と細菌と記憶を拭《ぬぐ》い去れる洗浄方法を思いついたとしても、再び使う食器としてふさわしいとは思えなかったからだ。たとえ私たち全員が入念な洗い方を前に首を縦に振ろうともだ。お前と私とマデリンでな」

今に至るまで気づかなかったことがあった。ロスは髭を剃っていた。

「その夜私たちは同じベッドで寝た。いつもどおりにあいつと私でな。ほとんどしゃべらなかったか、まったくだったかもしれないが、それもいつもどおりだ」

この最後の言葉を口にするときの調子はやわらかで、どこか取り憑かれているようだった。俺は親父が記憶の新たな層に、さらに深く、殺伐とはしていない層に達し、悔恨や喪失といったもの、それにおそらくは自責の念を暗に示しているのではないかと信じたかった。

親父は壁のところに戻り、うろつき始めた。両腕を速く、高く振り回し、呼吸が規則正しくも激しくなった。俺はどうすればいいか、何を言えばいいか、どこへ行けばいいかわからなかった。この四つの壁は親父のものであって、俺のものではなく、俺は何も考えることのない時間、自国の時間帯、戻るときの一様のつぶやきについて考え始めた。


十四歳のとき、俺は足を引きずるようにしていた。わざとらしくないかは気にしなかった。家で練習し、部屋から部屋へたどたどしく歩き回り、椅子から立ち上がるかベッドから出た後に、普通の歩き方に戻らないようにしようとしていた。それは引用符のあいだに置かれたような引きずり方で、他人から見られるようにしたかったのか、単に自分自身に見えるようにしたかったのかわからなかった。俺はよく母さんの昔の写真を見ていた。十五歳のマデリンがひだのついたドレスを着ているやつだ。そして俺は悲しくなったものだった。だが母さんは病気でも、死んだのでもなかった。

母さんが仕事に出ているときに、俺は電話で伝言を受け取り、情報を書き留め、帰宅すると必ず伝えるようにしていた。それから母さんが折り返し電話してくれるのを待った。熱心に見つめ、待っていた。俺は母さんに何度も、クリーニング屋の女が電話してきたことを思い出させた。すると母さんは例の表情で俺を見たのだった。私がこうやってあなたを見ているのは、こんなことのためにわざわざ言葉を無駄に費やす必要なんてないことが顔を見るだけでわかってほしいからよ、と言わんばかりの表情で。それで俺は不安になった。表情のせいではなく、電話の折り返しを待っていてだ。なぜ母さんは電話を返してくれないのか。電話も返せないほど重要なことをしているのか。時間は流れ、日は暮れ、人は待ち、俺は待つ。

俺は読書家でありたかったが、無理だった。ヨーロッパ文学に浸りたかったのだ。そのとき俺は、クイーンズの特別言及に値しない界隈の質素なガーデンアパートメントにいて、ヨーロッパ文学に浸っていた。**浸る**という単語が重要なところだった。ひとたび俺が浸ることに決めたら、もう作品を読む必要はなかった。たまに挑戦し、努力はするけれども、結局だめだった。俺は厳密には浸ってはいなかったが、常にそのつもりではあった。椅子に座ってフランス語かドイツ語字幕のついた映画をテレビで見ているときでさえも、俺は自分自身が椅子で本を読んでいるのを見ていた。

後に別々の場所で暮らすようになってからも俺はしょっちゅうマデリンを訪ね、そして食事をともにすると、母さんが布のものではなく、紙ナプキンを使うのに気づくようになった。というのも、もっともなことだが、いつもはお一人様の食事で、母さん一人だったからだ。あるいは母さんと俺の二人のこともあったが、同じところに行き着く。もっとも、皿とフォークとナイフを紙ナプキンの隣に用意した後に、母さんが紙であろうとなかろうと、それを汚さないためにナプキンの使用を避け、近くの箱から突き出ているティッシュを使うのでなければの話だったが。クリネックス・ウルトラソフトのウルトラドゥーで口と指をふくのだ。あるいはキッチンの流しの上にあるラックのペーパータオルのロールのところまで行って、一枚引き裂き、口をふいて、汚れた部分が重なるよう折りたたみ、テーブルに持ってきて再利用していた。紙ナプキンは手つかずのままだった。

足を引きずるのは俺の信念であり、俺流の筋肉トレーニングであり、ハードルの跳躍だった。足の動きを変わったものにして少し過ぎると、引きずるのは自然なことのように感じられ始めた。学校ではガキどもの多くがにやにやし、真似をした。女の子が雪玉を投げつけてきたが、俺はこれを遊びのようなものと判断してそれにふさわしい対応をし、鼠蹊《そけい》部をつかみ、舌を出した。足の引きずりは執着すべきことで、これを行う人間として一歩一歩自己を認識する迂遠なやり方だった。**人**を定義するんだ。俺は自分に言い聞かせた。**人間**を定義し、**動物**を定義するんだ。

マデリンはたまに、リック・リンヴィルという男と劇場に行っていた。背が低く、親しみやすく、でっぷり肥えていた。ロマンスなんて何もないのが俺にははっきりとわかった。通路側の席。存在するのはそれだけだった。母さんは人に囲まれるのが好きではなく、通路側の席を求めていた。そして劇場に行くのにきっちりした格好はしなかった。簡素ないつもどおりの格好のままで、顔も両手も髪の毛もそうだった。俺の方は母さんの友達のために、その身長、体重、性格にふさわしい名前を見つけようとしていた。リック・リンヴィルはやせこけた人間のための名前だ。母さんは俺の出した代案を聞いていた。まずはファーストネームだ。レスター、チェスター、カール＝ハインツ。トビー、モビー。俺は学校で作ったリストを読み上げた。モートン、ノートン、ローリー、ローランド。母さんは俺を見て聞いていた。

名前。偽の名前。俺が親父の名前の真実を知ったのは、中西部のマンモス大学の休暇期間だった。その大学であちこち動き回っているすべての学生のシャツ、セーター、ジーンズ、短パン、スカートが、フットボール日和《びより》の土曜日には、華麗な紫と金色の隊列へと変わるのだった。俺たちがスタジアムを埋め、座席で飛び跳ね、立ち上がって波を作って叫ぶ姿をテレビカメラが撮ってくれるのを待つときに。こんなことがあって二十分過ぎると、俺は自分の顔面の作り笑顔が、自らつけた傷のようなものだというふうに考えるようになるのだった。

手つかずの紙ナプキンはどうでもいい話だとは思わなかった。俺は見ていたのだが、それは人生の不可視の肌理《きめ》だった。これが母さんの姿だった。そして母さんが何者なのかを知るようになると、毎回それを見ては観察力が深まっていった。俺は自分の見たものを拡大解釈しがちだった。そのとおりだ。だが俺はそれをしょっちゅう目にしたし、こういったちょっとした瞬間が一見するよりもはるかに多くを伝えていると考えざるを得なかった。もっとも何を伝えているかに確信は持てなかったけれど。紙ナプキン、棚の引き出しの食器、流しのバスケットからのきれいなスプーンの取り方、引き出しにある同じ大きさの他のきれいなスプーンの上にそれを置かずに、時系列を、適切な順序を維持するために、その下に置くようにしていることが何を伝えているかについては。一番最近使われたスプーン、フォーク、ナイフが一番下に来て、次に使われるものが一番上に来る。まんなかの食器は一番上が使われると移動して自分が一番上になり、やがて洗われ、乾かされ、一番下に置かれるのだ。

俺はゴンブローヴィッチをポーランド語で読みたかった。俺はポーランド語は一単語も知らなかった。その作家の名前だけ知っていて、無言で、あるいは声に出してその名を繰り返していた。ヴィトルド・ゴンブローヴィッチ。俺は作品を原書で読みたかった。この言い方が魅力的だった。作品を原書で読む。マデリンと俺は夕食中で、二人一緒にいて、シリアルのボウルに熱いシチューのようなものが入っていた。俺は十四歳か十五歳で、やわらかにその名を繰り返していた。ゴンブローヴィッチ、ヴィトルド・ゴンブローヴィッチ。頭のなかに綴りを浮かべ、口に出す。名と姓。どうすればそれを気に入らずにいられるか。母さんがボウルから視線を上げ、「もうたくさん」と容赦なく囁くまで、それは続いた。

母さんは今が何時何分かを当てるのに熟達していた。腕時計もしていないし、視界に時計もない。俺は予告なしに試したことがあったかもしれない。俺たちが歩いているときに、母さんと俺で一区画一区画歩いているときに、母さんはいつも三、四分以内の誤差で時間を言えたのだった。それがマデリンだった。母さんは天気予報つきの交通チャンネルを見ていた。新聞をじっと見ていたが、必ずしも報道記事をではなかった。居間から突き出した狭いバルコニーの手すりにとまった鳥を見ていた。動かずじっと見続けていたのだ。鳥の方もなんであれ自分の見るものを見ていた。静かに、日に照らされ、用心深くて、いつでも逃げられるようにしながら。母さんは日用品の包装箱についた、蛍光着色剤でオレンジ色になった値札シールが大嫌いだった。薬の瓶にも、ボディローションのチューブにも貼られている。桃に貼ったものは論外だ。俺は母さんが親指をシールの下に突っ込むのをよく見たものだった。シールを剝がし、視界から消すためだったが、それ以上に原理原則に固執したがゆえだった。そしてときには、母さんがシールを落ち着いてばらばらに断片的にはがしていき、指に巻きつけ、キッチンの流しの下のごみ箱に放り込むのに数分かかることもあった。母さんと鳥。俺はどんなふうに立って、見ていたか。鳥はスズメであり、ときにはオウゴンヒワだった。俺が手を動かせば、鳥が手すりから飛び立つだろうとはわかっている。そしてそのことを、鳥が飛び立つとすればそれは俺のとりなしによるかもしれないことを知っているという事実ゆえに、母さんは鳥がいなくなったことに気づきさえもしないのではないかと思ったのだった。だが俺がしたのは密かに姿勢をこわばらせ、何かが起こるのを待つことだけだった。

俺は母さんの友達のリック・リンヴィルから電話で伝言を受け取り、母さんに電話があったことを伝え、母さんが折り返し電話するのを待ったものだった。母さんの劇場仲間のリックだよと俺は言い、意地悪して電話番号を一回、二回、三回と読み上げたものだった。母さんが買ってきたものを几帳面に、まるで戦争で破壊された遺物を犯罪学的に保存するかのように並べるのを眺めながら。

母さんは俺たち用に質素な食事を用意し、ごくまれにワインを飲んだ。俺の知る限り、度の強い酒は決して飲まなかった。ときおり、母さんは台所のテーブルから簡単に指図しながら、俺に食事の準備をさせてくれた。母さんの方は座って職場から持ち帰った仕事をこなしていた。これが一日を形作り、母さんの存在感を深める単純なスケジュールであった。俺は親父が父親であるよりもはるかに有無を言わせずに、母さんが母親であると信じたかった。だが親父はいなくなったのだから、二人を競わせても意味がなかった。

母さんは紙ナプキンに手をつけないよう求めた。布を紙で代替し、続けて紙は布と違いなどないと判定した。俺はやがては系譜になるだろうと自分に言い聞かせた。子孫へと直結していく系図だ。布ナプキン、紙ナプキン、ペーパータオル、化粧落とし用ティッシュ、鼻かみ用ティッシュ、トイレットペーパー。そして蛍光色の値札シールのついていない——母さんはすでに剝がして丸めている——再利用可能な包装用のビニールの断片へと下っていく。

母さんが決して名前を言おうとしない男がもう一人いた。母さんは金曜だけそいつに会った。たぶん月に二回、あるいは一回かもしれない。そして絶対に俺のいないところでだった。既婚者、指名手配犯、昔何かあった男、肩章がついていてベルトを締めたレインコートを着た外国人。そうやって俺は自分の感じた不安を隠蔽したのだった。俺はその男について聞くのをやめ、それから毎週金曜日が終わると気分がよくなり、質問を再開するのだった。俺はそいつが肩章がついていてベルトを締めたレインコートを着ているかどうか聞いてみた。トレンチコートっていうのよ、と母さんは言った。そしてその声にはどこかもう終わりといった調子があり、俺はその男をかつてセイロンと呼ばれていた、スリランカの海岸で起こる小型飛行機の事故で始末することに決めた。遺体は発見されなかった。

いくつかの言葉が空中で俺の前に――腕の届くところに――漂っているようだった。**ベッサラビア人**、**最奥部**、**明晰な**、**ファラフェル**。俺はこういった言葉のなかに自分自身を見ていた。俺は足を引きずることのなかに自分自身を見ていた。それを洗練させ、育んでいくさまに。だが親父が現れて俺を自然史博物館に連れていくときには必ず、引きずりは中断した。それは別居中の夫にとって本来的な領域であり、俺たちはそこにいた。父親と息子が恐竜のあいだを、人間の祖先の骨のあいだをさまよっていくのだ。

母さんは俺に腕時計をくれ、学校から家に帰るときに、俺は分針を、地理的な道標と見なしながら確認し続けた。ある種の世界周航用の機器で、歩き始めたときの分針の位置に依拠して、北半球か南半球にある俺が近づいているかもしれないどこかを指し示してくれるのだ。もしかしたらケープタウンからティエラ・デル・フエゴへ、イースター島へ、それからおそらくトンガへ。トンガが半円形のルートに入っているのかは確信がないが、その地名は含めるに値する。トンガを見つけたか、訪問したか、トンガ人を乗せてイギリスまで船で戻ったかした、キャプテン・クックの名前とともに。

結婚生活が破綻すると、母さんはフルタイムで働き始めた。職場は同じで、上司も同じで、不動産専門の弁護士だ。母さんは大学の二年間でポルトガル語を学んでいたが、これは役に立った。というのも多くの会社の顧客はブラジル人で、マンハッタンでのアパート購入に関心があった――多くが投資目的だ――からだ。最終的に母さんは売り手側の弁護士、住宅ローン企業、管理業者のあいだで決済の細目を処理し始めた。売買し、投資する人々。父親、母親、カネ。

何年も経ってからだが、俺は愛着の糸というのは言葉になることもあるのだと理解した。母さんは愛情の泉にして頼れる存在であり、俺と俺の自己像というちょっとした罪悪のあいだをしっかりとつりあわせてくれていた。母さんは俺にもっと社交的になれとか、もっと宿題の時間を増やせと圧迫してはこなかった。アダルトチャンネルを見ることも禁じなかった。母さんはもう普通の歩き方に戻るときだと言った。足を引きずるのは、本当の病気の無神経な濫用だと言った。母さんは俺に爪の根元の部分にある色の薄い三日月はリュニュラと、ルーン・ヤ・ラというのだと言った。鼻と上唇のあいだの肌のくぼみは人中《じんちゅう》というのだと言った。古代中国の人相読みの技術においては、人中はあれこれを示していた。母さんはそれが正確にはなんだったか思い出せなかった。

俺は母さんが金曜日に会っていたのはたぶんブラジル人だろうと判断した。そいつは名前と姿形のあるリック・リンヴィルよりも俺にとっては興味深かった。だが金曜日の夜がいかにして終わったのか、二人は英語とポルトガル語で何を話し、何をやっていたのかという暗黙のテーマが常にあり、俺はそれを名前も形もないものにしておく必要があった。それからその男自身をめぐる母さんの沈黙があった。もしかしたら男でさえないかもしれないが。それが気づけば自分が直面していたもう一つのことだ。もしかしたら男でさえないかもしれない。どこでもない場所から、あるいはあらゆる場所から頭に浮かんできたことだ。誰にわかる。誰が気にする。だからなんだ。俺は隅っこを歩き、年配の市民がアスファルトのコートでテニスをしているのを見た。

やがて俺がどこかの空港のニューススタンドで、『ニューズウィーク』の表紙にロス・ロックハートが、他の二人の世界金融の神とともに登場している光景を眺めた日に近づく。あいつはピンストライプのスーツを着て髪型を変えていた。俺は親父の一匹狼風のもみあげの話をするためにマデリンに電話した。近隣住民が電話を取った。先端が四つになった鉄の杖を持った女だった。そいつは母さんが発作を起こしたからすぐ家に帰るよう言った。

記憶のなかでは当事者たちは位置を固定され、生きているようではなかった。俺は本か雑誌を手にして椅子に座り、母さんは音消しでテレビを見ていた。

ありふれた瞬間が人生を作る。これはそのとおりだと母さんにはわかっていたことであり、俺が母さんと何年もともに過ごして最後に学んだことだ。飛躍も陥穽《かんせい》もない。俺はやや霞んだ過去の細部を飲み込み、自分が何者かを知る。かつての俺が知り損ねていたことは今やさらに明らかになる。時間の流れを通して染みこみ、他の誰にも属さない——ほんのわずかもだ——経験。誰にも、どんな者にも決して属さない。俺は母さんがローラーで布製のコートから糸くずを取るのを見る。**コート**を定義するんだ、と自分に言い聞かせる。**時間**を定義するんだ、**空間**を定義するんだ。

「髭を剃ったんだな。気づくのに少し時間がかかったよ。俺はちょうど髭を生やしてるのに慣れてきたところだったが」

「考えてきたことがあるんだ」

「わかった」

「かなりのあいだ向きあってきたことだ」親父は言った。「やがてはっきりしてきた。私にはしなければならないことがある。それが唯一の答えだ」

「わかった」

ロスは肘掛け椅子に、ジェフはクッションつきの長椅子に座る。緊迫した様子で対話する男二人。そして寝室で死ぬのを待つアーティス。

親父は言った。「私もあいつと一緒に行く」

親父の言わんとすることが、顔色を見て、即座にわかっただろうか？　そして俺は困惑しているふりをしただろうか？

「あんたはあの人と一緒に行く」

俺にはこの言葉を繰り返す必要があった。**あいつと一緒に行く**。俺は自分の役割が型どおりに考え、話すことだと、それなりには理解していた。

「連中があの人を連れていって、しなきゃいけないことをするときに、あんたも一緒にいるってことか。進行状態をチェックしたいんだな」

「あいつと行くんだ。私も加わって、それをともにする。隣に並んでな」

どちらかが話を再開するまでに長い間があった。この発言という端的な事実、その背後に集う強烈な力によって俺は困惑し果てた。

「あんたが何を言ってるかはわかってる。だが俺が問うべき質問が出てこないみたいなんだ」

「かなりのあいだそう考えていたんだ」

「それはもう言ってたよ」

「あいつなしで過ごす人生なんか生きたくない」

「それって身近な人間が、とても親密な人間が死に瀕したときに、誰もが感じることなんじゃないのか？」

「私は私という人間でしかあり得ない」

素敵なことだ。無力感のようなものが漂っている。

再び長い沈黙が入った。ロスは宙を眺めている。親父があの人と一緒に行く。それは親父がこれまで発言し、行ってきたすべてを否定していた。それは親父の、あるいは俺の人生の滑稽な暴露だった。これは贖《あがな》いの企てだったのか。あらゆるものを得てきた末の、精神の救出のようなものだったのか。他人のためにやりくりし、自分自身——極めて有能な市場戦略家にして、芸術コレクション、隠棲用の島、スーパーミッドサイズのジェット機の所有者である——のために、あらゆる富を蓄積してきた末の。それとも親父は長期的な影響を及ぼす、束の間の狂気の発作に捕らわれていたのだろうか？

他に何があるのか？

単に愛情ということだったのか？　あの無条件の言葉は。自分で思いついたのか。偽名を使い、不完全な夫であり、消えた父親であるこの男が。俺は自分に、わめき散らさないよう、心のなかで荒れ狂う悲嘆を止めるよう言い聞かせた。天寿より二十年早く、貯蔵施設のカプセルで冷凍標本になることを選んだ財ある男。

「俺に人間の生のスパンの短さについて語ってくれたのはあんたじゃないか？　秒単位で測れる我らが生。それで今や、あんたは自分から選んでそれをもっと短くするのか」

「私は自分の人生の一つのヴァージョンを終わらせ、別ものに、はるかに永続的なヴァージョンに入っていくのだ」

「今現在のヴァージョンで、あんたは定期的に健康診断を受けていると思う。もちろんあんたならそうだ。それで医者はなんて言ってるんだ？　医者が一人いるよな。ちょっと足を引きずって口の臭いのが？　あいつがあんたの体には進行中の潜在的に危険な何かがあるなんて言ったのか？」

親父はこの見解を否定した。

「あいつはあんたに検査を受けさせた。何度もだ。肺、脳、膵臓」

親父は俺を見て言った。「片方が死んだら、もう片方も死ななければならない。そうなるんだ。そうじゃないか？」

「あんたは健康な人間だ」

「そうだ」

「それであんたはあの人と一緒に行く」

「そうだ」

それほど乗り気ではないという徴候を探るのをやめられなかった。

「教えてくれ。犯罪をやらかしたことはあるか？」

「犯罪」

「桁外れの詐欺とか。あんたのような仕事なら常に起きていることだよな？　出資者がだまし取られる。他には？　桁外れの金額を非合法に送金するとか。他には？　俺にはわからない。でも理由がある、そうだ、男が一人いなくなるには」

「しょうもないばかみたいに、たわごとをほざくのはやめろ」

「たわごとをほざくのはやめろか、わかった。でももう一つばかな質問だ。連中が凍らせる前に、あんたは死ぬことになってるんじゃないよな？」

「特別チームがあるのさ。《ゼロK》だ。被験者の意志に基づいて、次の段階へのある種の移行を行うのだ」

「言い換えれば、連中はあんたが死ぬ手助けをするんだな。だが今の場合は、あんたの場合は、当人は終わりに近いわけではまったくない」

「片方が死んだら、もう片方も死ななければならない」

再びの沈黙。

「俺はまったくもって現実離れした経験をしているところだよ。あんたを見て、あんたが自分の父親だと理解しようとしている。これは本当なのか？　俺が見ている男が父親だなんて」

「お前にとっては現実離れしたことだな」

「こんなことを俺に聞かせている男が父親。これは本当なのか？　そしてそいつはあの人と一緒に行くと言っている。『私はあいつと一緒に行く』。これは本当なのか？」

「お前の父親だというのは、そうだ。それにお前は私の息子だ」

「違う、違う。俺はそこまで準備ができてない。あんたは先を行ってる。俺はあんたが父親だという事実を認めようと全力を尽くしてるんだ。あんたの息子になる準備ができていない」

「たぶんそれについて考えた方がいいな」

「時間をくれ。少しすれば考えられるかもしれない」

俺は自分自身の外側にいるような感覚になっていた。自分が言っていることは認識できるが、しゃべるというよりも単に聞いているような感覚だ。

「お前自身のために」親父は言った。「私が言わねばならないことを聞いてくれ」

「あんたは洗脳されてたんじゃないかって思うよ。あんたはこの環境の被害者なんだ。カルトの一員だ。それがわからないのか？　単なる昔ながらの狂信なんだよ。一つ質問だ。カリスマ的リーダーはどこだ？」

「もう便宜ははかっておいた」

「それがどれだけ俺を貶《おとし》めるかわかってるのか？」

「未来は安泰だ。受け入れるか拒否するかはお前が選べ。それを知ってお前は明日ここを発つ。正午には車が拾いに来るだろう。飛行機の用意もできている」

「そんなのは恥さらしだ。すっかり愚弄されたな」

「道中で私の同僚が合流して詳細をすっかりお前に伝えるだろう。必要になるかもしれない書類すべてを――厳重に保管されたファイルを――渡すだろう。その日からお前がやりたいことを決める助けとなるものだ」

「俺の選択か」

「受け入れるのも拒否するのも」

俺は笑おうとした。

「制限時間はあるのか？」

「お前が必要とする時間すべてだ。数週間でも、数ヶ月でも、数年でも」

親父はまだ俺を見ていた。これが十分前まで裸足で壁から壁まで手を回しながら歩いていた男だった。今、なんなのかわかった。独房を歩き回る囚人だ。最後の思考をめぐらせ、再び考え直し、特別室にトイレはあるんだろうかなんて考えているやつだ。

「それでアーティスはこのことをどれぐらい前から知ってたんだ？」

「私が知るとあいつも知った。確信して、すぐにあいつに伝えたんだ」

「それであの人はなんて言ったんだ？」

「あいつと私は一つの生をともにしているのだとわかってくれ。私の下した決断はきずなを深めるだけだ。あいつは何も言わなかった。えも言われぬ様子で私を見ただけだ。私たちは一緒にいたいんだ」

これに対して俺が言うことは何もなかった。一つの細かいことを除いて、他の話題も俺からこぼれ落ちていった。

「ここで権限を持ってるやつら。そいつらがあんたの願いを実現することになる」

「そこに踏み込む必要はない」

「連中はあんたのためにやるだろう。だってあんたなんだからな。単なる注射でも、深刻な犯罪行為だ」

「その話はよそう」親父は言った。

「それで見返りは、なんなんだ？　遺書も信託も遺言状もこしらえているよな。それに基づいて、あんたがすでに与えているものをはるかに超えた資源や財産がやつらに譲渡されるんだ」

「もういいか？」

「これはあからさまな殺人か？　おそろしく時期尚早な、ある種の自殺幇助か？　それともこれは哲学者の分析が必要な形而上学的犯罪か？」

親父は言った。「もう十分だ」

「しばらく死んで、今度は永遠に生きる」

俺には他に何を言えばいいのか、何をすればいいのか、どこに行けばいいのかわからなかった。三日、四日、五日。たとえ俺がどれほど長くここにいようと、時間は圧縮され、きつく引き延ばされ、重なりあう。昼もなく、夜もなく、扉は無数で、窓はない。もちろん俺はこの場所がまことしやかに感じられる限界ぎりぎりに位置していることを理解していた。親父自身がそう言っていた。誰もこれを作ることはできない、と言っていたのだ。そこが三次元において重要な点、連中にとって重要な点だった。文字どおり、いかがわしさのランドマークだ。

「俺には外を見るための窓が必要だ。外には、扉と壁の向こう側には何かがあると知る必要があるんだ」

「寝室の隣の客間には窓がある」

俺は言った。「気にしないでくれ」そして長椅子に座ったままでいた。

俺が窓のことを言ったのは、窓なんてないだろうと思い込んでいたからだ。おそらく俺はもう一つ自分に不利になることをしたかったのだ。罠にはまった男を哀れむのだ。

「お前は自分の父親が何者なのかわかっていると思っていた。この決断によって貶められると口走ったときにお前が言いたかったのはそういうことじゃないのか？」

「自分が何を言いたかったかわからない」

俺はまだ何もかもやっていないと親父は言った。まだ生きていない。お前がするのは時間をやりすごすことだけだ、と親父は言った。俺が断固として週ごとに、年ごとに流離《さすら》っていることに触れた。ついさっき自分が言ったばかりのことで、流離うのが難しくなるか知りたがっていたのだ。仕事から仕事への、街から街への流離い。

「あんたは手柄を取りすぎてるよ」俺は言った。

親父は俺の顔をじっと見つめていた。

反対のキャリアだ、と親父は言った。ノンキャリア。今変わらなければならないだろ？　親父はそれを、何にも貢献しないというお前の小さな宗教と呼んだ。

親父は不機嫌になり始めていた。発言内容は重要ではない。言葉それ自体が、声の勢いが、それこそがこの瞬間を形作っているのだった。

「お前の知ってきた女たちだが。お前はスマートフォンに入れたマニュアルに従って、そいつらに興味を持つようになるのか？　続くはずがないのだ、決して続かない、断じて続かない」

親父を刺した。母さんはこの男をステーキナイフで刺したんだ。

今度は俺の番だ。

「あの人と一緒に行く。あんたはアーティスを蜃気楼にしているんだ」俺は言った。「あんたはまっすぐに光の歪曲に向かって歩んでいるんだ」

親父は飛びかかってきそうだった。

俺は穏やかに言った。「キンキンに冷えた貯蔵庫のなかから、あんたは重役決定ができるのか？　経済成長と収益率のつながりを綿密に調べられるのか？　顧客のフランチャイズを決定できるのか？　まだ中国はインドを凌駕しているのか？」

親父は俺をぶった。手の平を俺の胸にぶつけた。痛かった。長椅子が俺の体重の移動でがたついた。俺は起き上がり、床を横切って客間まで歩いた。そこで俺はまっすぐに窓へと向かった。立って見てみた。荒涼とした地面に、骨と皮に、遠い向こうの尾根。目安になりそうなものがなく高さは測れなかった。青くて何もない空では日が西へと暮れていく。もしもそれが西ならば、もしもそれが空ならばだが。

　俺は少しずつ後ずさり、風景が窓枠内に限定されるのを眺めた。それから窓それ自体を見た。縦長で細く、上部はアーチ状になっている。尖頭窓だと思った。用語を思い出したのだ。そしてそれによって、俺は自分自身に戻った。限られた視点へと、しっかりした何かへと、意味のある単語へと。

　ベッドは整っておらず、服が散らばっている。そして俺はここが親父の眠るところであり、今夜、もう一晩だけ眠るだろうところだとわかった。もう親父が眠ることはなくなるが。アーティスは隣りあった部屋にいて、俺はそこに入り、立ち止まり、それからベッドに向かった。アーティスが目覚めていることに気づいた。俺は何も言わずにただ身を屈めた。それからアーティスが俺に気づくのを待った。

　唇が動いた。声にならない単語が三つ。

私たちと一緒に来て《カム・ウィズ・アス》。

それは冗談だった。最後のかわいらしい冗談だ。だが顔は笑いの徴候を何も示していなかった。

ロスはまた歩き回っていた。壁から壁に向かって、今度はもっとゆっくりとだ。サングラスをしているので、今は親父は不可視の存在だということだ。少なくとも俺に対しては。俺は扉の方へ向かった。親父は俺に、ここにいるように、この部屋に、何よりも、明け方にと注意はしなかった。

　女への愛情か。だが俺は双子のステンマルクが石室で、裕福な後援者たちに直接語りかけていたことを思い出した。跳躍せよ、とやつらは言っていた。億万長者の不死の神話を生きよ。そしてまさに今なのだ、と俺は思った。ロスが手に入れるべきものに他に何があるのか？　未来学者たちにろくでもないカネを与え、連中は人間が永遠に生きることを可能にしてくれるのだ。
ポッドは親父の得た恩給による最後の聖堂となるだろう。

9

俺は扉を叩いて待った。隣の扉まで行き、叩いて待った。それから扉を叩いても待つことなく廊下を移動した。自分が二、三日前にそうやったのが思い浮かんだ。あるいはもしかしたら二、三年前かもしれなかった。歩いては叩き、最後には開いた扉がないか確認するために振り返った。どれかの扉の向こうの机で電話が鳴っているのを想像した。低い机の上で鳴る呼び出し音を。俺は扉を叩いて取っ手に手を伸ばしたが、それがないことに気がついた。リストバンドのディスクを受けつけてくれそうな装置が扉にくっついていないか探してみた。廊下を進んで角を曲がり、すべての扉を確認した。まずは叩き、それから磁気装置を探すのだ。扉は様々なパステルカラーで塗られていた。俺は扉のついていない反対側の壁のところに背を向けて立ち、俺の方を向いている十か十一ある扉をじっと見た。そしてすべてがちぐはぐなことがわかった。これは死後の生に属する芸術だった。四終《ししゅう》〔終末論における、死、最後の審判、天国、地獄というテーマ〕に伴う、単純で、夢のごとき、譫妄的な芸術だったのだ。お前は死んだ、とそれは告げていた。俺は廊下を進み、角を曲がって最初の扉を叩いた。

自分の部屋で、俺はあのことを考えようとした。ロスは、体がだめになる相当前から地下室入りするのに乗り気な、この場所でただ一人の人間であるはずがなかった。そういう人間は錯乱していたのか、それとも連中は新たなる意識の最前線にいたのか？　俺はベッドに横たわり天井を見上げた。父親と息子のやりとりは、この新事実の性質を考えるともっと慎重なものであるべきだっただろう。俺はばかげていいて弁解の余地のないことを言ってしまっていた。朝にはロスに話しかけ、アーティスと一緒に連れていかれるときにはそばにいよう。

少し眠ってから俺は食事室に行った。無人で、無臭で、修道士もおらず、細長の溝に食べ物はなかった。昼食には遅く、夕食には早い。だが連中はそんなしきたりを維持しているのだろうか？

俺は自分の部屋に戻りたくなかった。ベッド、椅子、壁、その他諸々。

私たちと一緒に来て、とあの人は言っていた。

スクリーン上では炎が燃え上がり、空中消火機の一隊が化学物質による濃密なもやを枯れたこずえに垂らしていた。

それから人が一人、家々が熱と炎で内破し、芝生の装飾が容易に砕ける断片にまでしなびた、誰もいない街の通りを歩いていた。

続いて灰色の風景を貫いて、白い二本の煙が衛星のごとくうねりながら上っていた。

至るところに今では人がいてマスクをつけている。カメラと同じ高さで何百人もが移動している。歩くか、それとも他の者によって運ばれているのだ。これは病気かウイルスか。男と女の長い列がゆっくりと動く。それは昆虫か害虫が拡げ、空中を舞う塵によって運ばれたものなのか。今では何千にもなった人間のなかに虚ろな目をしたやつらが、永遠にも似た打ちひしがれた歩調で歩いている。

次は女が車の屋根に座り両手を頭にやっていた。炎が——火が再び上がっているのだ——近くの丘陵地帯に拡がっていた。

草地の炎が平地中にさっと拡がり、明るい炎で輪郭を縁取られた野牛の群れが、有刺鉄線の柵と並行して大急ぎで移動していたが、逃げ切れなさそうだった。

すると突然、巨大な波が近づいてくる海のシーンに切り替わり、やがて水が防波堤を越え、さらにはいくつかの映像が混じりあう。巧みに編集されているが理解するのは難しい。塔が揺れ、橋が崩壊し、地殻の裂け目から灰と溶岩が吹き出す凄まじい光景がクローズアップになっていた。俺はそれがもっと続いてほしかった。それはちょうどここに、俺の少し上にあった。溶岩にマグマ、溶けた岩石が。だが数秒後には乾いた湖底が現れ、ねじれた木の幹が立っていた。そして再び樹木に覆われた地帯と開けた土地での自然発生的な火事に戻り、それが街と幹線道路へと拡がっていた。

木に覆われた丘がうねる煙に飲み込まれていくのが長く映され、ヘルメットにバックパックという格好の消防士の一員が、山道へと消え、まばらな松の森と剝き出しになった赤褐色の地面のところで再び現れた。

やがて、クローズアップし、スクリーンは炎で燃え上がりそうだった。炎は上空に流れていき、カメラに飛び込み、俺が立って見ている廊下にまで飛び出てきそうだった。

俺はしばらくのあいだでたらめに歩き、女が一人、扉を開けてそれがどんな種類のものであろうとも、とにかくそこにある空間に入っていくのを見つけた。俺は五十メートルほどスタッフの一団を追いかけ、廊下を迂回し、取っ手のある扉まで長いスロープを下った。ためらい、頭が真っ白になったが、取っ手を回して扉を押し開け、大地へと、外気へと、空へと進んでいった。

　そこは壁に囲まれた庭園で、樹木と低木と顕花植物があった。俺は立ち尽くして見た。暑さは俺が着いた日ほどひどくはなかった。これは俺が必要としているものだった。部屋から、廊下から、各区画から離れた屋外の場所。やがて訪れる場面で——明け方にアーティスとロスが連れていかれたときに——自分が見て、聞いて、感じるだろうものについて、ここで落ち着いて考えられるかもしれない。曲がりくねった石の通路を三十秒ほど歩いてから、俺は愚かにも、これが砂漠のオアシスではなく、生け垣が切りそろえられ、木が日陰を作り、野生のバラが格子を伝う、本格的なイギリス式の庭園だということにようやく気づいたのだった。何かがとてつもなく奇妙だった。樹皮に、草の葉に、あらゆる花。それらはすべてコーティングを施されているかエナメルを塗られているようで、わずかに光っていた。どれも自然ではなく、庭中を吹くそよ風で揺れることもなかった。

　木にも植物にもラベルがついていて、ラテン語名がいくつか読めた。それがなんであろうと、ラテン語名は神秘だか逆説だかたくらみだかを深めるだけだった。双子のステンマルクだ。これはそういうことだった。セイヨウシデ・ファスティギアタ《カルピナス・ベトラス・ファスティギアタ》。これはピラミッド型の木で、葉は緑色、細い幹は清潔そうで触るとなめらかに感じられる。ある種のビニールか繊維ガラスでできていて、博物館レベルの品質だった。俺はラベルを確認し続け、それをやめるのは無理そうだった。ラテン語の断片が衝突しては混じりあっていた。コヒマワリ《ヘリアンサス・デカペタルス》。これは葉っぱの先が細くなっている、明るい黄色の花弁の渦巻だった。それから背の高いオークの木の陰にベンチがあり、何者かが座ってじっとしていた。

どうやら人形ではなく人のようで、ゆるめの灰色のシャツに、灰色のズボンと銀色の縁なし帽という恰好だった。そいつは俺の方を向いて頷いた。許可を出したという動作だ。俺はゆっくりと近づいた。そいつは結構な年の男で、やせてバターのような褐色の肌をし、顔は尖り、両手は細く、首と腱は橋のケーブルのようだった。

「あんたは息子だな」男は言った。

「たぶんそうだと思います。そうですね」

「あんたがここまで来るのに、いつもの安全装置をどうやって抜けられたのか気になるな」

「俺のディスクの機能がいかれてるんですかね。この手首についた飾りが」

「不思議だな」男は言った。「そして今晩はそよ風が吹いている。それも不思議だ」

男は俺にベンチをともにするよう誘ってきた。それは小ぶりな教会の座席のようだった。そいつの名はベン＝エズラで、外に出てここに来るのが好きなんだと言った。そして時間のことを、何年も先のことを考えるのだ。生まれ変わってこの庭園に戻り、同じベンチに座って、かつてここにいつも一人で座っていたことを考え、まさにその瞬間のことを思い浮かべるのだ。

「同じ木に、同じ蔦《つた》ですね」

「私もそうだと思う」男は言った。

「それとも完全に違うものか」

「今ここにあるものが完全に違うものさ。ここはこの惑星における月面のごとき死後の生だ。人工的な素材による、生き残りの庭園さ。ここには、もはや移行期にはない生への特別なつながりがあるんだ」

「それにこの庭はある種の嘲笑も密かに示してるんじゃないですか？　あるいはある種の郷愁を？」

「お前さんがここまで持ち込んだ因習を脱ぎ捨てるにはまだ早すぎるな」

「じゃあロスは、あの人はどうなんです？」

「ロスはしっかり理解するのが早かった」

「そして今俺はここにいて、自分が慕う女性の死と、たまたま自分の父親である、その女性が愛した男のあまりにも時期尚早な死に直面しています。それで、俺は何をしているのか？　砂漠の荒地のまんなかでイギリス式庭園のベンチに座っています」

「私たちは彼の計画を後押ししているわけではないぞ」

「でもみなさんは親父がそうするのを許容するでしょう。あなたのチームにそうする許可を出すでしょう」

「ここでときを過ごす者たちは最後には自分が何者なのか悟るんだ。人に相談してではなく、自省、自己啓示によってな。失われた大地の広がりに、圧倒的な荒野の感覚。ここの部屋部屋や各廊下、静寂に、待ち暮らすという状態。ここにいる私たち全員は何かが起こるのを待っているのか？　私たちのここでの目的をさらに明確にしてくれるだろう他の場所の何かを。そしてまたはるかに親密な何かを。地下室に入るのを待ちながら、そこで私たちが直面する何かについて学ぶのを待ちながら。待っている者たちのごく一部は本当に健康だよ。そう、ほんの少しの者たちだがね。だが彼らは自己刷新の根源的な段階を知るために、現今の生において残されたものの放棄を選んだのさ」

「ロスはずっと平均余命に詳しかったですよ」俺は言った。「それで今ここでは、この三、四日間で、俺はあの男が崩壊していくのを見ているんです」

「別種の待ち暮らしだな。最後に決めるために待つ。彼にはそれをもっと深く考えるために、この一日の残りと長い眠れぬ夜があるさ。それにもっと時間が必要なら、調整が入るだろうさ」

「でも素朴な人間らしい言い方をすると、ロスはあの人がいなければ生きられないと信じてますよ」

「ならあんたが、残されたものは考えと気持ちを変えるに値すると言うんだな」

「残されたものってなんです？　投資戦略とか？」

「息子が残っている」

「そんなの役に立ちませんよ」俺は言った。

「この巨大なひどい世界のなかで、息子と、父親に健康なままでいてもらうためにその息子がするだろうこと」

男の声はやや陽気な調子で、それにともなって人差指と中指をしきりに揺らしていた。俺は男の経歴を推測しでっち上げたい衝動に直面していた。ベン＝エズラという名前自体、でっち上げだ。そう俺は判断した。その名前はこの男にふさわしかった。聖書的主題と未来学者的主題の複合を暗に示していて、俺たちはこのポスト黙示録的な庭園にいた。男が自分で名乗って残念だった。俺が名づける前に名乗られて残念だった。

男は父親と息子の話をやめていなかった。

「彼に選択という尊厳を与えよう。カネのことは忘れてな。あんたの経験の限界の外側に彼の人生があるんだ。彼の悲しみへの権利を聞き入れてやろう」

「親父の悲しみについては、そうですね。親父の選択については違います。そして、ここではそれが許容されるという事実、これはプログラムの一部だという事実についても」

「ここでも他のところでも、来《きた》る時代には普通じゃないことではなくなるさ」

俺たちはしばらく、話さずに座っていた。男は暗色のスリッパを履き、それぞれの足の甲の部分に明るい色の小さな印が入っていた。俺はコンヴァージェンスについて質問し始めた。男は直接的な返答はしなかったが、この団体は拡張を続けていて、人材が集まりつつあり、地中の建設計画も着工になるといった筋の話をした。だが滑走路は拡張も現代化もせずに質素な構成のままとなるそうだった。

男は言った。「孤独は、孤独こそが重要だとわかっている者にとっては問題ではないんだ」

俺はこの男が普通の状況にあるのを想像しようとした。人だらけの通りをゆっくり進む車の後部座席にいるとか、あるいは混雑した通りを見下ろす丘のてっぺんの家で、食卓の上座についているところとかを。だがこの発想になんの確信もなかった。俺はこの男をここ以外のどこであろうとも目にすることができなかった。このベンチでしか、庭園の壁の外側の計り知れない空虚という状況においてしか。こいつはここの土着の人間で、孤独が重要だった。

「私たちには生の拡張という理念によって、人体凍結の超越を目指す方法が生み出されるだろうとはわかっているよ。老化プロセスを再操作し、進行する病の生化学を逆転させる。私たちは真なる技術革新の最前線にいようと意気込んでいるんだ。ヨーロッパにある私たちの技術センターは変革のための戦略を吟味している。私たちの型に適合する理念を。私たちは自らよりも前に進んでいる。そここそが私たちがいようと望む地点だ」

こんな男にも家族がいたのか？　歯を磨いて、痛みがあったら歯科医にかかっていたのか？　俺はこいつの人生を想像しようとさえもしただろうか？　別の誰かの人生。一分でさえもない。一分でさえも想像できない。物理的にも、心理的にも、精神的にも。たった一秒でさえもない。あまりに多くのことがこの男の小柄な体格に詰め込まれている。

俺は自分に落ち着くよう言い聞かせた。

男は言った。「私たちはいかに脆弱なのか。真実ではないかね？　地球上のどこにいようともみながな」

俺は男が語るのを聞いていた。一日に一度や二度ではなく、毎日一日中食べ物を求めて奮闘している何億もの人間が、将来は何十億にもなる。男は食糧システム、気候システム、森林の喪失、干魃《かんばつ》の拡大、鳥類と海洋生物の凄まじい大量死、二酸化炭素濃度、飲料水の不足、広範な地域を覆うウイルスの波について詳しく語った。

惑星規模での災厄に関するこれらの例は、この場所で考えるには当然の話題であるが、決まり切った暗唱にすぎないと思わせるところはまったくなかった。男はそういったことに通じていて、それらを学習し、それらのある側面を目撃し、それらを夢見ていたのだ。そして男は俺が感心せずにはいられない、雄弁さを醸し出す抑制された調子で話していた。

それから様々な形態の大量殺戮による生物学的戦争があった。毒素、病原体、自己複製体。そしてあらゆる場所で難民が出る。途方もない数の戦争の犠牲者が仮設の避難所で生活し、破壊された街に戻れない。救助船が転覆すれば海で死ぬ。

男は俺を見て、何かを探っていた。

「こういったことを前よりも切迫して考えて、感じていないか？　危機と警告について？　何かが日々蓄積している。あんたが利用可能なテクノロジーのなかで、どれほど自分は安全だと感じていたにしてもだ。あんたが無関係であることを可能にする、あらゆる音声コマンドとハイパー・コネクション」

俺は男に集まっているものはある種の心理的パンデミックなのではないかと伝えた。希望的観測に向かいがちな恐ろしい知覚。いつもいつも人間が求め、必要としている何かで、単に空気のようなものだ。

俺はこの言い方が気に入った。単に空気のようなもの。

男は俺を、今ではさらに探るような感じで見た。この発言を言うに値しない面白みのないものだと考えているのか、あるいは俺が言ったことを、今の状況下で強制される、社会的慣習への意思表示として解釈したかのどちらかだ。

「空気のようなもの。そうだ。一分で落ち着きが広がる。やがて空が光り、爆音と衝撃波が発生する。そしてとあるロシアの街が、もしもあれほど唐突に現実化しなかったとしたら、不可思議に思えただろう圧縮した現実に突入する。自然による襲撃だ。私たちが自らを守るために取り入れた努力、予測、あらゆる創意工夫に対する、自然による支配。隕石だよ。チェリャビンスクだ」

男は俺にほほ笑んだ。

「言ってみるんだ、さあ。チェリャビンスクと」男は言った。「ここからそんなに離れているわけじゃない。実はとても近いんだ。もしも世界のこのあたりで、どこであれ、近いなんて言えればだが。人々は重要書類を集めながら部屋から部屋へと駆け回る。やつらはどこか安全なところへ行く準備をするのさ。犬、猫をキャリーバッグに入れて」

男は話を止めて考えた。

「私たちはここでは文書を逆転させる。ニュースを逆さまに読んでいるのさ。死から生へと」彼は言った。「私たちの装置は体内に入って常に動き、私たちが再び生きるために必要な更新済みのパーツ、経路になるのだ」

「奇跡が起こるのは砂漠ってことですか？　古代の敬虔と迷信を反復するために俺たちはここにいるとでも？」

俺に屈する気はないのがわかって、男は楽しんでいた。

「滅びゆく未来に立ち向かう理念に対してずいぶんと古風な反応をするんだな。理解しようとしてみてくれ。これはみな、未来で起こることなんだ。この未来に、この瞬間に。この発想を飲み込めないなら今すぐ家に帰るがいい」

俺はロスがこの男に、俺を安心させるよう話をして、専門家としてはっきりと啓発するよう頼んだのではないだろうかと思った。俺はこの男が言わねばならないことに関心があったか？　俺は自分が、眼前に控える恐ろしい夜と、やがて来る朝のことを考えているのに気づいた。

「私たちはここでは感覚を、知覚を共有しているんだ。自分たちが合理を超えたものだと考えているのさ。この場所自体に、この建物自体、これまでのあらゆる信仰を屈服させる科学。人間の生存力を検証するのだ」

男はここでいったん黙ってズボンのポケットからハンカチを取り出し、鼻をかんだ。無遠慮に続けてかみ、しみをつけた。そしてこれを見て俺は気分がよくなった。本物の命であり、肉体が機能している。俺は男が話を終えるのを待っていた。

「ここにいる私たちは他のどこにも属していない。私たちは歴史から降りたんだ。ここにいるために、私たちは自分が何者であるかも、住んでいた場所も捨てたのさ」

男はハンカチをよく調べ、丁寧にたたんだ。四角く小さく折りたたんだものをポケットに入れるのに少し時間を取られていた。

「そしてここはどんな場所なのか?」男は言った。「埋蔵された未採掘の稀少鉱物に、オイルマネーの大嵐に、抑圧国家に人権侵害に収賄役人だ。接触は最小限でいい。孤立に排除」

俺はこいつのスリッパにある印を解釈したかった。これはこの男の文化的出自への手がかりになるかもしれなかった。俺は印から出自の手がかりを得られず、そよ風が強まるのを感じ、もう一度声に耳を傾けた。

「この場所は固定されているんだ。私たちは地震なり、ちょっとした群発地震なりの起こりやすい一帯にいるわけではないが、建物のあらゆる細部は地震への対抗措置が施されている。システムの故障に対して考え得る限りのあらゆる予防手段によってな。アーティスは安全だし、同伴することに決めたなら、ロスもそうだ。この場所は固定されていて、私たちは固定されているんだ」

ベン＝エズラ。俺はこいつの本当の名前を、生まれたときの名前を考える必要があった。俺には自己防衛のようなものが必要だった。こいつの人生へと狡猾に入り込む方法が。絵柄を完成させるために、男に杖を与えたかった。サトウカエデでできた歩行用の杖だ。ベンチに座った男は両手を杖の曲がった柄《え》に乗せていて、棒の部分は地面と垂直になり、丸くなった先っぽは両足のあいだにある。

「晴れてカプセルから出てきた者たちは歴史なき人間となるだろう。彼らはかつての肉体の停止から、やせ細った時間から解放されるだろう」

「それでロスによるとそいつらは新しい言葉を話すんですってね」

「孤立語だ。他の言語とのあらゆるつながりを超えているのさ」男は言った。「教わる者もいるし、すでに冷凍保存されている者なら、植えつけられる」

新たな意味を、完全に新しい段階となった知覚を提供するだろうシステム。

それは私たちの現実を拡張し、私たちの知性の射程を拡げるだろう。

それは私たちを作り直すだろう、と男は言った。

私たちは、今までは決して知らなかった自分たち自身を知るだろう。血液に、頭脳に、皮膚。

私たちは日常会話のなかで、純粋数学の論理と美に近づいていくだろう。

比喩でも、隠喩でも、類推でもない。

私たちがかつて経験したことの決してないような、客観的事実のいかなる形態を前にしてもひるむことのないだろう言語。

男が話し、俺が聞く。話題は新たなスケールに近づいている。

宇宙。それはなんだったのか、それはなんなのか、それはどうなるのか。

拡張し、加速し、無限に発展していく宇宙。生命に満ち、決して終わることのない世界の上の世界に満ちている。男は言った。

宇宙、複数の宇宙、反復可能性という概念が不可避になるあまたの宇宙の無限性。

二人の人間が砂漠の庭園のベンチで、私たちが、あんたと私がしているのと一字一句違わない会話をしているという発想。もっともその二人は別の人間で、別の庭園にいて、ここから何百万光年離れたところにいるのだが。これは不可避の事実だ。

それは老人が連れていかれた場合のことか、それとも重要なのは、若い男が巧妙な皮肉に抵抗しようと試みていることなのか？

いずれにせよ俺はこの男のことをいかれた賢人と思い始めていた。

「もっと多く、もっと多くと、次々に知りたがるのは人間だけです」俺は言った。「でも俺たちの知らないことが俺たちを人間にしているというのも事実でしょう。知らないことに終わりはありません」

「続けてくれ」

「そして永遠に生きられないことに終わりはありません」

「続けてくれ」男は言った。

「もし誰かが何かに始まりがないのなら、それなら彼だか彼女だかそれだかに終わりがないことも信じられます。でも生まれるとか孵化するとか発芽するとかいうことなら、もうそいつの日々は限られているということになる」

男はしばらく考えていた。

「それは憂鬱が人間に投げつける一番重たい石だな。その者が自らの自然の終わりにあるとか、来《きた》るべきさらなる状態などないとか告げるときのな」

俺は待った。

「十七世紀」男は言った。「サー・トマス・ブラウン」

俺は続きを待った。だがそれで全部だった。十七世紀。それ以来の進歩について考えるのを、男は俺に丸投げにした。

今、本物の風が吹いているが、庭園は揺れず、花は不気味に静止し、草と葉はかろうじて感じられるほどの風の勢いに抗っている。だがその風景は精彩を欠いて動かずにいるのではない。トーンと色彩があり、あらゆるところがきらめき、太陽は沈み始め、日が落ちていくあいだに木は照らされる。「あんたは家で静かな部屋に一人で座り、注意深く耳を傾けている。あんたは何を聞いているのかね？　通りの車の音でもないし、声でも雨でも誰かのラジオでもない」男は言った。「あんたは何かを聞いているが、だがなんなんだ？　部屋の音でもないし、周辺の音でもない。それはあんたが深く耳を傾けるほどに、毎秒変わっていくかもしれないものだ。そしてその音は今では大きくなりつつある。大きくではなく、幅広くだな。音を持続させ、囲い込んでいる。それは一体なんだ？　心か、生それ自体か、あんたの生か？　それとも世界か。陸や海といった物質の集合体ではなく、世界に住まうもの、人間存在の洪水か？　世界のどよめき。あんたは聞いたことがあるか？　自分で、今までに」

俺はこいつのために名前をひねり出すことができなかった。こいつの若いころを想像できなかった。こいつは老いた状態で生まれたんだ。このベンチで人生を過ごしてきたんだ。こいつは永遠にこのベンチの一部なんだ。ベン＝エズラ。スリッパに、縁なし帽に、蜘蛛のような長い指に、繊維ガラスの庭園で休む肉体。

俺は男をそこにそのままにしておいてぶらつき始めた。花壇の前を通り過ぎ、今は汚れた道を歩き、庭園の壁にあった門を開いて進み、偽造された深い木立のなかに入っていった。やがて、俺は何かにひやっとして立ち止まった。淡い光のなかに人形が立っていた。ほとんど木々と区別できず、顔と体は焦げ茶色、両腕は胸の前で組まれて拳が握られている。そして自分がマネキンを眺めていると知ったときでさえも、俺はその場にとどまり、人形それ自体のごとく立ちすくんでいた。

俺は怯えた。特徴がなく、裸で、性別もない。もはや洋服用のマネキンではなく、人を寄せつけないような姿勢をした歩哨だった。これは無人の廊下で見たマネキンとは違うものだ。今回の出会いには緊張感があった。俺は慎重に歩き、他にもいくつか見つけた。木々に半分隠れていたのだった。俺はそれらを見るというよりもじっくりと眺め、神経質に検分してみた。その不動は望まれたもののように思えた。人形は腕を組むか、脇にやるか、前に突き出していた。一つは腕がなく、一つは頭がない。黒塗りで、この場に属し、啞然とさせる強烈なオブジェだ。

狭い空き地には、建造物が地面から斜めに突き出していた。入口の上には屋根のようなものが突出していた。俺は天井がアーチ型になった内部へと八歩か九歩で入っていった。地下室で、うっすらと明かりがつき、湿っぽく、ひび割れた灰色の石だらけだった。壁のくぼみに肉体が置かれていた。保存された死体としてのマネキンで、体は半分になっていた。安っぽいフードつきの服を身にまとい、頭から腰までになった肉体がそれぞれの隙間に収まっている。

俺はそこに立ち、自分が見ているものを飲み込もうとした。言葉を探していた。俺の求めている言葉があった。**地下室**でも**洞穴**《ほらあな》でもない。そしてそのとき俺にできたのは、夢中で見て詳細を積み重ねようとすることだけだった。このマネキンには特徴があった。すべて疲れ果てていて、腐食し、両目、鼻、口、台なしになった顔が、みなについていた。灰白色で、両手にはしわが寄り、かろうじて無傷だった。だいたい二十体ぐらいのそんな人形があり、二、三体は全身がそろい、ずたずたになった灰色の古いローブを着て、頭を下に向けながら立っていた。俺は両脇の肉体に沿って歩いた。その光景は圧巻で、この場所自体、言葉自体も圧巻だった。その言葉とは**カタコンベ**だった。

人形たちは、この砂漠の聖人たちは、地下の埋葬室でミイラにされ、乾燥させられていた。この光景の閉所恐怖症的な力と、かすかな腐敗のにおい。しばらく息が詰まった。俺はこの人形たちが、冷凍カプセル内で背筋を伸ばした男たちと女たちの原型版――不死の間際にいる実際の人間たち――だと解釈してしまうのを避けられただろうか？　俺は解釈など求めていなかった。ここにあるものを見て感じたかった。そんな経験が目の前で展開するとき、たとえ俺がそれに見あった存在でなかったとしても。

マネキンがこれほどの衝撃を与えることがいかにして可能だったのか？　教会や修道院で何百年も前のミイラ化した人間を見るよりも深い衝撃だ。そんなところには、イタリアやフランスの遺体安置所には行ったことがなかったが、これより強烈な反応は想像できなかった。地面に開いたこの穴のなかで俺は何を見ていたのか？　大理石の彫刻でもなければ、鑿《のみ》による手彫りで、金の葉のアクセントがついた松の木の繊細な一片でもない。それらはプラスチックであり、死人のフードとローブに飾られた人工的な化合物であり、この場面にかすかな熱望を、人間もどきの切望の幻想をもたらしていた。だが俺は再び解釈していた――そうではないか？　空腹で弱り、その日の出来事ですり減っていたので、俺は像がしゃべるだろうと思っていた。

さらに進むと、二列になった肉体の向こうに白色光が浮かんでいて、近づくと光をそらすために片手で顔を覆う必要があった。そこには穴のなかに隠された人形があった。互いにからみあったマネキンの群れで、裸で、腕を突き出し、首はおそろしくねじれ、頭髪がない。手足と胴体がつながった肉体が転倒してもつれあうようだった。中性の人間たちで、男も女もアイデンティティを剝ぎ取られていた。色は塗られておらず、アルビノで、俺をにらみつけピンク色の目を光らせている一体を除いて、無表情だった。

食事室で俺は顔を皿に近づけ、夕食の最後の一口を咀嚼していた。施設中のあらゆる食事室——各食事室に一人いる——が頭のなかで積み重なった。俺は部屋に戻り、明かりをつけ、椅子に座って考えた。これをもう千回以上やったような気がしていた。毎回同じ部屋で、同じ人間が椅子に座っている。俺は自分が聞いているのを感じた。頭を空っぽにし、ただただ聞こうとした。ベン＝エズラが言っていたものを聞いてみたかったのだ。生活し、考え、話す人々の凄まじい音を。何十億人分の、至るところにある音を。電車を待ち、戦場を行進し、指についた食べ物をなめている。あるいは単に彼らとして存在している。

世界はざわめいていた。

10

俺は至極ありありとそれを知ることになる。

親父は壁を見つめて座っている。手が届かないほど離れてしまった男。すでに回想のなかに閉じ込められている。様々な映像が、自分ではどうにもできない何かが漂うなかで、親父はアーティスを見ているのだと俺は思った。ゆらめく記憶と幻影。何もかもが親父の決断という事実によって動きだす。

親父はアーティスとともには行かない。

そのことが親父を打ち砕いた。親父のすべてをだ。生涯の石のごとき影響力と、この瞬間にまで至るすべての言動をだ。今ここにいる親父は青ざめて精気がなく、髪はくしゃくしゃで、ネクタイはほどけ、両手は股のところで力なく重ねられている。俺は近くに立つ。どんなふうに立てばいいかも、この状況にどう適応すればいいかもわからないが、だが堂々と親父を見ることにした。その両目には理解を求めるような色はまったくない。一晩でなんと物事は変わるものなのか。頑《かたく》なですぐに決まったことが、男の揺れ動く心の弱々しい証明となる。そして一日前にはその男が力強く語り、壁から壁へと歩き回っていた場所で、今そいつはぐったりと座って自分が見捨てた女のことを考えているのだ。

親父は素っ気ない言葉で、自らの決断を俺に語った。それは加工されずに自然なまま飛び出した音声で、表現に富んだ情緒は含まなかった。親父はアーティスがすでに連れていかれたことを俺に言う必要もなかった。そのことは親父の声に表れていた。ただ部屋があり、椅子があり、そこに男が座っていた。落ち着きなく父親を見つめている息子がいた。入口に配置された二人の付き添いがいた。

俺はまず誰かが動くのを待っていた。やがて自分がそうして、多少なりとも悲しんでいるような態度を取り始めた。自分が到着時からずっと同じ汚れたシャツを着て同じようなズボンを穿いていることは意識していた。下着と靴下は明け方に手洗い石鹸で洗っていた。

じきにロスが椅子を立って扉へと移動し、俺もすぐ後ろに続いた。どちらも口をきかず、俺の手が親父の肩に触れていた。方向を示すためでも、支えるためでもなく、ただ触れられているという安心感を与えたかったのだ。

桁外れの財産を持つ男が悲嘆にくれることは許されるのだろうか？

付き添いは女だった。一人はピストルを下げ、若い方はそうではなかった。二人は俺たちを抽象物へと、理論的事象へと化した空間に連れていった。他になんと言えばいいのかわからない。位置あるいは場所の変化でもあった動きという概念。ここで俺がそんな経験をしたのはこれが初めてではなかった。今回は俺たち四人で、敬虔なものに感じられる沈黙を守っていた。これが悲しい状況のためなのか、乗り物の性質のためなのかは確信がなかった。斜めに下っていく感覚と、知覚器官から切り離されていく感覚があった。物理的にという以上に精神的に滑り下りていくようだった。

俺はどんなことであれ何かしらを口にすることによって、この状況を試してみることに決めた。

「これはなんて言うんだ、俺たちが入っているこれは？」

自分の発言にはかなりの確信があったが、その言葉が音を立てたかはわからなかった。俺は付き添いを見た。

それからロスは言った。「これはヴィアー〔アメリカンフットボールのフォーメーションの一種。クォーターバックと二人のランニングバックがV字形に配置される〕というんだ」

「ヴィアー」俺は言った。

俺は親父の肩に手を置き、下向きに押して強くつかみ、俺はここにいる、俺たち二人ともここにいる、と伝えようとした。

「ヴィアー」俺はもう一度言った。

俺はここではいつも言葉を繰り返していた。それが正しいかどうかを確かめ、ゆるぎない位置づけを確立したかったのだ。アーティスは階下のどこかに、ヴィアーの先にいて、シャワーカーテンの水滴を数えていた。


俺は立って、目の高さにある幅の狭いガラスの向こう側を眺めていた。それがここでの俺の役割だった。連中が目の前に提示する何もかもを見ることが。ゼロKのチームはアーティスを冷凍保存する準備にかかっていた。医者と他の連中は様々な格好をしていて、動いている者もいれば、モニターをじっと見ている者、機器を調整している者もいた。

アーティスは連中が囲むなかにいて、手術台の上でシートを被せられていた。少しのあいだ、断片的に見えただけだった。体のまんなかからへんと足の下の方は見えたが、顔ははっきりとは見えなかった。チームはあの人の上で、そのまわりで仕事をしていた。連中が相手にしている物理的外形を「肉体」と見なすべきかについては俺にはわからなかった。たぶんまだ生きていたのだろう。たぶんこのときが、この一瞬が、あの人を化学的に最期へと誘導する瞬間だったのだろう。

俺が知らないもう一つのことは、何が終わりを構成するのかという点だった。人はいつ肉体になるのか？　陥落にはいくつかの段階があるだろう。肉体は一つの機能を失ったが最後、おそらく別の機能も失っていく。まあ、もしかしたらそうでもないのかもしれないが。心臓、神経系、脳、そしてその脳の各部位が個々の細胞のメカニズムへと下りていく。一つの公認された定義以上のものがあるということにふと気づいた。みなの同意によって定められたものではない。状況が求めると連中はそれを作り上げたのだ。医者に、弁護士に、神学者に、哲学者に、倫理学の教授陣に、裁判官に、陪審員が。

自分が頭のなかでとりとめのないことを考えているのにも気づいた。

決意が固かったならば手術台の上にいたロスのことを考えた。意図的に衰弱させられていく健康な男。親父は待合室にいて、そのときをやりすごそうとしている。俺は自分で望んだ唯一の目撃者であり、今あの人の、アーティスの顔が、感動的なことにわずかに見えたのだ。チームの面々は、帽子に、手術着に、マスクに、手術用上衣に、診察衣に、実験室用白衣という格好で、あの人の前をあたふたと動いていた。

やがて覗き窓は空白になった。

ドレッドヘアの案内人が無言で俺たちをある場所へ連れていき、自分らの見ているものを飲み込ませた。

ロスはたびたび質問した。親父は髪に櫛を入れ、ネクタイを結び、スーツのジャケットの縁を整えていた。声は普段とはまるで違っていたが、それでも話し、自身を物事のただなかに位置づけようとしていた。

俺たちは傾斜した狭い展示スペースの上の通路に立ち、何もない空間に置かれた三つの人体を見ていた。うまく照らされていて、外側の縁のあたりに陰影ができていた。透明ケースに、肉体用ポッドに入れられた人々で、みな裸で、一体は男、二体は女で、三体とも頭は剃られていた。活人画《タブロー・ヴィヴァン》だ、と俺は思った。演者が死んでおらず、衣装が超断熱プラスチックの管《くだ》でなければの話だが。

案内係は俺たちに、この人々は早めに連れていかれることを選んだ者たちだと告げた。もしかしたら、彼らにはあと五年、十年と残っていたかもしれないし、あるいは二十年かそれ以上だったかもしれない。彼らは重要な臓器を取り出されて、脳も含めてそれらは別々に、臓器用ポッドという絶縁された容器のなかで保存されていた。

「みな穏やかそうだ」ロスは言った。

肉体はしっかりした姿勢を取っていなかった。両目は虚ろな驚きに見開かれ、両腕はだらりと脇に垂れ、両足には自然なこぶとしわがつき、体毛はどこにもない。

「ただ立って、待っているんだな」親父は言った。「この世界のなかでいつのときにも」

親父はアーティスのことを考えていた。他に何がある。あの人が何を感じているか――感じることがあればだが――、肉体冷却プロセスのどの段階にいるかに思いをめぐらせながら。

ガラス化、低温保存、ナノテクノロジー。

言葉を大切にするんだ、と俺は思った。言葉にさらに曖昧な方法、原子より小さいレベルへと至る方法の探求を反映させるんだ。

案内係の女は、ロシア語由来だろう訛りでしゃべっていた。そいつは手入れのいいジーンズにふさ飾りのついた長めのシャツという格好で、俺は自分に、この女は死体と同一の姿勢をとっているのだと信じさせようとしていた。これは事実ではなかったが、その考えを捨て去るのにしばらくかかった。

ロスは見続けていた。それは休止状態の生命だった。あるいは回復の彼岸にある生命の空虚な骨組みだった。そしてその男自身。俺の父親だ。俺は親父の心変わりが、ここでの名誉職としての地位と組織運営における権力に影響するだろうかと考えた。俺は自分が何を感じているのかわかっていた。失意によってカネを搾り取られたことへの同情だ。男は後ろに下がった。

親父は俺たちの目の前に立つ人体から目をそらすことなく案内人に話しかけた。

「この人たちのことをどう呼んでいるのですか？」

「先駆者と呼ぶよう言われています」

「なるほど」親父は言った。

「道を示し、行路を拓くのです」

「早めに、先に」親父は言った。

「待たないんです」

「そうせざるを得なくなるよりも前にやっている、と」

「先駆者です」女は言った。

「うららかに見えますね」

アーティスのことを考え、見つめ、一緒に行くことに決めた。だが親父は撤回した。あの人に加わるという考えは、錯乱した愛情の波が駆り立てたものだった。だがひとたびその行いを誓うと、親父はそれに忠実でなければならなかった。金銭の磁場の中心にいる男が、人生とキャリアのすべてを投げ打つのだ。そうとも、俺は親父の名声と経済的価値を過大視している。だがそれが肥大化した人生の構成要素というものだ。過剰は過剰を生み出すのだ。

親父は一番後ろの列に腰を下ろし、しばらくして俺も加わった。それから、俺は肉体を見た。

こいつらが何者なのかという問題があった。とうに過ぎ去ってしまったすべてのもの。地上に生きていた男か女の、表現できないほどに濃密な経験。ここで、こいつらはポッドのなかで体毛を剃られた裸の実験室用の生物になり、容器への封入と治療の手段がなんであれ、一つのユニットとしてまとめられている。そしてこいつらは、どこでもなくいつでもない匿名の空間に位置づけられていた。俺がここで経験したあらゆる側面に適合した方策だ。

案内係はゼロKという用語の意味を説明した。丸暗記したような語り口で、ところどころで話に区切りが入っては再開した。絶対零度と呼ばれる気温の単位にまつわる言葉だ。摂氏マイナス二百七十三・一五度。ケルヴィンという名の物理学者への言及がなされた。彼こそがその用語のなかのKだった。案内係の話でとりわけ面白かったのは、冷凍保存に用いられる温度は実際にはゼロKに近い数値ではないという事実だった。

となると、その用語は純粋な演出であり、ふと感じられた双子のステンマルクの別の痕跡だった。

「私たちは一緒に出立する。荷物を詰めて出発だ」ロスは言った。

「ここに来たときから荷物はできてるよ」

「よし」

「詰めるものなんて何もないさ」

「よし、一緒に行くぞ」親父はもう一度言った。

これはありふれた言い方で、動きの感覚を取り戻すために親父が発する必要のあった音声だった。俺はもっと何かが飛び出すんじゃないかと感じていた。おそらく俺たちのどちらにとっても元気の出るような代物ではない何かが。

「私は真夜中、最後にはな、生き続ける責任があると自分に言い聞かせたんだ。喪失を耐え忍び、生きて苦しみ、そしてマシになることを願う。マシではないな。喪失が、不在が、自分でなんとかしのげるほど深く埋め込まれることを。あいつと一緒に行くのは間違った種類の屈服だったろう。私にはそんな権利はなかった。特権の濫用だ。私たちが言いあったとき、お前は何を言っていたっけな？」

「さあね」

「もしも私があいつと一緒に行けばお前を貶めることになると言っていた。私の支配が圧倒的で、お前は逃れられない。たとえあいつをあまりにも深く愛し、あまりにも早く死ぬことを選んでいたとしても。それは私が支配力を放棄するのではなく、強めてしまうような性質の屈服だっただろう」

俺は肉体の色をじっくりと見た。女、男、女。色の範囲は狭かったが、だがいかなる状況であろうと肌の色を正確に表現することは可能なのだろうか？　黄色に茶色に黒に白。手ごろなラベルとして使うのでなければ、全部間違っている。俺は色彩の細やかな表現に――琥珀色にアンバーに月の色

――訴えたかったのだろうか？　十四のときには必死でそうしようとしていただろう。

「最後に私はどうしたか？　向きあおうとしたんだ」親父は言った。「そしてそれは、あいつに言わねばならないということだったんだ。薄暗い部屋でベッドの脇に座った。あいつは私の言うことを理解してくれただろうか？　そもそも聞こえていただろうか？　確信はない。私を許してくれただろうか？　何度もあいつに許してくれと頼んだよ。それから私は何度もぶらついた。私には返答が必要だったのか？　返答を恐れていたのではなかったか？　許してくれ。待っていてくれ。じきに私も追いつくから。何度も何度も囁いた。たぶん囁けば、あいつにも聞こえると思っていたのだろう」

「あの人は生きてはいたかもしれないけど、あらゆる接触を超えたところに行ってしまっていたんだ」

「それで私は連中があいつを連れ去りに来るまで、あそこでただ座っていた」

　胸にも乳にも腹にもあちこちに、ごく普通の程度だがたるみがあった。長いあいだずっと眺めていると、女の剃った頭でさえも本質的で根源的な寒々しさに調和するもののように思え始めた。ポッドの効果だ、と俺は思った。科学的方法の微に入り細を穿つ厳格さ。装飾を取り去られ、胎児時代と重ねあわされた人間。

　案内係は俺たちが見て面白いと思うかもしれないものが他にもあると言った。

　今日で何日目だ、見て面白いものはいくつあった？　スクリーン、カタコンベ、石室の壁の頭蓋骨。それらは四終《ラスト・シングス》のときに俺を覆っていた。俺はこの二単語について考えた。終末論だ。そうじゃないか？　過ぎ去った人生の湿った残響というだけでなく、理性への訴えを超えたあらゆる衝動を有する言葉。**四終**。もうやめろと自分に言い聞かせた。

ロスは頭を垂れて両目を閉じた。

アーティスのことを考えている。俺は親父が家にいて、ウイスキーを片手に書斎に座り、自らの呼吸の音を耳にするのを想像した。ベドウィンの村の外側、砂漠の端のどこかの穴に、あの人を訪れたとき。俺は親父が見ているものを見ようとしてみるが、別の砂漠に、ここにあの人がいるのを想像できるだけだ。全身が一時停止状態で、両目を閉じ、頭は剃られ、精神の断片は無傷のままだ。親父はそう信じねばならない。脳組織には記憶が根づいていると。

出発の時間はもうすぐだ。装甲を施したスモークガラスの車が控え、運転手は武器を携帯している。俺がちっぽけで、か弱く、脅かされているかのように感じさせる護衛の含み。

だが親父があの人に加わりたくなったのは単に愛情ゆえだったのか？ たぶん俺は、親父がどす黒い切々とした望みに自分という存在と自分が所有するものを奪われ、すべてを剝ぎ取られ、空っぽになり、臓器は保管され、ポッドが集まるなかで体が他の者たちのあいだに置かれるという必要に駆り立てられたと思いたかったのだ。親父が名前を変えるに至った自己否認と根本にある考えは同じだった。違いはより深くて強烈であることだけだ。どす黒い切々とした望み。俺はこの言い方が気に入った。だがその要諦はなんだ？ どうして俺は父親についてそんなことを想像したがっていたのか？なぜならば、この場所が俺に悪い血を浴びせてくるからだ。そしてこれは叩き上げの人間に起こることを大袈裟にした話だからだ。彼らは自分自身を復元するのだ。

三年だか十三年だかで親父があの人に加わるとき、ナノテクノロジーの研究者は二人の年齢を引き下げるのだろうか？ そしてそれがいつになろうとも生き返ったら、地上での死後の生の始まりのころは、アーティスは二十五歳か二十七で、ロスは三十か三十一ということになるのだろうか？ 感傷的な再会について考えてみよう。赤ん坊を持つとしたら。すると俺はどこにいることになるのか。どれぐらいの年で、いかに元気がなく、しみが増えているのか、威勢のいい若い父親と、新たに生まれた腹違いの弟――そいつは俺のしなびた指を小さな震える手で握る――を抱きしめて、どれぐらいぎょっとするのか。

ナノボット――子どもがそんなことを言うのだ。

俺はまっすぐ前を見続けていた。見て考えていた。この人々が、先駆者たちが、自らのときを迎えるより相当前に死ぬことを選んだという事実。彼らの肉体からは必要不可欠な臓器が抜き取られているという事実。封じ込められ、並べられ、割り当てられた位置に肉体が置かれているという事実。女男女。これはマネキンとしての人間なんだと俺は気づいた。こいつらが脳のないオブジェなんだと思うことを自分に許した。以前に遭遇した、マネキンが埋葬室でフードとローブを身にまとい、背を丸めているという光景を逆転させているのだ。そして今、この裸の人間の凍った枠組はポッドのなかにいる。

案内係は俺たちにもう一度、興味を引くかもしれない別の区画があると告げた。

俺はこの不動の人間たちの美に目を向けていたかった。時計仕掛けのような肉体ではなく、単に人間の構造とその外延による壮大なデザインの、内側も外側も見ていたかったのだ。それぞれが執拗なまでに独特な雰囲気だった。彼らはそこに立ち、俺たちに何も伝えようとはしていないが、それでもこの地上での俺たちの生についての複雑な驚きをほのめかしていた。

その代わりに俺は、自分が制御された未来を見ているのだろうかと考えていた。望むと望まざるとにかかわらず、男と女がなんらかの中央集権化された命令に追従しているのだ。マネキンの生だ。これは安直な発想だろうか？　俺は目の前のことを考えた。リストバンドのディスクは理論上は、連中に常に、俺がどこにいるかを知らせているのだ。俺は自分の部屋のことを考えてみた。小さくて窮屈だが、奇妙な全体性を体現している。この場所にある他のものについても。廊下に、ヴィアーに、模造品の庭に、食事室に、なんなのかわからない食べ物に、あるいは、功利主義者が全体主義者になるのはいつかについて。

この手の概念には空虚さが内包されているのだろうか？　たぶんそれらは、俺が家に帰りたがっているということを示す以上のものではなかった。自分の住み処を覚えているか？　まだ仕事はあるのか？　まだ映画の後に彼女からタバコをせびることができるのか？

案内人は俺たちに、隔離容器に保存された脳について話していた。今、女はつけ加えたのだが、頭は、無傷の脳の入った頭部全体は、ときに胴体から切り離され、別々に保存されるのだった。数十年後の来《きた》るべき日に頭部は健康なナノボディに接続されるのだ。

そして蘇ったすべての生は、その過程それ自体によってしっかりと刈り取られてしまっていたとしても、同一のものなのだろうか？　人間として死に、同じ大きさのハチとして復活する。

俺は親父を肘でつつき、静かに言った。「死んだ男がポッドのなかでさ、勃《た》っちまうなんてことはないのかな？　故障か何かの影響でさ、温度が変わって体を流れる精力みたいなものが発生して、ムスコが跳ね上がるんだ。全部のポッドのなかで、男がみんな一度はな」

「案内係に訊いてみるんだな」親父は言った。

俺は手の甲で親父の腕を軽く叩いた。そして俺たちは立ち上がり、女について行って、どんどん狭まっていきやがては一列縦隊にならねばならない廊下を進んだ。音が小さくなり始め、足音は消え、狭い壁に俺たちの体はブラシをかけるように触れ続けていた。

あともう一つ興味深いものがある、と案内人は言っていた。

俺たちは巨大な白い部屋の入口に立っていた。壁は他の場所で見てきたように、表面がざらついてはいなかった。それは硬い滑らかな岩で、ロスは片手を壁にあて、きめ細やかな白の大理石だと言った。親父にはわかっていたが、俺はそうではなかった。その部屋は石のせいで寒かったし、最初のうちは、すべての方角が同じに見え、壁と床と天井以外に何もなかった。俺は両腕を拡げ、この部屋の大きさを表現するためにばかげた大袈裟なしぐさをしたが、長さ、幅、高さを測定しようとすることは差し控えた。

俺はわずかにだが前に進み、ロスも続いた。俺はロスの向こうの案内人を見て、彼女が何かを言い、この場所の性質についてヒントを与えてくれるのを待っていた。それは場所だったのか、それとも場所についての理念だったのか？　親父と俺は一緒に部屋をじっくりと見た。たとえ自分が見ているときでも、俺は自分が何を見ているのか想像しようとしてみた。一体この経験をこれほどつかみどころのないものにしているのはなんなのか？　大きな部屋に、立ち尽くして見ている二人の男。女が入口のところにいて、まったく動かない。何もない美術品展示室だ、と俺は思った。展示室それ自体が芸術なのだ。空間それ自体が、壁と床が。それとも巨大な大理石の墓か。死体がない、あるいは死体を待ち受ける大きな墓所だ。装飾となる蛇腹も小壁もない。ただ光り輝く白い大理石の平たい壁があるだけだ。

俺はロスを見た。親父は俺を通り越して部屋の向こうの角の方に視線を向けていた。そうするのに少し時間がかかった。ここでは何もかもに少しの時間が取られた。それから俺は親父が見ているものを見た。二つの壁がぶつかるそばの床に座った人物だ。小柄な人の姿をしていて動きはなく、次第に俺の認識へと浸透していった。俺は、確固たる形を取った、今ここで実際に見ているものを視覚化しなければいけないような別のどこかにいるわけではないと自分に言い聞かせなければならなかった。

親父はしぶしぶながらもそちらに向けて歩き、俺も歩き、立ち止まりながら続いた。座っているのは少女だった。裸足で足を組んでいる。彼女はゆったりした白いズボンに、膝まで届く白のブラウスという格好だった。片腕を首の高さまで上げ、自分の体の方に向けていた。もう一方の腕はそれに応じた角度で腹に当てられていた。

俺たちは歩みを止めた。ロスと俺がだ。俺たちはまだこの人物から離れたところにいたが、これ以上近づくのは侵入であり、侵害であるように思われた。髪の毛は男の子のように刈り込まれ、頭はわずかに垂れ、両足は尻を上向かせるふうになっていた。

男の子ではないという確信はあっただろうか？

両目は閉じていた。俺たちの立つ場所からは自明ではなかったとしても、俺には女の子の両目が閉じていることがわかった。彼女が若いということは必ずしも自明ではなかったが、俺は勝手に若いのだと思うことにした。若くなくてはいけなかった。そして彼女には国もなかった。どこの国の者でもあってはいけなかった。

部屋の至るところが、白く寒々しく沈黙していた。俺が胸の前で両手を交差させたのは、この光景の美しさに対する自分の反応を抑制するためだったのか、それとも単に寒かっただけなのか？

俺たちはやがてわずかに後ずさった。二人同時にだ。たとえ俺が彼女の存在と姿勢の由来を知っていたとしても、それはあらゆる意味づけを拒絶しただろう。意味はこの人物自身のなかで、この光景それ自体のなかで使い果たされていたのだった。

「アーティスにはこれをどう解釈すればいいかわかっただろうな」ロスは言った。

「そして俺は男の子なのか女の子なのかあの人に聞いただろうな」

「そしてあいつは何が違うんだと言っただろうな」

生命という事実。このそびえ立つ霊廟で心臓を鼓動させている小さな肉体。彼女は俺たちがいなくなった後も長いことここにいるのだろう。昼も夜も。俺にはわかっていた。静止した人物のために考案され設計された空間。

この場所を去る前に、最後にもう一度見るために俺は振り返った。そして、そうだ。彼女はそこにいた。空《くう》の技法で生きて呼吸をする芸術だ。男の子か女の子で、パジャマのような服装をして座り、俺が考えたり想像したりするためにさらなる何かを提供してなどくれない。案内係は俺たちをドアのない長い廊下へと連れていき、そしてロスが今では俺に話しかけていた。遠くから聞こえてくる声で、ほとんど震える屈曲に近かった。

「年を取ると人間はな、ものがますます好きになるんだ。これは本当だと思う。特定のものだ。革表紙の本に、家具に、写真に、絵画に、絵を入れる額縁。こういったものは過去が永遠であるように思わせてくれるんだ。だいぶ昔に死んだ有名選手のサイン入り野球ボール。コーヒー用のマグカップでもいい。私たちが信頼しているものだ。そういったものは大切な物語を語る。人々の生についてまれては去っていくすべての人間について。深みがあり、豊かさがある。私たちはしょっちゅうある部屋に座っていたものだった。モノクローム絵画のある部屋だ。あいつと私でな。五枚の絵と、十代の旅行者カップルのごとく自分たちの取っておいたチケットを、マドリッドの闘牛のチケット二枚を額に飾っている、都心のタウンハウスにある部屋だ。もうすでにあいつの体調は悪かった。私たちは多くを語らなかった。ただそこに座って思い出していたんだ」

文と文のあいだには長い中断が入り、声の調子はつぶやきか呼吸に近かった。そして俺は熱心に聞き、待っていた。

やがて俺は言った。「あんたの場合、お気に入りのものはなんだったんだ？」

「まだわからないな。たぶん絶対わからないだろう」

「絵じゃないな」

「あまりにもたくさんある。多すぎる」

「チケットは。二枚の紙切れだ」

「太陽と日陰《ソル・イ・ソンブラ》。ラス・ベンタス闘牛場《プラサ・デ・トロス・ラス・ベンタス》」親父は言った。「私たちはあるときは日の当たる場所に座り、あるときは日陰だった。開けた場所だ。太陽と日陰《ソル・イ・ソンブラ》」

まだ終わりではなかった。脅迫的な回想に駆り立てられた男がいたのだ。親父は話し、俺は聞いていた。親父の声はますます不明瞭になり、話題はつかみどころがなくなった。俺は案内人を見つめ、俺たちが部屋に、俺の部屋に、彼女——案内人であり、付き添いである——と俺が一緒にいるところを思い浮かべてみたかったのだろうか。それとも女だけが、どこでもない場所で靴を脱いでいるのを想像したかったのだろうか。俺は官能を欲したが、うまく形にできなかった。

俺たちはヴィアーのなかで立っていた。ゼロKを過ぎ去り、立入制限階を離れた。俺は素数について考えた。素を定義するんだ、と俺は思った。ヴィアーは厳密な思考にふさわしい環境だ、と俺は思った。俺はずっと数学が得意だった。数字を扱っているときは自分自身に確信があった。数字は科学の言語だった。そして今、俺は素の定義を構成する、正確で永続的で多かれ少なかれ有無を言わせぬ言葉を見つける必要があった。だがなぜ俺にはその必要があったのか？　案内人は目を閉じて、ロシア語で考えていた。親父は痛みから逃れるために、目覚めてはいれども思考が欠落した状態だった。素数、と俺は考えた。正の整数で、割り切ることができない。だがそれ以外の点については？　素の他の部分については？　整数の他の部分については？

俺は廊下を部屋に向かって歩いた。鞄をつかみ親父に会って家に帰りたかった。これが俺に残された唯一のエネルギーの源だった。帰れるという予感が。歩道、街頭、青信号、赤信号、反対側に生きてたどり着くための計量された数秒。

だが今、俺は止まらなくてはならなかった。立ち止まって眺めた。というのも天井のスクリーンが下り始め、一連の映像が広い廊下を満たしたからだ。

人々が走っている。走る男と女の大群だ。彼らは密集し、死にもの狂いになっているようだった。十数人が数百人になり、作業ズボン、Tシャツ、スウェットシャツという格好で互いに肩で押しあい、肘が当たり、まっすぐ前を見ている。カメラはわずかに上空に位置し、斜めからの映像で、カットは入らず、上下にも左右にも動かない。俺は本能的に後ずさった。音声はないが、人々が呼吸するリズムと打ちつける足音が今にも聞こえてきそうだった。密集した肉体の下にかろうじて見える地面上を走っている。テニスシューズに、アンクルブーツに、サンダルが見えた。裸足の女や、ほどけたままの紐が揺れるスニーカーを履いた男もいた。

彼らは移動し続けている。なんらかの恐ろしい光景や音を立てて迫る脅威から逃れようとしているのだ。俺はじっと眺め、画面上で起きていることについて、その画一性について、その切迫した場面に密かに存在している秩序立った展開と着実なペースについて考えようとした。俺は、自分が走っている同じ一団を繰り返し見ているのではないかと気づき始めた。ショットを切り替えて、二十数人が走るのを何百人に見せかけているのだ。編集による隙《すき》のないペテンだ。

彼らは走る。口を開け、両腕を振り、はち巻きをし、サンバイザーや迷彩帽をかぶり、速度を落としそうには見えない。それからさらに思い浮かんだことがある。これは選択的に編集された事実の記録映像ではなく、根本的に別物ということはないだろうか？　これはデジタル技術によって作り上げられたもので、あらゆる断片は操作されて強化され、すべては設計され、編集され、再設計されているのだ。なぜこんなことが今までの映像を見たときに思い浮かばなかったのだろうか？　雨季の雨や竜巻が映ったときに？　フィクション映像だったのだ。山火事も燃える僧も、デジタル・ビットであり、デジタル・コードであり、すべてはコンピュータが生み出したもので、どれも本物ではなかったのだ。

俺は映像が消えて、スクリーンが音もなく上がり始めるまで見ていた。そして廊下をほんの少し進むと物音が聞こえてきた。なんの音だかはよくわからないが、いきなりうるさくなった。あと何歩か進んで立ち止まらざるを得なかった。騒音が近づき、やがて連中が角を曲がり、俺の方に向かってきた。男たち、女たちが走っている。映像が具現化されてスクリーンからこぼれ出ていた。俺は唯一の安全地帯だった近くの壁に駆け、背中をくっつけ、両手を拡げた。走者たちは全力を尽くし、九人か十人が横一列に並び、大きな音を立てて走り、目を見開いていた。俺は連中の汗を目にし、その悪臭をかぐことができた。連中が途切れることはなく、みなまっすぐ前を向いていた。

落ち着け。目の前のものを見るんだ。そして明晰に思考するんだ。

地元の儀式が行われたんだ。神聖なる畏怖のもとのマラソンで、百年間守られてきた知られざる伝統なんだ。連中が走るあいだに俺が推測したのはそんなことだった。連中は近づいてきて目の前を通り過ぎ、俺は顔を見て、体を見て、靴紐を揺らす男を見て、そして裸足の女を見ようとした。何人走っているのか、何者なのか、なぜ撮影されているのか、まだ撮影されている最中なのか？　連中が近づいては去っていくのを眺めていると、やがて列が小さくなり、最後の走者が近づいてきていた。長身で金髪の男が二人見え、やつらが肩を並べて近づくと、俺はもっとよく見るため前屈みになった。双子のステンマルクだった。間違いない。ラースとニルス、あるいはヤンとスヴェンだった。

この数日間、この生涯のうちの極端なひとときに、やつらは俺をすっかり飲み込み、俺の裏をかいていた。困惑するなかで得た濃密な教訓を超えるものなどあるのだろうか？

これはやつらのゲームであり、やつらの一団であり、そして二人は汗をかいてあえぐ者たちに加わっていたのだった。ステンマルク兄弟。俺は壁のもとにいるままで、連中が鼻先を通り過ぎ長い廊下を走っていくのを眺めていた。走者がいなくなっても、俺はその位置にとどまり、しばらくは壁にくっついていた。それがなんであれ、自分が見たものの唯一の目撃者であることに気づいて驚いたのだろうか？

無人の廊下。

実のところ俺は他人に会うなどと予測していなかった。廊下に他の人間がいるなんて思ったこともなかった。ほんのわずかな例外を除いて、そんな他人がいるという状況は、俺の経験において普通のことではなかった。俺は今では壁から離れて立っていた。心と体はうめき、廊下は無言の走者たちの侵入で震えているようだった。
部屋に戻る途中で、俺は自分が足を引きずっていることに気づいた。

アーティス・マーティノー

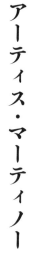

でもわたしは以前のわたしなのか。

自分はだれかなんだと思う。ここにだれかがいて、わたしはそれが自分のなかにいる、それか自分といっしょにいるのを感じている。

でもここはどこで、わたしはどれくらいここにいて、わたしだけがここにいるものなのか。

彼女はこういった言葉を知っている。彼女はすべての言葉であるけれども、どうすれば言葉から抜け出して何者かになれるのか、言葉を知った人間になれるのかわからない。

時間。わたしは自分のなかのあらゆるところでそれを感じている。でもそれがなんだかはわからない。

わたしの知っている唯一の時間はわたしが感じているもの。それはすべて今なの。でもわたしにはそれがどういうことなのかはわからない。

わたしには何度も何度もなにかを語りかけてくる言葉が聞こえる。いつも同じ言葉が行ったり来たり。

でもわたしは以前のわたしなのか。

彼女は自分に何が起きたのか、どこにいるのか、自分が何者かであるというのがどういうことなのかを理解しようとしている。

わたしが待っているのはなんなのかしら。

今ここにいるのはわたしだけなのか。こんなことになったのはわたしになにが起きたからなのか。

彼女は一人称でもあり三人称でもある。

ここというのはわたしがいる場所だけだわ。でもここってどこかしら。それにどうしてここであって他のどこかではないのか。

わたしが知らないのは自分がいるここなのに、どうすれば自分にそれをわからせられるのか。

わたしはだれかしらなのか、それともただ、言葉それ自体がわたしに自分がだれかしらだと思わせているにすぎないのか。

なぜもっと多くを知ることができないのかしら。なぜただこれだけで、他はなにもないのか。それとも待つ必要があるのかしら。


彼女は自分が感じていることを言えるし、感じることの外側にいる人間でもある。


言葉それ自体が存在しているのか。わたしはただの言葉にすぎないのかしら。

言葉はわたしになにかを告げたがっているみたいに感じるけれど、どうやって耳を傾ければいいかわからない。

わたしは自分の耳に入るものを聞く。

わたしは自分であるものを耳に入れているだけ。わたしは言葉でできている。

それはこんなふうに続くのかしら。

わたしはどこにいるの。この場所はいったい。自分がどこかにいるという感じがするのはわかるけど、でもそれがどこなのかはわからない。

わたしが理解していることはどこでもないところから湧き出てくる。それを口に出すまでは、わたしは自分がなにを理解しているのかわかっていない。

わたしはだれかしらになろうとしているの。

もつれて、心が漂う。

わたしはなにごとかを知っているも同然よ。自分がなにかを知ろうとしていると思うけれど、でもそうはならないの。

わたしは自分の外側にあって、自分に属しているなにかを感じている。

わたしの体はどこ。それがなんなのかわたしは知っているのか。わたしは言葉を知っているだけで、それがどこでもない場所から出てくるのを知っている。

わたしは自分がなにかのなかにいるのを知っている。わたしは自分が入っているこのものの内側の人間なの。

これはわたしの体かしら。

これがわたしを自分が知っているあらゆるもの、自分がそうであるところのあらゆる存在にしているものなのかしら。

わたしは自分が知り、感じることのできるどんな場所にもいない。

待ってみようと思う。

わたしが知らないあらゆることはこの自分がいるここなのに、どうすれば自分にそれをわからせられるのか。

わたしはだれかしらなのか、それとも単に、言葉それ自体がわたしに自分がだれかしらだと思わせているのか。

なぜもっと多くを知ることができないのかしら。なぜただこれだけで、他になにもないのか。それとも待つ必要があるのかしら。

彼女は自己の無慈悲な限界の内部で生きているところなのだ。

言葉それだけが存在しているのか。わたしはただの言葉なのかしら。考えなくなるなんてことがあるのかしら？　もっと多くを知る必要はあるけれど、考えないようにする必要もあるわ。

わたしは自分がなにものなのかを知ろうとしているの。

でもわたしは自分がかつてそうだったものなのか。それにこれがどういうことなのかわかっているのか。

彼女は一人称でも三人称でもあり、それらを結びあわせることができないのだ。

わたしがしなくちゃいけないのは、この声を止めること。

でもそれからなにが起きるのか。そしてわたしはどれくらいここにいるのか。そしてこれがすべての時間なのか、それとも存在している最小限の時間なのか。

あらゆる時間がまだ押し寄せるのか。

わたしは自分であるのをやめ、だれでもないものになれないのか。

彼女は残滓であり、アイデンティティに残されたすべてである。

わたしは自分の耳に入るものを聞く。わたしにできるのは自分であるものを耳に入れることだけなの。

わたしは時間を感じられるの。わたしはあらゆる時間。でもそれがどういうことなのかはわからない。

わたしは今ここにいるだけの存在。

どれだけの時間、わたしはここにいるのか。ここはどこなのか。

わたしは自分の言っていることがわかると思う。

でもわたしは自分がかつてそうだったものなのか。そしてそれはどういうことなのか。そしてなにものかがわたしになにかしらをしたのか。

これは彼女が永久に罠に捕らえられるほど深く沈められてしまった、己《おの》が悪夢なのか。

わたしは自分がなにものなのか知ろうとしている。

でもわたしのすべてとはわたしの言うことであり、それはほとんどなんでもない。

彼女は自分を見られないし、自分を名づけられないし、自分が思うことを考え始めてからどれほどの時間が経ったか推測できない。

わたしは自分がなにものかだと思う。でもわたしはただ言葉を発するだけなの。

言葉は決してどこにも行かない。


分、時間、日、年。あるいは彼女の知るすべては無時間の一秒のなかにふくまれているのか。


これはほんとうに小さいわ。自分はかろうじてここにいるのだと思う。

自分がここにいるとわかるのは、なにかを言うときだけ。

わたしは待つ必要があるのかしら。

今ここで。これがわたしなんだけど、これだけがわたしよ。


彼女は言葉を見ようとしている。文字表記ではなく、言葉それ自体を。


触れるってどういうことかしら。ここでまわりにあるものはなんでも、ほとんど触れることができそう。

これってわたしの体なのかしら。

わたしはなにものかなんだと思う。自分であるというのはどういうことなのかしら。

個人が所有するあらゆる自己。この何もない環境のなかで、彼女には声以外に何が残されているのか。

わたしは言葉を見ようとしているの。どんなときも同じ言葉をね。

言葉が浮かんでは通り過ぎる。

わたしは単なる言葉なのか。もっと多くがあるのを知ってるわ。

彼女には三人称が必要なのか。自分自身の声のなかで生きてもらおう。疑問は他人にではなく、自分自身に問うてもらおう。

でもわたしは以前のわたしなのか。

何度も何度も。目は閉じている。ポッドのなかの女の肉体。

第二部　コンスタンティノフカの時代に

1

オフィスはシルヴァーストーンという男の手に渡っていた。そこはかつての親父のオフィスで、親父の所有していた二枚の絵画がまだ掛かっていて、暗いところにありながらも、筋状になって埃を目立たせる日の光が当たっていた。両方の絵にだ。俺はつやのあるデスクの向こうのシルヴァーストーンになんとか目を向けようとしていた。やつはハンガリーから南アフリカまで、フォリントからランド〔フォリントはハンガリーの、ランドは南アフリカの通貨単位〕に至るまでの世界中のあれこれを総括して、だらだらとしゃべっていた。

ロスは俺の代わりに電話をしていて、俺はここに座っているときでさえも隔絶のようなものを感じ取ろうとしていた。このオフィスで過ごす時間を常に規定してきた、いまだ消えることのない距離感。仕事と地位のある男――職業ということではなく、職階、役割、肩書きのある男とのだ。

この仕事に就けば、俺は息子扱いされることになるだろう。面接のうわさが広まり、職場にいるみなが俺をそんなふうに見るだろう。この仕事は無条件の贈り物ではなかった。俺はその贈り物を自分のものにする権利を獲得せねばならないだろうが、親父の名前は、俺がどう歩みを進めようと、何を言おうとつきまとうことだろう。

というわけで、俺にはもう、自分がこの口を断るということがわかっていた。どんな口だろうと、職階や役割がなんであろうとだ。

シルヴァーストーンはほとんど禿げ上がった肥満体の男で、長広舌をふるっているときにはよく手が動き、俺は気がつくと、頷くかほんの小声で同意を示す代わりに、その動作を部分的に真似ていた。俺たちはアルファベットのレッスンをしている教師と生徒のようなものだったのかもしれない。

フォリントは指の回転で、ランドは握った拳で表現された。

二枚の絵によって、親父がここにいたことをおぼろげに思い出した。俺は最後にここに来たときのことを考えていた。ロスが窓際に立ち、夜なのにサングラスをかけていたのだった。それは親父が妻と旅に出て、息子と帰郷する前のことで、それからは少なくとも俺にとっては物憂く、だらだらと退屈な二年間が過ぎていった。

シルヴァーストーンは詳細に入っていき、俺は水関連のインフラを扱う部署の一員になるだろうと言った。聞いたことのない言葉だった。彼は水分ストレスと水紛争について語り、投資家への説明のための水リスク図に言及した。資本と水テクノロジーの接点を詳述した図表があるんだ、と言ったのだ。

壁に掛かった絵は水彩画ではなかったが、それについては指摘しないことにした。俺の性分の底の浅さをさらす必要などなかった。

彼は親父やその他数名と協議し、俺に話を持ちかけてくるだろう。俺は数日間待ち、仕事がとにかく必要ではあるということを思い出しながらも、特に何か言うこともなく、丁重にお断りすることになるだろう。

俺は話を聞き、ときおりしゃべった。気の利いたことを話した。自分自身で、気が利いていると思えるふうに振る舞った。だがなぜ俺はここにいるのか？　三次元空間で、それなりの時間、手を動かしながら嘘をつく必要などあったのだろうか？　俺は現実という圧力に屈したい執拗な衝動に抗っていたのか？　確実にわかっていることが一つだけあった。そうすれば、自分がもっと面白い人間になれたからだ。狂っていると思われるだろうか？　そうすれば自分で自覚しているのとは違ったふうな自分を示せたのだ。

ここでは俺はロスについて考えなかった。親父も俺も強情に敵対するという結果を招く気などなかったし、こんな策略もロスに向けたものではなかった。俺が申し出を断ったら、親父もきっと安心するだろう。

このシルヴァーストーンとの場面ではひたすら、俺はこの男が水について語るのを聞く自分を眺めていた。こいつと俺のどちらがより愚かだったのだろうか？

夜には、エマにあの男のことを話し、その発言を繰り返した。これは俺の得意技で、ときには一字一句そのまま繰り返していた。騒々しい大通りのあいだの並木道にある静かなレストランで遅い夕食を取るのが楽しみだった。水インフラの話でいい雰囲気になった。

コンヴァージェンスから帰還して、俺はロスに、今や自分たちは歴史へと復帰したのだと宣告した。一日一日が名前と数字を持った分割できる連続であり、俺たちが理解しようとすることのできる、直近のものも遠い昔のものも含んだ過去の出来事の集積なのだ。たとえ常識的な秩序からはみ出したことがいろいろとあるにしても、ある程度のことは予測できた。エレベーターは横向きにではなく、上下に動く。公共施設で食事をするときは料理を出す人間が見える。舗装された地面を歩き、タクシーを呼ぶため街角に立つ。タクシーは黄色で、消防車は赤で、自転車はたいてい青だ。俺は自分の通信機器類を使って、ネット利用を再開できる。いつもいつも感度を鈍らすようなオンラインの快楽に浸れるのだ。

親父は歴史にもテクノロジーにもタクシーを呼ぶことにも興味がないのがわかった。髪をだらしなく伸ばしっぱなしにし、行きたいほとんどの場所——つまり行きたい場所などほとんどないのだが——をうろついていた。親父は動きがにぶく、やや背を丸めていて、俺が運動やダイエットや自己責任の話をすると、二人ともそれは虚ろな音声の集積にすぎないと受けとめた。

ときおり親父の両手は震えた。親父は自分の両手を見、俺は親父の顔面を見て、干からびた無表情だけを確認するのだった。俺が震えを止めるために一度親父の両手を握ると、ロスは単に目を閉ざすのだった。

仕事の申し出が来て、そして俺は断るのだ。

タウンハウスで、親父はやっと階段を下りてモノクローム絵画が飾ってある部屋で腰を下ろす。そうなると俺の訪問は終わりということなのだが、たまに俺はついて行き、扉のところにしばらく立ち、部屋には存在しない何かを眺める男を見つめるのだ。ロスは思い出すか想像するかしていた。俺がいるのがわかっているかは定かでないが、親父の心は肉体が保管されながら待つ、荒涼とした土地へと戻っていることはわかった。

2

俺はエマとその息子のスタックとともにタクシーに乗っていた。三人で後ろの席になんとか入り込み、子どもは運転手の身分証を確認するとすぐに、何語だかわからない言葉で話しかけ始めた。

小声でエマに訊ねると、暇な時間にはパシュトー語を独学しているのだと言った。アフガンの言葉よ、と俺の理解を深めるためエマはつけ加えた。

俺は反射的に自己防衛のため、ウルドゥー語で何かしらをつぶやいた。というのもそれがこの状況下で頭に浮かんだ唯一の単語だったからだ。

俺たちは互いにもたれかかっていた。彼女と俺がだ。エマはひそひそ声で大袈裟な言い方をし、おかしさを狙って口の片側から話した。そしてスタックがベルトにつけた機器から流れる指示にあわせてパシュトー語のフレーズを発声するときに、自室のなかをぐるぐる歩き回っていることを教えてくれた。

スタックは運転手のすぐ後ろに座り、外の車や道路工事の騒音などものともせず、アクリル板の仕切りに向けて話しかけていた。彼は海外生まれの十四歳で、百九十センチの斜塔といった巨漢だがまだ成長中で、その声は勢いがあり、濃密だった。運転手は白人の少年と自らの第一言語で言葉を交わしているのに気づいても、特に驚いてはいなさそうだった。ここはニューヨークなのだから。生きて呼吸をするあらゆる遺伝子型が、どこかしらで、昼か夜にこのタクシーに乗り込むのだ。そしてそんなふうに考えるのが仰々しかったとしても、それもニューヨークらしいことだったのだ。

俺たちの目の前にあるテレビ画面では二人の人間が、橋とトンネルの渋滞について淡々と話していた。

エマは俺がいつ新しい仕事を始めるのか聞いてきた。今日から二週間後だ。どの系列、どの部署、街のどこら辺。俺はすでに自分に言い聞かせていることを少しだけ彼女に話した。

「スーツにネクタイね」

「そうだ」

「しっかりと髭を剃って、磨いた靴を履く」

「そうだ」

「楽しみなのね」

「そうだ、楽しみだ」

「これであなたも変わるかな?」

「これぞまさに俺だと思い出すことになるだろうな」

「心の奥底で」彼女は言った。

「奥底に何があろうとな」

運転手はバス用レーンに滑り込み、一時的にいい場所を得て優位に立つ。そしてしゃべりながら後ろの少年に向けて体を動かし、前方の三つともすべて青になった信号の色をパシュトー語、ウルドゥー語、アフガンの言葉で発音した。俺はエマに、自分たちは運転手が法律を無視してバス用レーンに入り込み、ハンドルには片手しか添えずに、半分肩越しに後ろを向いて、遠い異国の言語で乗客と会話しながら、狂ったような速度で運転するタクシーに乗っているのだと言った。一体これはどういうことなんだ？

「こんなふうに運転するのは、この言葉でしゃべっているときだけだって言おうとしてる？」

「ただいつもとは違う日ってことさ」

彼女は画面の下のアイコンに目をやり、オフと書かれたインチ平方のアイコンに指を運んだ。何も起こらなかった。タクシーは混雑のなかに戻り、ブロードウェイをゆっくり進んでいた。出し抜けに俺はエマにクレジットカードの使用をやめたいと言った。俺は現金で支払いたかった。状況がどうであれ、現金で支払うのが可能な人生を過ごしたかった。人生を過ごす、と俺は繰り返した。そのフレーズを噛みしめながら。それから俺は画面に向かって前屈みになり、オフのアイコンを押した。何も起こらなかった。俺たちはスタックが自分の知る範囲で熱心に、パシュトー語で運転手に話しかけるのを聞いていた。エマは画面に映る映像を一生懸命に見ていた。俺は彼女がオフのアイコンを押すのを待ち構えていた。

彼女と、名前を教えてくれなかった元夫は、ウクライナに行き、捨て子のための施設で少年を見つけた。彼は五歳か六歳で、夫婦はリスクを引き受け、手続きをし、彼を自国《ホーム》のデンヴァーまで飛行機で連れ帰った。そして、二人が離婚してエマが東に移ると、少年はついにはニューヨークでもときを過ごすようになる。

これはもちろんほんのあらましにすぎず、彼女はこのことを俺にもっとしっかり話すために何週間にもわたって時間を割いた。そしてその声が後悔で疲れ切ったものになろうとも、俺は違う意味のホームに、もっとも身近なものに、触覚に、不十分な言葉に、ベッドの青いシーツに、午前二時に赤ちゃん言葉のように口にされるエマという名前に夢中になっていた。

クラクションがときおりやかましく鳴った。スタックは前後を隔てるパネルを通り越して、まだ運転手に話しかけていた。話しかけ、叫び、聞き、ふさわしい言葉なりフレーズなりが浮かぶのを待つ。俺はカネについてエマに話した。カネのことが頭をよぎり、俺はそれについて話す。減っている数字に、現金自動預入支払機から吐き出された明細書に生じる若干の不整合。俺は家に戻り、通帳を見て、単純な計算をしてみると、一ドル十二セントの誤差があった。

「銀行のミスでしょ。あなたのミスじゃなくて」

「もしかしたら、銀行のミスでさえもなくて、構造それ自体のなかの何かによるものかもしれない。コンピュータもグリッドもデジタル・アルゴリズムも諜報機関も超えて。問題は、物事がピッタリはまり、あるいはバラバラになる根っこであり源だ。かなり真面目に言ってるんだよ。三ドル六十七セント」

車が完全に止まり、俺は窓のスイッチをつついて、クラクションのやかましさが最大限に近づくのに耳を傾けていた。俺たち自身による脅迫的な大騒音に捕らわれたのだ。

「俺たちを規定するちょっとしたことについて話そうと思う」

俺は窓を閉め、次に何を言おうか考えた。ニュースと天気予報のかすかな音が、エマの膝頭のあたりの画面から流れ続けている。

「空港での空っぽの永続性だ。到着し、そこで待ち、靴を脱いで長い列に並ぶ。考えてみてくれ。俺たちは靴を脱いで、金属製品を外し、ブースに入り、両手を上げて、身体をスキャンされ、放射線を浴び、どこかの画面上で素っ裸にされ、それから滑走路上の十八番目の飛行機のなかでシートベルトをして待つとき、どれほどまでに無力になることか。これは至極ありふれた、いつもどおりのことで、俺たちはすっかり忘れようとしてるんだ。そういうことさ」

彼女は言った。「そういうことってなんなの?」

「なんなのって、すべてさ。忘れてしまっているけれど、俺たちが何者なのか示してくれるものさ」

「それは哲学的言明?」

「渋滞は哲学的言明さ。俺は君の手をつかんで、俺の股ぐらに押し込みたい。これは哲学的言明だ」

スタックは仕切りから引き下がった。背筋を伸ばして動かずに座り、どこなのかはっきりしないあたりを眺めている。

俺たちは待った。

「その人。運転手さんはさ。前はタリバンの一員だったんだ」

彼は、どこを見ているのかよくわからない状態を保ちながら、落ち着いてそう言った。俺たちは、つまりエマと俺はそれについて考え、やっと彼女が「それって本当なの?」と言った。

「そう言ったんだ、聞いたんだよ。タリバンだって。小競りあいにも、衝突にも、あらゆる作戦に参加したんだ」

「他に何を話したの？」

「彼の家族と僕の家族のこと」

彼女はこれを快く思わなかった。俺たちが育んできた軽やかな雰囲気は沈黙に屈した。俺は子どもを降ろした後に向かうかもしれないパブのことを想像した。カウンターに客が群がり、三つか四つのテーブルをカップルが占め、威勢のいい話し声が聞こえ、女たちは笑っている。タリバン。これほど多くの者たちが最後にはここに至るとは一体どういうことなのか。テロから逃れてきた者たちも、実行した者たちも、みなタクシーを運転している。

俺たちがタクシーに乗っているのは、スタックが地下鉄を拒否したからだった。野蛮なまでの暑さとプラットホームの悪臭を。立ちっぱなしで待たねばならないのを。混雑した車両を、自動アナウンスを、接触してくる肉体を。彼は、俺たちが常識的秩序になんとかしがみつき続けるために我慢するよう求められるあらゆる物事を拒絶するような種族だったのだろうか？

俺たちはしばらく黙り、俺はオフのアイコンを押し、それからエマが押し、俺がまた押した。クラクションは弱まったが、車は動かず、やがて騒音が蘇った。少数のしょうもない連中が他の運転手たちを次々とたきつけ、そいつらと大きくなった音が独立した力となり、騒音のための騒音が時間と場所の細部を圧倒していた。

渋滞した繁華街の日曜日で、なんの意味もない。

スタックは言った。「両目を閉じれば、騒音はほとんどありふれたものになる。消えはせずに、両目を閉じているからということで、ただ聞いているものになるんだ。自分の音になるんだよ」

「それで目を開いたときにはどうなの？」母親が言った。

「また騒音になる」

なぜ五歳だか六歳だか七歳だかの年齢の男の子を養子にしたのか。何百年ものあいだ主人から主人へとたらい回しにされてきた、それ自体が養子とも言えるような国の、首都から何キロも離れた、名前も聞いたことのなかったような街で出会った何者かを。彼女は夫のルーツがウクライナだと言っていたが、俺にはわかるが女の方は、子どもの顔に、両目に何かしらを、欠乏を、願いを見出したに違いなく、そして圧倒されるほどに同情したのだ。希望を完全に失った生き物を目撃し、彼を連れ帰って守り、意味のある存在にするのが彼女の役割だった。だがそれにはまた分裂した第二の何かがなかっただろうか。血と肉によるギャンブルであり、そうすることにより、うまくいきそうにないものをすべてばっさりと切り捨てるのだ。そしてこの家のなかのよそ者が、長期的には、この結婚生活を救う幸運をもたらすのではないか?

彼女はスタックが道の向かいの屋根の上の鳩を数え、必ず数を報告してくると言った。十七、二十三、残念ながら十二だ、と。

そして歩道には人が立っていた。しわだらけの顔をしてクレヨンで印をつけたホームレスの男ではなく、瞑想するような姿勢の女だ。ロングスカートとゆったりしたブラウスという格好で、背筋をピンと伸ばし、両手を頭の上で曲げているが、指は頭に触れていない。両目を閉じ、動きはない。自然とそうなっているふうで、隣には小さな男の子が一人いた。俺は以前にもこの女を見たことがあった。あるいは別の女だったのかもしれない。あちこちで、両腕を脇に垂らすか胸のあたりで組み、両目はいつも閉じている。そして今回は、初めてのことだが、男の子がいる。アイロンのかかったズボンに、白シャツに、青いネクタイを締め、少し怖がっていそうだ。そして今になってやっと、俺は教養はなんなのか、なぜ看板もチラシもパンフレットもなく、立ち止まらぬ人混みのなかの一点にとどまって、ただ女が動かずにいるだけなのかを考えてみた。女を見たが、閉ざされたまぶたの向こうで脈打つ生命を、少しでもでっち上げることはできないとわかっていた。

車が動き出し、スタックはアクリル板に額をくっつけながら、再び運転手に話しかけた。

「たまにね、私はこの子に黙ってホウレンソウを食べなさいって言うの。それが冗談だってわかってくれるには時間がかかったわ」彼女は言った。

彼は長い週末をときおりここで過ごし、一学年が終わったときには十日間を過ごしていた。それで全部だ。彼女はなぜ夫と別れることになったのか語らなかったし、俺が訊かない理由もあるに違いなかった。彼女の沈黙を尊重するためかもしれないし、あるいはそれはより本質的には、俺たちは似た者同士であることを求める二人の別個の人間であり、過去には触れず、自分たちの昔話を物語りたがるいかなる衝動にも抗うのを決意しているということかもしれない。俺たちは結婚も同棲もしていないが、しっかりと結ばれていて、互いが相手の一部であった。俺はそんなふうに考えていた。直感的な結びつきであり、互酬的である。昼であれ夜であれ、ある数を別のものとかけると積が一つになるような関係だった。

「彼には冗談が通じなくて、それが面白いのはなんでかというと、父親の方も私について同じことを言ってたから」

エマは学習障害や発達に問題がある子どものための四学期制の学校のカウンセラーだった。エマ・ブレスロウ。俺はその名を口にするのが好きだった。初めて会ったコネティカットの馬の飼育場で、共通の友人たちの結婚式のときに名前を彼女から知らされなかったら、それを推測するか作り出していただろうと自分に言い聞かせるのが、俺のお気に入りだった。こんなことがこの先の数年で振り返る懐かしの題材になるのだろうか？　田舎道に青々とした牧草地に乗馬用ブーツを履いた花嫁に花婿。これから先の未来については、俺たちが考えるにはあまりにも大きすぎ、開けすぎた話だった。

ビルが高くなってきて、運転手は単に運転し、スタックにパシュトー語を実演させていた。頭を丸めた二人の若い女が横断歩道を渡り、画面上の男と女は遠くから聞こえてくるような声で北極の氷がさらに大量に溶けていると語り、俺たちは素人によるものであれ、テレビ局のヘリからのものであれ、何かしらの映像が流れるのを待った。しかし彼らは話題を変え、俺はオフのアイコンを押したが、二人はまだ映っていて、それからエマがオフを押し、俺が再びそっと押し、そして俺たちはひどく退屈な音と映像の流れに甘んじることにした。

やがて彼女は言った。「この子はいつも天気の話をしてるの。今日の天気ってことじゃなくて、地域ごとの全般的な現象についてね。なんでトゥーソンの方がはるかに南なのに、いつもフェニックスの方が暑いのか？　答えは教えてくれない。これは私が知ってるようなことではなく、この子が知ってることなのに、その知識を共有する気がないの。この子は気温を声に出すのが好きでね。トゥーソン華氏百三度。いつも華氏か摂氏か特定してるわ。両方とも楽しんでいるの。フェニックス華氏百七度。バグダード。バグダードは今日はどうなのかしら？」

「気候に興味があるんだな」

「数字に興味があるの。高いか、中くらいか、低いか。地名と数字ね。上海とこの子は言うでしょうね。降水量は〇・〇一インチ。ムンバイとこの子は言うでしょうね。ムンバイって言うのが大好きなの。ムンバイ。昨日は華氏九十二度。それから摂氏を言うの。それから自分の持ってる通信機器の一つを確認する。それから今日のことを言うの。リヤドが別の街に負けるとがっかりする。期待外れな気持ちになるの」

「大袈裟に言ってるだろ」

「バグダードとこの子は言う。華氏百十三度。リヤド。華氏百九度。この子は私を消し去るの。室内でこの巨体、存在感。アパートメントを縮めているの。一ヶ所にとどまれず、ぶらつきながらしゃべり、記憶から要求を、最後通牒を引き出して声に出す。その声は反響するわ。少しは誇張してるわね」

タクシーはダウンタウンの狭くなった道を少しずつ進む。たとえスタックが母親の話を聞いていたとしても、彼はなんの反応も示さなかった。今では英語を話し、一方通行や行き止まりのあるボードゲームを出たり入ったりの運転手に指示を出していた。

「私はこの子が何者だかわからないし、友達がどんななのかもわからないし、両親がどんななのかもわからない」

「両親はいない。生物学上の母親と父親がいたんだ」

「その生物学上の母親って言い方、嫌い。SFみたいで。この子はSFを読むの。ものすごい量よ。それはわかってることね」

「それでいつ出発するんだ？」

「明日よ」

「それでこの子がいなくなったら、君はどう思うんだ」

「寂しいわ。この子がドアを出た瞬間から」

俺はこの発言から、さらに話を膨らませようとした。

「じゃあなんでもっと一緒にいようって言わないんだ？」

「耐えられなかったからよ」彼女は言った。「この子の方もね」

タクシーはほとんど人のいない小道の金融機関のそばで止まり、スタックは体をひねって外に出て、皮肉交じりの別れの挨拶で後ろに向けて手を振った。俺たちは彼が間仕切りなしの建物に入るのを見送った。これから二時間、埃が舞い、悪臭漂うそこの一室で、現在の柔道よりも古くからある、柔術という精巧な護身術の原理を習うのだ。

運転手は中央のパネルを開け、エマが支払いをした。俺たちはしばらく、どこへ向かうともなく道を歩いた。そこは打ち捨てられた場所といったふうで、開かれた消火栓から錆《さ》びついた水がちょろちょろと流れていた。

しばらくしてから彼女が言った。「タリバンの話はでっち上げよ」

またしっかりと飲み込まなければいけない考えだ。

「そうなのか？」

「たまに即席でね、何かを膨らませたり拡張したりして、相手が信じるかを試すためギリギリの線まで話を持っていくの。タリバンっていうのは作り話だったのよ」

「君はすぐに感じ取った」

「それ以上よ。私にはわかってたの」彼女は言った。

「俺をだましたのか」

「動機はなんなのかはよくわからないけどね。動機があるとも思わないけど。繰り返しの実験みたいなものね。あの子は自分自身も私もあなたもみんなを試してるの。あるいは純粋な本能ね。何かを思いついて、口にする。想像したものが現実になるの。実はそんなに変なことでもないわ。たまにあの子をフライパンで叩いてやりたくなるけど」

「柔術はどうなんだ?」

「それは本当で真剣よ。一回見せてもらったわ。伝統に敬意を表すると、あの子の身体は厳格な型に則ろうとするの。伝統というのは侍の闘いよ。武士たちの」

「十四歳か」

「十四よ」

「十三か十五ならどうってことない。十四歳は花開く最後の季節だ」俺は言った。

「あなたは花開いたの?」

「俺はいまだに花開くときを待ってるんだ」

俺たちは長いこと黙り込み、一歩一歩、街の中心へと歩き、小雨が降っても何か言うことも、雨宿りをすることもなかった。俺たちは北の方のブロード・ストリートにあるテロ対策のバリケードへと歩いた。そこではツアー・ガイドが、百年前にアナーキストの爆弾によって壁についた傷のことを、傘をさしたグループに向けて話していた。俺たちは誰もいない道を進み、ともにした一歩一歩が鼓動のように感じられ始め、やがてはゲームに、無言の挑戦になり、歩調は速まった。雨がやむほんの少し前に太陽が再び顔を出し、俺たちはほったらかしになったシシカバブの屋台の前を通り、スケートボードで道端を滑走する者が現れては消えるのを目にし、そして頭にアラブ風のかぶり物をした女に近づいていった。彼女は白人で、白いブラウスにしみのついた青いスカートを身にまとい、独り言を言いながら裸足で前後に、東に五歩、西に五歩と、足場材料の置かれた歩道に沿って行ったり来たりしていた。それから俺たちは、パイン・ストリートの貨幣博物館、警察博物館という古い石造りの建物の前を通り、歩く速度が再び上がっていった。車は走っておらず、人もいなかった。安全のため道に沿って設置された短めの鉄柱だけがあった。そして俺は彼女が、ペースを崩さずに俺より速く進むのがわかった。葉書を手にしてポストに向かおうとしていたのだった。まわりからなんだかわからない音がして、俺たちは立ち止まって耳をすませた。音のトーンとピッチは一貫して鈍く、聞こえてくるまでは意識しないが、ひとたび意識するとそれはあらゆる場所から、一歩歩くごとに道の両脇の誰もいない建物から聞こえてくる。そして俺たちはドイツ銀行の閉ざされた回転ドアの前に立ち、内部のシステムの音、相互作用するネットワークの音を聞いていた。俺は彼女の腕をつかみ、シャッターの下りた店の前まで引っ張っていった。俺たちは抱きあい、体を押しつけあい、大っぴらにやってしまう寸前だった。

やがて俺たちは、互いの顔に目を向けた。いまだに無言のままで、とにかく一体あんたは誰といったような表情をしていた。彼女はそんな表情をしていたのだった。女というのはこんな表情をするものだ。自分はここで何をし、誰と一緒にいるのか。どこでもないところから現れた愚か者とか。俺たちはいまだ初期の段階にいた。ロマンスが続くにしても、それは初期段階のようであり続けるだろう。俺たちはさらに見つけるべきものなど何も必要としていなかったし、それは見せかけとは裏腹に冷徹な契約的計算ではなかった。俺たちが何者であり、どんなふうに話し、感じるのかというだけのことだった。俺たちは、今度は気取らずに、再び歩き出し、安アパートの非常階段の湿ったビーチチェアで、パジャマのボタンを開いて胸をはだけさせながら日光浴をする年のいった男を目にした。それがすべてだった。俺たちは二人で共有する意識の性質が、その印象、その要の部分が、最初の数日、数夜と変わらぬままでいるだろうと理解していた。

俺たちは最初の道へとゆっくり戻っていった。俺は歩きながらエマの気分が変わりつつあるのに気づいた。もうすぐ息子が加わるということで、彼女の控えめな性分が顔を出してきたのだった。俺たちは間仕切りなしの建物に着いた。スタックが現れると、彼は自分の着ていたものを束にして結んでいた。デンヴァーまで持ち帰るのだ。俺たちは北へ、それから西へ歩き、そして俺たちが拾うタクシーのハンドルを握る男がウクライナの名前と訛りで、スタック相手に喜々としてウクライナ語で話し、彼に他人のほんのわずかな人生譚から素晴らしい作り話をでっち上げる機会を再び与えるのを、自分が想像しているのに気づいたのだった。

3

俺は火を消してからもコンロを確認し続ける。夜には扉に鍵がかかっているのを確かめ、それまでしていた何かしらのことに戻るが、結局は寝る前に、こっそり扉のところに戻り、鍵を調べ、確認のため取っ手を回して実際にどうなっているかを確かめる。一体いつからやり始めたのか？　道を歩くときには財布と鍵を確認する。財布が尻の左ポケットで、鍵が右横のポケットだ。俺はポケットの外から財布に触れては軽く叩き、たまに財布本体に触れるために親指をポケットに突っ込む。鍵にはそんなことはしない。ポケットの外から確認すれば十分だ。二重ポケットにハンカチとともに詰め込まれた鍵のついたリングをつかむ。ハンカチで鍵を包む必要があるとは思わない。鍵はハンカチの下にある。俺は自身に、鼻をかんだとしたら、ハンカチで包まれているよりも今の状態の方がまだ清潔だと言い聞かせる。

俺はモノクローム絵画がいくつかあるロスの部屋を訪ねた。親父は座って考え、俺は座って待った。提案があると言って、俺に来るよう求めたのだ。ここは親父の独居房だということに俺は気づいた。あらゆる思い出が秘蔵された儀礼的空間なのだ。親父は両目を閉じ、頭を前に垂れ、やがてあらかじめ順序が決められていたかのごとく自分の手が震えだすのに目を向けた。

震えがおさまると、俺の方を向いた。

「昨日、顔を洗ってからな、鏡を見た。真面目にじっくりと見たんだ。それで自分が方向感覚を失っているのに気づいた」親父は言った。「鏡のなかでは左が右で、右が左だからな。だがそうではなかった。私の右耳の虚像が本物の右耳だったんだ」

「そう見えたんだろ」

「実際にそうだったんだ」

「錯視の法則っていう決まりがあるはずだ」

「それはあるが、別のものの呼び名だ」

「昨日のことだろ。今日は何が起きた?」俺は言った。

親父はこれには答えなかった。

やがて親父は言った。「私たちはある時期、猫を飼っていた。お前は知らないと思うがな。その猫はここに下りて、絨毯で丸まり、そうすると猫のおかげでこの部屋にはある種の静けさ、特別な優美さが加わるとアーティスが言ってたよ。その猫は絵画とは別物ではなくなり、芸術の一部となった。猫がここにいるときは、私たちは静かに話し、突発的に不必要に動かないようにした。猫を驚かしてしまうからな。これについては私たちは真剣だったと思う。猫がびっくりしてしまうわ、とアーティスは言った。古いイギリス映画の役者を真似るときにする笑顔で、あいつはほほ笑んだ。猫がびっくりしてしまうわ、と」

顎髭はぼうぼうになり、昔の建築模型よりも白くて、制約に捕われないものとなっていた。親父はこの部屋で多くの時間を過ごし、老いてきていた。思うに、老いるためにここに来たのだ。親父は俺に、芸術作品のいくつかを施設に寄贈し、小品のいくつかを友人たちに贈っているところだと言ってきた。それで俺を来させたのだった。親父は俺がここの壁にかかった作品——キャンバスに描かれ、色彩の抑制具合が様々な油絵で、全部で五枚ある——を評価しているのを知っていた。それから、人間がいることを明らかに冒瀆だと感じさせるような含みがそれなりにある、家具のほとんどない部屋それ自体があった。俺はそこまで感じやすい人間ではなかったが。

俺たちは絵について議論した。親父は専門用語を習得していて、俺はそうではなかったが、結局は俺たちの見方はそれほど違わないことがわかった。明るさにバランスに色彩に緻密さ。親父は俺に絵を贈りたがった。一つ選べ、そいつはお前のだ。別に一つでなくてもいいぞ、と親父は言った。それ以上に、結局はお前がどこに住みたいかという問題がある。

この最後の発言には俺は応じずにいた。これには驚いてしまったのだ。俺がいつだかわからないが将来、ここに住みたくなるかもしれないと親父が考えていたなんて。親父は事務的に、家族の問題としてその可能性について語ったが、この場所の金銭的価値については考えていなかった。俺はおずおずとした調子を、無垢な好奇心らしきものをその声のなかに聞き取った。親父は、俺が何者なのかを問うていたのかもしれない。

親父は前のめりに、俺はゆったり座っていた。

俺は親父にここでどうやって暮らせばいいかわからないと伝えた。ここは彫り込みの入ったオーク製の玄関扉がついた、ブラウンストーンの洒落た建物で、木製のインテリアが上品に配置されていた。俺の発言は単に上辺だけのものではなかった。俺はここにいると、一時的な手配に拘束された旅行者ということになるのだろう。豪勢な装飾、日当たりのいい庭、燃えるような壮大な日の入りの眺めを誇る高層マンションから親父を連れ出したのはアーティスだった。それらは、かつてのロスのグローバルなエゴに合致したものだった。あなたには壮大なバルコニーが二つあるわ、とあの人は親父に言った。教皇様よりも一つ多いのよ。ここには、親父の持つ芸術品のいくつか、すべての書物、なんとかして学び、愛し、手にしたあらゆるものがあった。

俺は自分の暮らしているところでどう生活すればいいかわかっていた。アッパー・ウエスト・サイドの古い建物で、万年影に覆われている小さなくすんだ中庭、かつては立派なロビーだった空間、水漏れ保険が必要な洗濯室がついていた。お決まりの備品がそろい、天井は高く、隣人は穏やかで、エレベーターで挨拶するおなじみの面子《めんつ》がいるようなアパートメントだ。タール舗装の熱くなった、西側に突き出た屋上にエマと二人で立ち、嵐が川を越え俺たちの方へと猛烈な速度でやって来るのを眺めた。

そんなことを親父に話した。だがもっと複雑ではなかっただろうか？　こういった発言には凄まじい数の削除が加えられ、過去からすくい上げられたものは安易に拒絶されていた。これらすべてのレベル、関わりあいの螺旋的な縛りは、俺たちが共有する状況にとって不可欠なものだった。

俺は親父に感激したと伝え、俺たち二人ともがもっと考えてみることを提案した。だが俺は感激なんかしていないし、もっと考える気もなかった。猫がいてもいなくても、この部屋は素晴らしいと親父に伝えた。俺が言わなかったのは、俺の部屋にはマデリンの写真がいくつかあるということだった。小中学生時代のもの、青春時代のもの、母親になり思春期の息子と写ったもの。どうすれば親父のタウンハウスという敵対的な環境で、こういった写真を飾れるというのだろう。

　エマにはダンスを学んでいた時期があった。数年前のことで、彼女にはどこかすっきりとしたところがあった。顔にも体にも歩き方にも、切り詰めた発言にまでも。俺は彼女がありふれた日常的な瞬間に、詳細な計画を割り振っていくさまを想像していたこともあった。それは、これといった計画もない日々によって周囲の世界が規定され始めた男による、下らない憶測にすぎなかった。

　だが彼女は俺をあらゆる不満から解き放ってくれた。俺の恋人《ラヴァー》だった。そう思うだけでも癒やされた。**恋人**という言葉自体に、その音楽のような美しい響きに、宙を舞うVの文字によって。俺はいかにして下らない妄想へと滑り込んでいったか。その言葉を吟味し、女のような姿をしていると思い、自分には恋人がいると自身に対して言える日が来るのを期待する十代の少年になったように感じながら。

　俺たちは彼女の住み処《か》に行った。戦前に建てられた、イースト・サイドのほどほどのアパートメントで、前に来たときにほんの少し見ただけのスタックの部屋を見せてくれた。スキー用のポールが一組、角に立てられ、迷彩柄の毛布の載った簡易ベッドがあり、壁には巨大なソビエト連邦の地図が掲げられていた。俺は地図に引き込まれ、広大な空間のなかに知っている地名と、出会ったことのなかった数多くの地名を探した。これはあの子の記憶の壁なのとエマは言った。ルーマニアからアラスカまで伸びた、歴史的に対立してきた弧を描く広い大地。この部屋に入ると毎回、スタックがただ地図の前に立ち、それを眺めるときが訪れるの。肉親に捨てられたときの生々しい個人的記憶と、過去の犯罪の集合的記憶を結びつけているのね。スターリンによって飢饉が引き起こされ、何百万ものウクライナ人が殺されて。

最近あったことについて父親と話しているの、と彼女は言った。私に言ってくることはあまりない。プーチン、プーチン、プーチン。あの子はそう言うの。

俺は地図の前に立ち、地名を声に出して読み上げ始めた。なぜ自分がそんなことをするかはわからなかった。アルハンゲリスクにセミパラチンスクにスベルドロフスク。これは詩なのか歴史なのか、それとも未知の土地の子どもじみた散策なのか？　俺はこの朗読にエマも加わり、二人ともが全音節を強調し、彼女の体が俺に押しつけられるのを想像した。キレンスクにスボボードヌイ。それから二人が彼女の寝室にいるところを想像し、靴を脱いでベッドの上で横になり、向きあいながら街や川や共和国の名を口にする。地名を言うごとに互いの服を脱がせていく。ゴーリキーによって俺の上着が、カムチャッカによって彼女のジーンズが。ゆっくりとハリコフ、サラトフ、オムスク、トムスクへと進んでいく。このあたりで俺はばからしく感じだしたが、もうしばし続けた。心の内の無意味な流れのなかで、地名を読み上げた。嘆きの形を取った名前であり、俺たちの素晴らしい夜を覆う謎を形作る果てしなく広大な大地。

だが俺たちは寝室ではなくスタックの部屋にいて、俺は朗読も夢想もやめたが、地図を放り出す気もなかった。見るべきこと、感じるべきこと、無知でいるべきこと、知ろうとしない方がいいことが数多くあった。そしてチェリャビンスクもあった。ちょうどここだ。隕石が墜落した。そしてコンヴァージェンス自体も、中国、イラン、アフガニスタン、その他諸々に縁取られた旧ソ連の地図上のどこかに埋め込まれているのだ。俺がそこにいたなんて、深淵で身を焦がすような物語のただなかにいたなんて、あり得るのだろうか。そして今ここにいて、激動の数十年が平板化し、地名に入り込む。
この地図はスタックのものであって、俺のではなかった。そして彼の母親はもう俺の隣に立っておらず、部屋を出て現実の時空間に戻ったことに俺は気づいた。

街は平らになったかのようだった。何もかもが、ほぼ地面の高さにまで落ちてきているのだ。建設現場の足場も修理の仕事もサイレンも。俺は人々の顔を見て即座に、顔面の内側の人格を無言で追求する。そして高層建築、線、角度、表面による確固たる幾何学を見上げることを思い出す。俺は信号の横断の仕方を学んだ。信号が黄色になってから三、四秒で小道の赤信号を駆け渡るのが好きだった。歩行者用信号が赤になるのと、車用の他の信号が青になるのとのあいだには、いつも一秒ちょいの時差がある。これが自分の安全のための隙間であり、俺は幅広い大通りを大股で渡り、ときには悠々と駆け抜けるような機会をうれしく思っていた。そうすると自分がシステムに対して忠実であるように感じられる。俺には不要な危険が都心の病理学においては不可欠だとわかっているのだ。

その日はエマが教える学校の父母参観日で、彼女は俺に一緒に来るよう誘った。子どもたちは言語障害から情緒の問題まで、様々な障害を抱えていた。彼らは日々の学習への障害に向きあっていた。いかにして基本的な認識を得るか、いかにして理解するか、いかにして適切な文に単語を入れるか、いかにして体験を得るか、用心深くなるか、知識を得るか、理解を深めるか。
塗り絵帳、ゲーム、おもちゃの置いてある長テーブルの前に座った男の子たちと女の子たちでいっぱいの部屋で、俺は壁際に立っていた。親たちは笑みを浮かべ、しゃべりながらぶらついていた。笑みを浮かべる理由があったのだ。子どもたちは生き生きとして熱心で、物語を書き、動物を描いていた。そんなことができる子たちなのだ。そして俺は眺め、聞き、混ざりあった小声とぶらつく巨体によるこのすがすがしい喧噪のなかで起きている出来事に内在する生命の感覚を理解しようとしていた。

エマが近づいてきて俺の隣に立ち、ジグソーパズルの上で屈み込んでいる女の子を指さした。一つの手を打つのにも、あっちへ行きこっちへ行きで何分にもわたって恐れ、あらゆる手助けの言葉を、そしてしばしばその気にさせる突っつきを必要としていた。いつもよりうまくいく日があるの、とエマが言った。そしてこれは俺のなかに残るだろう一節だった。こういった障害のそれぞれに略語が存在しているが、自分は使わないと彼女は言った。テーブルの端に男の子がいたが、彼には他人に理解してもらえるような言葉を発するための特定の筋肉を動かすことができなかった。何もかもが自然ではなかった。音素も、音節も、筋肉の調子も、舌、唇、顎、口蓋の動きも。略語はCASだと彼女は言ったが、その用語を言い換えてはくれなかった。彼女にはそうすることが病気そのものの徴候のように思えたのだ。

やがて彼女は子どもたちのもとへと戻っていったが、その権威は明白だった。もっとも穏やかなときでさえも矜持を感じさせた。話し、囁き、ゲーム板の駒を動かし、単に子どもを見守り、親としゃべっているときでさえも。室内の至るところの光景も幸せで活発なものだったが、俺は壁のところで凍りついていた。俺は子どものことを想像してみようとした。こいつやあいつについて、パターンや形の認識ができないやつや、注意力を維持できないやつや、口頭での基本的な指示に従えないやつについて。ABCの絵本を持ったあの男の子を見て、今日の終わりにどうしているか想像してみるんだ。

スクールバスで他の子たちに話しかけるか、窓の外を見ている。一体何を見ているのか。運転手や他の子どもが見ているものとどう違っているのか。そしてこの小道かあの大通りの隅で、母親か父親か兄か姉か看護師かお手伝いさんが迎えに来ている。こんなふうに想像しても、俺は生活それ自体にはたどり着かなかった。

だがなぜそうでなければならないか？　どうすればそうなったか？

別の部屋には別の子どもたちがいて、何人かが親か教師に連れられて廊下を歩き、部屋のあいだを行き来するのを、先ほど俺は目にしていた。大人になった者たち。ここの子どもたちの何人かが成人期に突入し、外見も態度も大人になり、帽子を買い、道を渡ることができるようになるのだろうか。俺はあらかじめ定められた危険を感じることなしに一手を打つことのできない女の子を見た。彼女は隠喩なんかではなかった。明るめの茶髪で、日焼けし、顔を赤らめ、集中しているような表情で、手は小さく、六歳だった。俺は思った。アニーだ。俺は思った。いやもしかしたらケイティーか。そして俺は、彼女が目の前のゲームをやり遂げる前に去ることに決めた。親の参観日が終わり、子どもが次の活動に移れる前に。

ゲームをし、リストを作り、犬を連れ、物語を語り、一手を打つ。

いつもよりうまくいく日がある。

4

シルヴァーストーンに電話し、仕事を辞退するときがついに来た。やつはわかったと言った。いいや、違う、あんたは何もわかってない、俺のどこが面白いかについてもだ、と言ってやりたかった。

俺はずっと将来が期待できそうなレールに乗ってきたし、そのまま進む以外に選択肢はなかったが、ときおり自分が時代遅れになってしまったのだろうかと考えていた。路上で、バスに乗っていて、タッチスクリーンという嵐のなかで、自分が自動的に中年になっていくのが目に見えた。神経系の動きによって操作された、意志というもののない男にだ。

俺は仕事について何かしらエマに話した。俺が望んだものだったのか、と。俺の必要を満たしてくれなかった、と。彼女の反応はさらに短かった。別に驚くようなことじゃないわ。彼女は物事を届いたとおりに受けとめた。受け身とか無頓着とかいうのではなく、隙間に入るという態度でだ。彼と彼女があっちにもこっちにもいる。これはスタックには当てはまらなかった。彼女の息子は、曇りの日の屋上の空きスペースの一つ——西側に突き出ていて、俺たちはそこによく行った——での俺たちの話の種だった。俺たちは下流へと少しずつ引かれていくはしけを眺めていた。いくつかの高層ビルが眺めを遮っていた。

「あの子が今やってるのはね。ネット上の賭け事サイトなの。飛行機事故に賭けてるの、本物のよ。航空会社、国、期間、その他の要因次第でいろんなオッズが表示されるの。あの子はドローンが激突するのに賭けてる。いつ、どこで、何人死ぬか」

「あの子が君にその話をするのか？」

「テロリストの攻撃よ。サイトに行って、条件をよく見て、金額を打ち込む。どこの国か、どの集団か、死者は何人か。必ず期間が必要なの。指定した日数か、週数か、月数か、その他の変数のあいだに起きなきゃいけない」

「あの子が君にその話をするのか？」

「父親が教えてくれてね。父親はやめるよう言ってるのよ。国家元首に反逆者の首魁にその他の枠の、世に知られた人物の暗殺をね。オッズは人物の位《くらい》と国で決まるの。他にやれる賭けってね、あんまりないの。繁盛してるサイトみたいね」

「どれだけ繁盛してるってのか。そんなのしょっちゅうは起こらないし」

「起きるのよ。賭けた人たちは起こると予測してるし、そうなるのを待ってる」

「賭けるとそれが起こりやすくなる。それはわかるよ。普通の人間は家で座ってる」

「歴史を変える力よ」彼女は言った。

「俺の台詞だな」俺は言った。

俺たちはこんなことを楽しみ始めていたのか？　俺は屋上の反対側を眺め、サンダルに短パンにホルタートップという格好の女が、日当たりがいいとそいつが見込んでいそうな場所に毛布を持っていくのを目にした。俺は空を厚く覆った雲をよく見て、それから女へと目を戻した。

「あの子の父親とはよく話すのか？」

「必要なときに話すわ。あの子のおかげでたまに必要になって。他にも習慣があるの。あの子のやる」

「タクシー運転手に話しかける」

「デンヴァーに電話するほどのことじゃないわ」

「他にはどんな？」

「何日かずっと、声を変えることがある。虚ろな感じの声を出せるの。私には真似できない。沈んだ声で、デジタルの雑音みたいで、音がそろってるの。それにパシュトー語ね。道端でネイティブに見える人にパシュトー語で話しかけるの。その人たちは大抵違うけど。それかスーパーの店員か、飛行機で客室乗務員にね。客室乗務員はハイジャックの第一段階だと考える。私は一度、父親は二度目撃した」

　俺は、彼女が子どもの父親と話すという事実に動揺している自分に気づいた。もちろん二人は話したし、様々な理由で話さねばならなかった。俺は浅黒い肌のずんぐりした男を想像した。そいつは狩りの格好をした父親と息子の写った写真が壁に飾られた部屋に立っている。そいつと子どもは映りの悪いケーブルテレビで、東ヨーロッパからのニュースを見る。標高一マイルのデンヴァー〔デンヴァーは「標高一マイルの街」と呼ばれている〕に暮らす、スタックの父親であり、エマの前夫である男の名を俺は求めていた。

「車を爆弾にするやつに賭けるのはやめたのか?」

「父親に確信があるわけではないわ。彼はスタックの機器類をこっそりチェックしてるの」

毛布に身を包んだ女は動かず、まさに仰向けで、手足を伸ばし、手のひらと顔を上に向け、目を閉じていた。女は太陽が出るとニュースで聞いたのかもしれない。太陽を求めてなどいなかったのかもしれない。毎日同じ時間にこうしていたのかもしれない。服従であり、修養であり、信仰だったのかもしれない。

「あの子は何週間かで戻ってくるわ。柔術教室に行かなきゃいけないの。道場にね」彼女は言った。

「特別試合で」

あるいは単にあの女は自室から、この建物内にいるが俺の知らない中年の住民から逃れたかったのかもしれない。立体化した人生から数時間逃れる。俺たちと同じだ。エマの住まいに向かうとき、二人で公園を歩いて横切りながら見る何百という連中と同じだ。走る連中に、ぼんやりしている連中に、ソフトボールをする連中に、ベビーカーを押す親たちが、数量化されていない空間にいてしばらくのあいだ、はっきりとした安堵を抱く。散在した人間たちは、まさに人の群れのなかで落ち着くのだ。互いに好き勝手に眺め、気づき、感心し、妬み、驚いてもいい。

考えてもみてくれ。俺はほとんど口に出しそうになった。数多くの様々な場所に、人々が集まり、何千人もが叫び、シュプレヒコールが飛び交い、警棒と暴動鎮圧用の盾で武装した警官の攻撃に屈している。俺の心は自ずとこういったことに、死んだ人間と死にかけの人間に、後ろで両腕を縛られた人間に、頭を割られた人間に向かっていくのだ。

彼女がウィンブルドンでのテニスの中継に間にあうように帰りたがったから、俺たちは足を速め始めた。彼女のお気に入り選手はラトビアの女で、思い切り打ち返すたびに、なまめかしいうなり声をあげていた。

もしもエマと知りあわなかったら、郵便局だの銀行だのといったどこかに向かうというのでもなく道を歩くときに俺は何を見ていたのだろう。そこにあるものを見ていただろうし——きっとそうだ——あるいはそこにあるものから組み立てることのできた何かを見ていただろう。だが今は違うのだ。俺は道端で人々のなかで、エマとともに道端と人々を見る。彼女は幻影ではなく、ただの感情であり、感覚である。俺は、彼女が見てるだろうと自分が思っているものを見ているのではない。それは俺の認識であるが、彼女はその内側に存在し、そのなかのあらゆるところに拡がっている。俺は彼女を認識し、彼女を感じている。彼女が自分の内のどこかを占めていて、そのおかげでこんな瞬間が訪れるのだと俺にはわかっている。現れては消える、道端と人々。

二十ドル札が現金自動預入支払機の溝から出てきて、俺はブースに立ち、カネを数え、何枚かの札を上下逆さまにし、他の札の表裏をひっくり返して札束をそろえた。こんな作業は銀行がやっておくべきだと俺はもっともらしく自身に言い聞かせた。銀行はカネを、俺のカネをきちんとそろえて出すべきだ。十枚の札を、二十ドル札を、すべて表面を上にし、上下も整えておく。しみがなく、清潔なカネを。俺は再び数えた。頭を伏せ、背を丸め、両側にいる連中からは仕切りで区切られている。まわりから切り離されてはいるが、左にも右にも誰かがいるのは感じていた。カネは胸のところで握っている。そうしているのが自分のようには思えず、別の誰かのような気がしていた。他人から多少は見られるところに迷い込んだ隠遁者で、ここに立ってカネを数えている。

俺は明細書をもらうためにスクリーンに触れ、それから口座の履歴を出し、札を環境に悪そうな薄紙で包み、ブースを、仕切りを離れた。手には明細書とカネを握っていた。並んでいる連中は見なかった。ATMの周辺では誰も他人を見たりはしないのだ。そして俺は監視カメラのことを考えないよう努めたが、ここでは俺は心の内の自己監視装置の内部にいて、溝からカネを取り出し、数を数え、表裏と上下をそろえ、再び数を数えたとき、体は横に傾き、こわばっていた。

だがそうしてしまうのは、実際のところあまりに内省的で、あまりに異常な用心だということになったろうか？　紙幣の取り扱いに注意深くなる。そんなのは誰もがすることではないのか。財布を確認し、鍵を確認する。単に別の次元でのありふれた出来事だ。

俺は自宅で決裁書類を前にして座る。引き出した紙幣に、口座の詳細な記録、時代遅れのスマートフォンに、クレジットカードの請求書、新たな預金残高に、遅れている支払い、追加の請求といったものすべてが、マデリンの古いウォルナットの机の上に拡がっている。そして俺はいくつかの小さいが執拗なミスの源がどこなのかを見極めようとする。それは数という概念の論理からの逸脱であり、たとえ毎週毎週総額が減っていこうとも、その価値を決定する信頼できる数字というものへの純然たる侵犯である。


俺はいくつかの就職面接の詳細をエマのために説明した。その進行具合の説明——面接官の発言の声真似や、ときには一字一句違わぬ再現——をエマは楽しんでいたのだ。彼女には俺がそういった男どもや女どもを嘲っているのではないのがわかっていた。これは特殊な形態の問答に対するドキュメンタリー的手法であり、俺たち二人は、いまだ無職の演者自身がこの小品の主題であることを知っていたのだ。

　今、太陽が照っていて、俺は屋根の上で大の字になっている女のことを考えた。女たちはどこにでもいる。エマは握手できるほど近くにいてアウトドアチェアに座り、ラトビア人の女とその対戦相手がテレビ画面に映っている。汗を流し、うめき、行動科学者の先端的研究の対象であるかのような動きでボールを打っている。

　俺たちは一時間かそこら、真面目な話はしなかった。そんなときはエマに委ねることにしていた。彼女には養子にした息子がいて、破綻した結婚生活があり、障害を負った子どもと関わる仕事があった。そして俺には何が。穏やかに風の吹く屋上に行って、部分的に遮られながらも川の流れを眺めることはできた。

　彼女は言った。「あなたは就職面接を楽しみにしているんだと思う。髭を剃って、靴を磨いて」

「ちゃんとした靴が一足だけになってしまった。完全に無頓着ってわけじゃなく、よくある不注意さ」

「そのちゃんとした靴に愛着みたいなものはあるの？」

「靴は人間みたいなものさ。状況に適応するんだ」

　俺たちはテニスを見て、ずんぐりした冷蔵庫内の冷凍室で彼女が冷やしておいた、背の高いグラスでビールを飲んだ。白く曇ったグラスに、黒ビールに、点数に、試合に、対戦。片方の女が空中でラケットを振り、もう一人がテレビ画面の枠から歩いて消え、一人目の女が喜びで奔放に芝生のコートに仰臥し、屋上の女――それが誰であれ――のように、両腕を拡げていた。

「テニスラケットを定義せよ。十代前半のころ、俺は自分にそんなふうに言ってきたんだ」

「ならやってみてよ」彼女は言った。

「それか、やってみるだけな」

「テニスラケット」

「十代前半」

俺は彼女に、以前はよく暗い部屋で両目を閉じ、精神をその状況に没入させていたと話した。たまにだけれども、今でもするし、自分がそうしようとするのに決して気づかないとも話した。ただ暗闇のなかで立つ。ランプがベッド脇のドレッサーに置いてある。そこに俺がいて、両目を閉じる。スタックみたいな感じだ。

彼女は言った。「ある種、型どおりの瞑想のような気がするけど」

「わからないな」

「たぶん頭を空っぽにしようとしてるのよ」

「やってみたことはないよな」

「誰が。私が。ないわ」

「俺は暗闇に対して目を閉ざしているんだ」

「そして自分が何者かを考える」

「たぶんまっさらになって。それが可能なら」

「明かりのついた部屋で目を閉じるのと、暗い部屋で目を閉じるのは、どう違うの？」

「世界に存在するあらゆる違いがある」

「ふざけたことを言わないようこらえてるわ」

彼女は平板な調子で、真面目な顔をして、そう言った。

その瞬間を知り、静かに動く手を感じ、忘れてもいいような断片をすべて集める。ラックに積んだ洗いたてのタオルに、いい感じの新しい固形石鹸に、ベッドに、彼女のベッドにかかったきれいなシーツ。俺たちの青いシーツ。俺が日々を過ごすのに必要なのはこれだけで、俺はこういった日々や夜を、あらゆる者の未来が過去よりも悪いものになるという世に蔓延する主張への、密やかな、俺たちによる抵抗なのだと考えようとしていた。


親父の取り巻きの一人が電話で詳細を伝えてきた。時間、場所、ドレスコードについて。ランチの話だった。だがなぜだ。ミッドタウンにある料理の殿堂でのランチなんて俺には必要なかった。ジャケット着用が求められ、食べ物と生けた花は極上レベル、スタッフは国葬で棺をかつぐ者たちよりも有能と言われているような店でのランチなんて。週末のことで、俺のドレスシャツはクリーニング屋で次の面接の嵐に備えていた。俺は何度も何度も使ったシャツを着なければならず、まずは指に唾をつけて襟の内側をきれいにした。

俺はいつも先に着く。いつも先に到着するのだ。俺はテーブルで待つことにしたが、ロスが現れると、その外見に驚かされた。グレーのスーツとベストに鮮やかなネクタイが、野蛮人のような顎髭とたどたどしい歩調を際立たせていて、俺は親父がやたらと目立つ敗残者か、あるいはその長いキャリアを規定する役を今まさに生きている有名な舞台役者のどちらに近いか確信が持てなかった。

親父は少しずつ、ビロードの長椅子に滑り込んでいった。

「お前は仕事なんかほしくなかったんだな。断ったなんて」

「そうじゃないよ。投資戦略団体のお偉いさんと話してるところさ。可能性はちゃんとあるよ」

「失業中の分際で。有力企業から仕事のオファーが来たんだろうが」

「何社からも。でも俺は偉ぶってはいないよ。あらゆる面を考慮したんだ」

「誰もお前が私の息子だなんて気にしないぞ。誰かしらの息子でも娘でも至るところにいるんだ。堅実な地位に就き、生産的な業務をしている」

「わかったよ」

「お前は大袈裟に考えすぎだ。父親と息子ということを。ほんの数日でお前は自分自身になれるだろうさ」

「わかったよ」

「失業中の分際で」親父は再び、もっともらしく言った。

俺たちは話し、注文し、そして俺は親父の顔を覗き込み続け、ある単語のことを考えた。俺は濃密な現実へと自分を引き込んでいく、少なくとも理論上は立場なり状況なりをはっきりとさせてくれる数単語のことを考える。ここにロスがいて、目は疲れ、猫背になり、右手はかすかに震えている。そして、その単語とは**廃止**だった。この単語にはこの環境にふさわしい洒落たところがあった。だが何を意味していたか？　不活動の状態、おそらくは失われたエネルギーということか、と俺は思った。俺はロス・ロックハートを見ていた。立派に着飾ってはいるが、その人格を形成してきた無慈悲さと狡猾さを欠いていた。

「前にここに来たのは五年ほど前だったが、アーティスに一緒に来るよう説得したんだ。あいつの健康状態は、まだ決定的な衰弱には近づいていなかった。そんなに多くのことは思い出せない。だが、一瞬がな、一つの合間があったんだ。とてもはっきりしている。特別な瞬間が。あいつは私たちのテーブルのそばを案内されていかれる女のことを見ていた。女が座るのを待ち、さらにしばらくのあいだ、見ていた。それからアーティスは、『あの人がもう少しお化粧をしていたら、きっと燃え上がっていたでしょうね』と言ったんだ」

俺はそれを笑い、親父のまぶたの向こうにはどれほど生き生きと記憶が残っているかに気づいた。親父はテーブルの向こうに、数年越しに、ある種の波形であり、かろうじて認識できるようなアーティスを見ていた。ワインが到着し、親父はなんとかラベルを見て、儀礼的にグラスを回し、味見したが、コルクのにおいは嗅がず、ワインを承認するようなことをしなかった。まだ思い出しているのだ。そそぐ許可は出ているのだとウェイターが判断するまでに時間がかかった。俺はそんなすべてを、思春期の勢いによるごとく、何くわぬ顔で眺めていた。

俺は言った。「連中は株式会社優良資産って名前だよ」

「どいつらだ？」

「俺が話をしている連中さ」

「シャツをもう一枚買うんだ。それでそいつらが決断する一助になるかもしれん」

男とはいつごろ自身の父親になるものなんだろうか？　俺はそのときに近いわけではまったくなかったが、ある日、俺が座って壁を見つめ、自分を覆う鎧《よろい》がそのしかるべき瞬間に溶け出し、消えていくときに、そうなるのではないかと問いた。

食べ物が到着し、親父はすぐに食べ始めた。そのあいだ俺は見て考えていた。やがて俺は、親父の動きを止めるような話をした。

俺は親父に、妻——俺の母親である一人目の妻だ——が、自宅のベッドで、話すことも聞くことも、そこに座っている俺を見ることもできずに、どんなふうに死んだかを話した。今まで親父にこの話をしたことはなかったし、なぜ自分が今このことを話しているかもわからなかった。俺が母さんの、マデリンのベッドの脇で、扉のそばで杖にもたれた隣人とともに過ごした数時間のことを。俺は自分が細部にまで踏み込み、できる限りのことを思い出し、やわらかにしゃべりながら、その光景を説明しているのに気づいた。隣人に、杖に、ベッドに、ベッドカバー。俺はベッドカバーがどんなものだったかを説明した。取っ手の部分に翼が彫られた古いオークのドレッサーの話をした。親父はそれを思い出すだろう。心を動かされてほしかったのだと思う。それが起きた最後の数時間を思い浮かべてほしかった。腹黒い動機などまったくなかった。俺たち二人でこれに参加したかったのだ。それに、ここでこのことについて話すのはなんと興味深いことか。忍び足のウェイターに、葬式でのように壁に沿って置かれた白い彼岸花の茎に、俺たちのテーブルのまんなかの小さな花瓶に生けられた一本の白い蘭のあいだで。こういった発言に、苦々しい主題はまったく含まれていなかった。マデリンの部屋の光景自体がそれを許容しなかった。机に、ランプに、ベッドに、ベッドに入った女に、先端部分が分岐した杖。

俺たちは座って考え、しばらくして片方が食べ物をひとかじりし、ワインを一口すすると、もう片方もそうした。室内の至るところで会話が大きな波になっていたが、それは俺が今になってやっと気づいたことだった。

「そのとき、私はどこにいたんだ？」

「『ニューズウィーク』の表紙に出てたよ」

俺は親父が理解しようとしているのを眺め、それから、母さんが危機的な状況だとわかる少し前に親父が表紙に出てる雑誌を見たのだと説明した。

親父はさらに前屈みになり、手の甲が顎にあたっていた。

「どうして私たちがここにいるのかわかるか？」

「前にアーティスと一緒に来たって言ったじゃないか」

「それであいつは永遠に、私たちがここで語ることの一部をなす」

「早すぎる気がするけど」

「私が考えているのはそれだけだ」親父は言った。

親父が考えているのはそれだけ。地下室にいるアーティス。俺もときおりあの人のことを考えている。頭を丸め、裸で、直立し、待っている。自分が待っていることを知っているのか？　順番待ち名簿に載っているのか？　それともあの人は単に死に、消え去ってしまったのか？　自己意識のほんのささやかな揺れを超えて？

「もう戻るべきときだ」親父は言った。「それでお前には一緒に来てほしい」

「あんたは目撃者を求めている」

「私は同伴者を求めているんだ」

「わかったよ」

「一人だけだ。他は誰もいない」親父は言った。「手はずを整えているところだ」

親父は飛行機での長旅の歳月を使い果たすのだろう。俺は親父がロックハートらしさをすっかり失い、ニコラス・サタースウェイトになっていくのを想像した。苦労の多い人生が、いかにしてその原点へと崩れていくのかを。空中での何千マイルが。昼夜の感覚のなくなるあいまいな数時間が。俺たちは、つまり親父と俺はサタースウェイトなのか？　**廃止**。この単語は父親よりも息子の方に、さらに確実にあてはまるのではないかとふと気づいた。不使用、誤用。人生の追求において無駄になった時間。

「あんたはまだあの理念を信じている」

「頭でも心でもな」親父は言った。

「でも前にそうだったほどには、あの理念に対して心の底からの確信をもう維持できていないんじゃないのか？」

「理念は、それが重要になる唯一の場所では、まだ力を持ち続けている」

「立入制限階に戻る」俺は言った。

「私たちはこういったすべてを経験している」

「ずいぶん前だ。そんな気がしないか？　二年だ。人生の半分ぐらいな気がする」

「手はずを整えているんだ」

「さっき言ったばかりだよ。文明の糞みたいな終わりだ。俺たちは行く、そうだ、あんたと俺で。調整してくれ」

俺は次に来るものを待っていた。

「それでお前は他のあれこれを考えることになる」

「絵はいらない。俺は人がほしがるとされるものはほしくないんだ。世俗的なものは放棄しているからってわけじゃない。俺は禁欲主義者じゃない。俺は十分快適に生きている。ただこぢんまりとしていたいだけだ」

親父は言った。「明確な指示を残しておく必要があるな」

「俺はカネを求めはしないよ。カネは単に数えるものと思ってるんだ。財布に入れ、財布から出すものにすぎない。カネは数字だ。明確な指示を残しておく必要があるって言うけどさ。明確な指示ってのは脅すような感じだ。どこかに潜り込みたいよ」

皿と食器が下げられ、俺たちはオールドのマデイラ酒を飲んだ。きっとマデイラ酒というのはすべてオールドなのだ。レストランからは人が消えていき、俺はそれを眺めるのを気に入った。そういった人々みなが、それぞれの状況、務めに向かって意を決して足を進めていくのだ。彼らはオフィスや会議室に戻らねばならないが、俺はそうではなかった。彼らを眺めることで、俺は自分が重役たちの日課の決まり切った過程の外側にいるという、自由の感覚を得られた。実際には俺は失業中ということで仕事の外側にいただけなのだが。

俺たちは、つまりロスと俺は、しゃべらなかった。ウェイターは部屋の遠くの隅にいた。ぶら下がったかごのなかで束になった花々に縁取られた不動の人物で、会計で呼び出されるのを待っていた。雨が降っていて、扉の外に出ると雨に濡れると信じたかった。しばらくのあいだ、俺たちはこれからの旅のことを考え、酒精強化ワインを飲んでいた。

5

俺はエマが全身鏡の前に立っているのを眺める。熱意があったり、陰気だったり、扱いにくかったりといった子どもたちのために学校へと向かう前に、彼女はすべてがきちんとしているか確認しているのだ。シャツにベスト、テーラードスラックスにカジュアルシューズ。衝動的に、俺は鏡像の方へと歩き、彼女の隣に立つ。俺たちは数秒のあいだ見る。二人とも何も言わずに、自意識もなく、ふざけたそぶりもまったくなしに。そして俺はこれが多くを物語る瞬間だと理解する。

俺たちはここにいて、女は賢く、意志があり、冷静というよりも、今起きていることも含めてあらゆる出来事に評価を下している。後ろに流した茶色の髪、かわいらしくするのに興味のない顔。そしてそれによって、俺には名づけようのない性質——優柔不断の対極といった感じだ——を彼女は得ていた。俺たちはかつてしたことがないふうに、互いを見ている。二組の目に、あてもなくさまよう男。背が高く、もじゃもじゃの髪に、細長い顔に、わずかにへこんだ顎に、色あせたジーンズに、その他諸々。

そいつは女が見たがっているバレーのチケットのために並ぶ男であり、彼女が学校で子どもたちの面倒を見るあいだ、何時間も待つのを厭わない。エマこそがその女であり、座席でじっと集中し、ダンサーが旋律にあわせ、指先と爪先をくっつけるのを眺める。

俺とエマはここにいて、こういった何もかもや、それ以上のもののなかにいるのだ。普段は二人の尋問するような視線や、探るような目を逃れるもの、見るべき多くのもののなかに。俺たちは互いに見交わし、そして視線をすっかり払いのけてから、階段を四階分下りて、俺たちが他の連中のあいだに、広々した空間に戻ったことを告げる街路の騒音へと踏み入れるのだ。


俺たちが再び話すまでに――電話でだったが――一週間近くが過ぎた。

「明後日よ」

「もし俺に来てほしいなら」

「あの子に訊いてみる。考えておくわ。物事が切迫してるの」彼女は言った。

「何が起きたんだ？」

「あの子が学校に戻りたがらないの。八月から新学期なのに。時間の無駄だって言って。まったく無意味な時間だって。自分にとって意義のあることを学校は何も教えてくれないって」

俺は電話を手に窓のそばに立ち、磨いたばかりの靴を見下ろした。

「彼には何か代わりのものがあるのか？」

「その質問を何度もしてみたわ。あの子は言質《げんち》を取られないようにしてて。父親も役立たずみたい」

俺は父親が役立たずと聞いて、悪い気がしなかった。それから再び、エマがどうも同じ状態だとわかり、俺は不快に感じた。

「今すぐには、自分が助けになるかはわからない。でも考えてみるよ。あのぐらいの年ごろに自分がどうだったか考えてみる。それでももし彼にその気があるなら、タクシーで道場に行くのは続けよう」

「道場に行きたがらないの。柔術はもう済んだって。今回だけ行く気になったのは、単に私がうるさく言うからだって」

俺は彼女が厳《いか》めしそうにうるさく言っているのを想像した。まっすぐに立ち、早口でまくしたて、携帯電話を握りしめている。彼女は彼と話してみて、それから俺に電話すると言った。

そう聞いてぎくりとしてしまった。俺に電話すると聞いて。それはどの就職面接でも最後に言われることだったのだ。俺には一時間以内に迫った面談があり、全色対応のスポンジで出せるお手軽なつやを却下し、伝統的なポリッシュと、馬の毛のブラシと、フランネルで靴を磨いていたのだ。それから俺は浴室の鏡で顔を見て、二十分前の念入りな髭剃りの効果を再確認した。俺は、ロスの言っていた、鏡のなかの右耳が左耳の鏡像ではなく現実の右耳だった云々という話を思い出した。俺はそれが事実ではないと自分に納得させるのに、相当集中しなければならなかった。


人が普段、意識せずにすること。俺たちが共有していると認めるもののまさに表面下にあるもの。俺はこういった動作が、瞬間が、意味を持つことを求めている。財布を確認し、鍵を確認し、俺たちみなを密かに引き寄せるものを確認する。玄関ドアの鍵を何度もかけ、青い炎が弱まって消えたか、ガス漏れがないかを確認するためにコンロの火口を点検する。
こういったことはいつもどおりという名の睡眠薬であり、いつもどおりに流れていく日常だった。

俺はある朝再びあの女を見た。様式的な姿勢をした女で、今回だけはまわりに小さな男の子がいない。リンカーン・センターのそばの角に立ち、俺は同じ女だと確信した。以前と同じく両目を閉じ、今回は両方の腕を脇に下ろしていた。だが、突発的な警告に身構えるかのように両手は体から離していた。彼女はその場で凍りついていた。だがおそらくそれは間違いだった。彼女は単に精神の深みへの突入を誓い、歩道と目の前を急ぐ人々の方へと顔を向けているだけだった。十代の女の子が機械を向けて写真を撮るのに十分な距離で立ち止まった。俺たちみなのまわりに不安が広がり、大気がどんよりとして暗くなり、空が鳴りそうだった。そして俺は、雨に打たれても女はそのままなのだろうかと考えた。

今一度、俺は彼女の大義なり、使命なりを示すものが何もないことに注目した。女は開けた空間に立っていた。説明なしの存在だ。俺はチラシの置かれた小テーブルや外国語のポスターを見たかった。ローマ字のアルファベットではない言語を求めていた。もっと考えるために何かないか。彼女が別の文化の出身であることをほのめかす、気配なり、雰囲気なり、外見的特徴なりがあった。俺は中国語、ギリシア語、アラビア語、キリル文字の看板を求めていた。国内か国外で軍隊により脅かされた集団だか派閥だかに属している女の嘆願。

外国人だろう。だが女は英語を話す気がした。俺は自分に向かって、女の顔からそれがわかる、その物腰には国境を越えているように思わせるところがあるし、適応しているのだと言い聞かせた。

こいつが男だったら、俺は立ち止まって眺めてなんかいただろうかと考えた。

俺は見続けねばならなかった。他の連中はちらっと見て、二人の子どもが写真を撮り、エプロンをした男が慌てて前を通る。天候が悪化しそうだったので路上の人々の歩調は速まっていた。

俺は近づきすぎないよう気をつけながら、接近していった。

俺は言った。「一つ質問してもいいですか」

反応はない。表情も同じで、両腕はぴんとし、統制がとれている。

俺は言った。「今まで俺は、一体あなたの目的は何か、大義は何かを推し量ろうとしたことがありませんでした。それでももしもポスターでもあったなら、それは抗議のメッセージを伝えていただろうと思ってしまうんです」

俺はわざと一歩下がった。もっとも女は俺を見てなどいなかっただろうが。自分が反応を予期していたとは思わない。女が目を開いて俺を見るかもしれないとは思わなかったし、ほんの数単語さえ口にする可能性があるとも思わなかった。やがて俺は、質問すると言って始めたのに、まだそうしていないのに気づいた。

俺は言った。「それで白シャツに青いネクタイの男の子。この前は、ダウンタウンのどこかで、あなたと一緒に男の子がいた。あの子はどこなんですか？」

俺たちはそのままの状態でいた。姿勢を取るために技能を駆使する人間、いつもながらのタクシーのパニック、そして雨はまだ降りださない。中国語、広東語の看板、ヒンディー語の数単語。俺はこの遭遇が偶然であることを否定する一助になりそうな特殊な難題を必要としていた。女だ。女でなければいけなかったのか？　同一の姿勢でここに男が立っていたら、一体誰が立ち止まって見ただろうか？　俺は、およそ紀元前一〇〇〇年のフェニキア語の看板を掲げた男を想像しようとしてみた。俺はなぜ自分自身に対してこんなことをしているのか？　なぜなら精神が制御不能なほどに働き続けているからだ。俺は再び近づき、女にまっすぐに向きあった。そうしたのは主に、写真を撮りたがる連中の気をそぐためだ。エプロンをまとった男がこっちに戻ってきて、連結したショッピングカートを押していた。四つのカートで、空っぽだった。両目をずっと閉ざした女がいて、彼女は物事をその場で固定し、俺のために往来を止め、ここにあるものをはっきりと見るのを可能にしてくれていた。

女に話しかけるなんて、俺は間違いをしでかしたのか？　押しつけがましくて愚かだった。俺は注意深く行動せよという自らの思想のなかの何かを裏切ってしまったし、女の断固とした沈黙への意志を侵害してしまっていた。

俺は二十分のあいだそこに立ち、女が雨にどう反応するかを見ようと待った。俺はもっと長くそうしていたかったし、そうしていただろうし、去ることに罪の意識を抱きそうだった。だが雨は降ってこず、俺は次の予定のために発たねばならなかった。

以前、アーティスは中国語を話すと俺に言っていなかっただろうか？

俺たちは美術館からそれほど離れていない、人がほとんどいないレストランを見つけた。スタックはブロッコリーを注文し、他は何も頼まなかった。骨にいいんだ、と彼は言った。彼は面長で髪を立て、背中にチャックのついたジョギングスーツを着ていた。

エマはタクシーで彼が始めた話を最後まで進めるよう言った。

「わかったよ。それで僕はオアハカがどこだか考えだしたんだ。ウルグアイかパラグアイにあると推測した。たぶんパラグアイだろうと。たとえトルテック族とアステカ族のおかげでメキシコにあると九十パーセント確信していてもね」

「要点はなんなの？」

「物事をすぐにわかることが必要だったところがあってね。さて、それについて考えてみよう。OAXAKA。いったい何があるか？　O・Aがあって、続けてX・Aがあって、続けてC・Aがある。オア・ハ・カ。僕は自分に知識を与えなかった。オアハカの人口数も民族間の決裂についても、それどころか、スペイン語かスペイン語混じりのインディアンの言葉だろうけど、そこの人が何語を話すのかについても確かめなかった。そして僕は、その場所をそれが属していないどこかに位置づけたんだ」

俺は美術館と、展示された唯一のオブジェのことをエマに話し、彼女がスタックに話し、彼は見てみることに同意した。それだけでも一つの達成だった。

俺が取り持ち役であるのは明らかで、二人のあいだの緊張を和らげるために呼ばれたのだった。そして気がつけば俺はデリケートな主題そのものにまっすぐ向かっていた。

「学校はもういいんだな」

「僕たちはお互いにもういいんだ。僕たちはお互いを必要としていない。来る日も来る日も、無駄なもう一日になるんだ」

「もしかしたら、その気持ちはわかるかもしれないし、思い出せるかもしれない。教師も、科目も、同級生もな」

「意味がないんだ」

「意味がない」俺は言った。「でも他のタイプの、もっとゆるい学校なら。一人で研究して、科目について徹底的に探究するのに時間を使えるなら。それなら君はうまくいく」

「そんなのみんなうんざりなんだ。顔の群れが。僕はどの顔も無視してるんだ」

「どうやって？」

「僕らは毎年、視界を通り過ぎる一千万の顔の違いを知る力を身につける。そうだよね？　僕はだいぶ前に、子どものころ、孤児のときに、自己防衛でこの力を捨て去った。視界をよぎった顔を、後頭部から放り出すんだ。それらすべてを一つの大きなぼやけたものとして見るんだ」

「わずかな例外もある」

「ほんとうにわずかだ」彼は言った。

彼がわざわざつけ加えることは何もなかった。

俺は彼を熱心に見て、できる限りでもっとも熟慮したふうな声音で言った。「岩はある、しかし岩は実存しない」

いったん黙ったのちに俺は言った。「この言明には大学生のときに遭遇して、つい最近まで忘れていた。『人間だけが実存する。岩はある、しかし岩は実存しない。樹木はある、しかし樹木は実存しない。馬はある、しかし馬は実存しない』」

彼は耳を傾け、頭を垂れ、目を細めていた。彼の両肩は少しもぞもぞと動き、この発想に適合していた。**岩はある**。俺たちは岩を見るためにここにいたのだ。展示中のオブジェは屋内用の岩の彫刻であることが公式に示されていた。俺はスタックに、これが大学生時代という遠い昔の記憶の片隅から、この言明を引っ張り出してきたものだと言った。

「神はある、しかし神は実存しない」

俺が彼に言わなかったのは、この思想はマルティン・ハイデガーに属するものだということだった。こいつがナチの原則とイデオロギーに対する確固たる協力を主張した哲学者だとは、俺は本当につい最近まで知らなかった。歴史は至るところにあった。黒ノート〔ハイデガーが一九三二年から一九七〇年代初頭まで黒いノートに書き綴った覚書集のこと。二〇一四年より刊行されたが、反ユダヤ主義的な記述が見られ、スキャンダルになった〕にも、それどころか**樹木**とか**馬**とか**岩**とかいった、もっとも無垢な言葉にさえも。次第に暗くなっていくのだ。スタックには、考えるべき自分自身のねじれた歴史があった。祖先の集団的飢饉についてのだ。彼に、堕落していない岩を想像させてみよう。

この展示は二、三十年ほど前に設置された。同じ岩で、いまだにずっと続いている。ここ数年で俺は三度訪れた。案内係兼監視員で、美術館の隅に座り、帯に羽のついたナバホ族の黒い帽子をかぶった高年に近い女性を除けば、俺はいつもたった一人の見物人だった。

スタックは言った。「僕はよく岩をフェンスに投げていたんだ。人間に投げつけるのでなければ、そこ以外に投げる場所はなくて、僕は人を狙うのはやめなくちゃならなかった。さもないと彼らは僕を監禁して、一日二回、僕に化学肥料を食わせただろうからね」

彼の声には快活さと、十四歳らしい一人よがりがあった。誰が彼を責められただろうか。俺たちはかなりうまくいっていた。彼と俺がだ。きっとブロッコリーのおかげだった。母親は彼の隣に座り、何も言わず、何も見ず、俺たちの話に耳を傾け――そうしていたのだ――用心し、男の子が次に何を言うかわからずにいた。

俺がランチ代を払うと言い張り、エマは屈した。部隊のリーダーという俺の役割を受け入れたのだ。美術館は古い間仕切りなしの建物の三階全体を占めていた。俺たちは一列縦隊で階段をなんとか上った。窮屈な通路には何かしらの雰囲気があった。肌の色素と服の色価を奪うことで、自分たちが白黒に変えられたと思わせるような、弱々しい明かり、階段自体、そして壁自体がだ。

その部屋は縦にも横にも広く、床は厚板で、壁はペンキがはげてへこんでいた。案内係用の古い自転車が、彼女の折りたたみ椅子の隣に位置して、向こうの壁にもたせてあったが、本人がいると示すものは何もなかった。だが岩自体はここにあり、七センチほどの高さの頑丈な鉄板に支えられていた。床に白いテープで鑑賞者が近づいていい限度が示されていた。近くで見よう、でも触れるのはだめだ。エマと俺は部屋の半分ほどの広さの距離を取って停止し、岩の高邁な全体像をとらえようとした。スタックは時間を無駄にしなかった。自分より背の高いオブジェへとまっすぐに向かっていき、自分が見る必要のあるあらゆるものを見つけた。岩に属する、表面上のでこぼこに、突起にくぼみ。今回は巨岩で、形はやや丸く一般的、おそらくもっとも幅広の部分は百八十センチほどある。

俺たちはゆっくりと近づいた。彼女と俺が、静かに。だがそうしたのは岩の彫刻、自然による芸術作品に対する教会でのごとき敬意のためか、それとも俺たちは単にオブジェと観察者――自分を何かしら形のあるものに結びつけることのほとんどない、よくはぐらかす男の子――のつながりを観察していただけなのか？　もちろん彼はテープで記された境界を越えて、なんとか岩に触れようとした。かろうじてだ。そして彼の母親が心の内でのためらい、警告に注目したのを感じた。警告音がやかましく鳴り響くのを待ったのだ。だが、岩は単にそこに位置するだけだった。

俺たちは彼の両側に立ち、俺は一、二分のあいだ、岩とともにあることにした。

それから俺は言った。「よし、やってみよう」

「何？」

「岩を定義するんだ」

俺は彼ぐらいの年のころの自分自身を考えていた。多かれ少なかれ単語の正確な意味を見出そうと決意し、その核心を突きとめるため、指定された単語から他の言葉を引き出していた。これにはいつも苦労したたし、今回の例についても違いはなかった。自然に属する物質のかたまりで、浸食のような力や、流れる水、吹き荒れる砂、落ちてくる雨といったものによって形成される。

定義は簡潔で、信憑性を有する必要があった。

スタックは大きなあくびをし、それから岩から離れ、それを値踏みし、ある程度の距離を取ってその物体を査定した。物質的な特質に、がっしりとした表面に、ゴツゴツに、ギザギザに、突起に、くぼみ。そして彼はそのまわりを歩き、磨かれていない巨体全体に注目した。

「これは硬い。硬い岩だ。石化したもので、主要な鉱物を含有してるか、大昔に死んだ植物や動物の残骸が化石化した鉱物だ」

彼はさらにしゃべり、両腕を胸に寄せた。彼の断片的な発言にあわせて、フレーズごとに手が動いていた。彼は岩と一人で対峙し、そうすることによって、輪郭と形状をそれに与えるために単音節の言葉が求められた。

「公式には例えば、岩は地面に横たわっているか地中に埋まっている、鉱物の大きくて硬いかたまりだ」

俺は感心した。俺たちはそれを見続けていた。外から車の騒音が入ってくるなかで、俺たち三人が岩だ。

スタックは岩に話しかけた。俺たちが見ているんだと岩に言った。彼は俺たちのことをホモ・サピエンスという種の三人のメンバーだと言った。岩が俺たち全員より長生きすると言った。おそらく俺たちの種自体よりも、と。彼はしばらく続け、やがて特に誰に対してというわけでもなく演説を始め、岩には三種類あると言った。俺が名前を思い出そうとする前に、彼はそれらを名指した。岩石学や地質学、大理石や方解石について語り、高揚してくるあいだ、母親と俺は耳を傾けていた。そのとき案内係が歩いて入ってきた。俺は彼女を学芸員と思うことを好んでいた。同じ女で、同じ羽根つき帽子、Tシャツ、サンダルを身につけ、だぼだぼのジーンズには自転車乗車時用のすそどめがくっついている。彼女は小さな紙袋を持ち、何も言わず、椅子に向かい、袋からサンドイッチを出した。

俺たちは黙って、あからさまに彼女を見た。ほとんど何もないに等しい巨大な展示区画。一つの傑出したオブジェが展示され、男や女、犬や猫のほんのわずかな動きにも意味を与えている。中断が入ったあと、俺はスタックに別種の自然である天候について訊き、彼はもう気候には関心がないと言った。気候はとっくにどうでもよくなってしまったのだと言った。彼は物事のなかには、必要でなくなるものがあると言ったのだった。

やがて母親がついに、こわばった囁き声で口を切った。

「当然関心があるんでしょ。気温に、摂氏と華氏、都市に、百四度に、百八度。インド、中国、サウジアラビア。どうして関心がないなんて言うことになったの？　当然関心がある。何もかも、どこに行ったのよ？」

彼女の声は虚ろに響いた。この日には、彼女のまわりのあらゆるものが、虚ろな時間を暗に示していた。息子は父親のところに戻ろうとしていた。そうすると何が起こるのか？　彼が学校に戻らないとなると将来はどうなるのか？　何が待っているのか？　コースを逸れて斜めに進んでいく息子や娘は、親が耐えねばならない罰のようなものに違いない。だが、いかなる罪に対する？

俺はスタックの父親のための名前を必要としていたことを自分に思い出させた。

ここを去る前に男の子が部屋の向こうの学芸員に声をかけ、どうやってこの岩を建物内に入れたか訊ねた。彼女はサンドイッチの中身を確認するために、パンの切り込みの入った側を回転させている途中だった。彼女は、壁に穴をあけて、クレーンつきの平台型トラックからつり上げたのだと言った。初めてここに来たときに俺も同じ質問をしようかと考えたが、この物体は入国用書類もなしに、ずっとここにあったと思う方が面白いということにしたのだった。

岩はある、しかし岩は実存しない。

薄暗い階段を下りるときに、俺は再びこの一節を口にし、スタックと俺はそれが何を意味しているか理解しようとした。それは俺たちの白黒の下降とうまく混じりあった主題だった。


俺はラジオでクラシック音楽を聴いている。俺は思春期に読もうとした難しい種類の小説を読んでいる。往々にしてヨーロッパの作品で、ときどき名もない語り手によるもので、必ず翻訳でだ。音楽に本に、単にそこにある壁に、床に、家具に、居間の壁に掛かっているわずかに傾いた二枚の絵。俺はそれらをあるがままにしておく。俺は見て、そのままにしておく。俺はあらゆる物理的時間を研究している。

二日後に彼女が予告なしで現れた。今まで決してなかったことだ。そして彼女がこれほどまでにぎこちなく、慌てていたことは決してなかった。ジーンズを素速く脱ぐのではなく、もがきながら外へ抜け出ようとし、息子にまつわるあらゆることにつきまとう心をかき乱すような緊張から、自身を切り離す必要があった。

「あの子は私を抱きしめて出ていったの。これ以上恐ろしいことがあるかわからないわ。告別だったのか抱擁だったのか。あの子が自分から抱きしめてきたのはこれが本当に初めてなの」

彼女はまるでただ脱ぐために脱いでいるようだった。俺はシャツを着て、靴と靴下を履いたまま、ベッドの足のところに立っていた。彼女は脱ぎ続けながらしゃべり続けていた。

「あの子は何者なの？　私はあの子のことを一度でも見ていたの？　ここにいるあの子は向こうに行く。私を抱きしめて去った。でもどこへ？　あの子は私の息子じゃない。全然そうじゃなかったの」

「彼は息子だったし、今もそうだ。隅から隅まで君が孤児院から連れてきた子だ。失われた年月から。彼の年月から」俺は言った。「君は初めて会った瞬間から、彼が、法的に以外は、君が当然の権利として主張できない何かを抱えているのがわかっていただろ」

「孤児院。十六世紀から出てきた言葉みたいね。孤児の男の子が王子様になる」

「摂政皇太子」

「若殿」彼女は言った。

俺は笑ったが、彼女は笑わなかった。彼女が教室で子どもたちに与えるすべての命令。そこでも、他のどこでも、鏡のなかの、自分が誰で何を求めているか知っている女。男の子が少しやってくるだけでそのすべてが台なしになる。そして自由になる緊急の必要があった。俺の乱れたベッドの上の竿のような手足。

これから俺は彼女とそれほど会わなくなるのだろう。電話をかけ、かけ直してくるのを待ち、彼女の仕事の時間が長引くのだ。そして今では彼女は静かになった。早めに夕食をすませて帰宅し、一人になり、パシュトー語をあきらめたということ以外に息子の話題はほとんど出さない。学ぶのをやめ、対処すべき現実的問題がない限りは話すのをやめる。彼女の発言は、遠く隔離された場所から、平板な調子でなされているかのようだった。

俺はランニングをすることにした。スウェットシャツ、ジーンズ、スニーカーという格好で、雨でも晴れでも、公園の貯水池のまわりを走りにいった。歩数を数えるアプリの入ったスマートフォンがある。俺は毎日毎日、一歩一歩数え、何万歩にも達した。

6

その女はデスクトップの画面から急に首を動かし、初めて俺を見た。彼女はリクルーターで、今話題になっているのは西コネティカットにある大学の法令遵守・倫理関連担当と記載された仕事だった。会話のあいだ、俺はその言葉を、西コネティカットという三次元の実体を持った部分——丘に、木々に、湖があり、人々がいる——を落として、自分に何度も繰り返し言い聞かせた。

俺は学校の憲章の解釈を担当することになると女は言った。州法と連邦法に照らして、必要となる規制を判断するのだ。いいですね、と俺は言った。女は監督、調整、管理について何かしかを言った。大丈夫です、と俺は言った。女は質問を待っていたが、俺に質問はなかった。女は**双務契約**という用語を持ち出し、俺は彼女に、名前は知らないがある女優に似ていると言った。最近新版が上演された芝居に出ていた誰かだ。その芝居は見ていないが、記事を読み、写真を見たのだと俺は言った。リクルーターはかすかにほほ笑み、彼女の顔はその女優についての詳しい説明を聞くにつれ、リアルなものとなった。女は俺の発言が媚びるような代物ではないのを理解していた。単に俺は気が散っていたのだった。

俺たちは劇場について打ち解けたふうに話し、この時点から、女がこの職を検討するのを俺にやめさせたがっているのが明らかになった。俺が能力不足であるからとか、熱心すぎるからというわけではなく、俺はそこに、その環境に適していなかったからだ。法令遵守・倫理関連担当。女は、仕事リストに記されてあるような権威主義的な言い方でその職について説明したことすべてが、俺の好みにぴったりで、俺の過去の経験にとって中心的なものだと気づいていなかった。

そこいらの連中は両手をポケットから出している。紙コップを持った男、船酔いみたいな様子で自分のゲロの上にしゃがむ女、毛布に座り、体を揺らし、歌うような声をした女。そして俺はどんなときもこれを見て、彼らに何かをやるために立ち止まる。俺が感じるのは、ほんの一瞬の関わりあい、ドルを渡すという関わりあいの背後にある人生を、どうやって想像すればいいかわからないということ。そして俺が自分に言い聞かせているのは、それを見る義務が自分にはあるということだ。

タクシーに、トラックに、バス。車が止まっているときでさえも、騒音は執拗に続く。俺は家の屋上からそれを耳にし、熱に頭を打たれる。それは止まることなく空中を漂う騒音だ。もしもどうすれば聞けるかを知っているなら、昼でも夜でもいつでも聞ける。

俺は八日間連続でクレジットカードを使わなかった。要点はなんだ。メッセージはなんだ。現金はいかなる痕跡も残さない。それが何を意味しようとも。

電話が鳴り、州当局より、サービスの大々的な休止についての録音メッセージが流れる。その声が大々的なと言うのではなく、そんなふうに俺がメッセージを解釈するのだ。

俺は火を切ってからコンロを確認し、それから鍵を開け、再び鍵をかけて、扉に鍵がかかっていることを確認する。

窓から街灯を見て、誰かが歩いて通り過ぎ、古い映画のように長い影を投げるのを待つ。

俺は困難が、今後訪れるどんなものとも同等だと感じる。ロスがいて、未来に直面するという親父の必要がある。エマがいて、俺たちの愛の脆《もろ》い見直しがある。

電話が再び鳴り、同じ録音メッセージが。俺はおよそ二秒間、どの種のサービスが休止するのか考える。それから俺はこのメッセージを受け取ったあらゆる種類の電話、何百万もの人々について考えようとしてみる。だが他の誰かに忘れずにその話をする者など誰もいないだろう。なぜならば俺たちみなが知っていることは共有するに値しないからだ。

ブレスロウはエマの姓で、夫のそれではなかった。俺はそのことはよく知っていて、男の名前をだいたい決めていた。ヴォロディミールだ。彼はこの国で生まれたが、もしもウクライナのものでなければ、彼に名前を与えるのにどんな意義があるのかと俺は考えた。やがて俺はこれがどんなに無駄なことかに気づいた。こんなときに、こんなふうに考えることが。無駄で、浅薄で、冷淡で、不適切だった。

でっち上げたそれぞれの名前は猛爆撃された砂漠の風景に属している。親父のと俺のを除いてだが。

俺はタウンハウス中をうろつき、やっと親父を見つけた。キッチンのテーブルにいて、あぶったチーズサンドイッチを食べている。そばにいた誰かは掃除機をかけていた。親父はあいさつとして片手を挙げ、俺はどうしていたか訊ねた。

「私はもう朝食の後でお決まりの朝の排便に時間をかけないんだ。すべてがゆっくりで鈍ってきている」

「荷造りした方がいいか？」

「軽めにするんだぞ。私は軽めにしている」親父は言った。

親父はふざけようとしているのではなかった。

「日にちはわかるか？　保留にしてる仕事の話があるから、知っておきたいんだ」

「何か食べたいか？　どんな話だ？」

「法令遵守・倫理関連担当で、週に四日間だ」

「もう一度言ってくれ」

「長めの自由な週末があるってことさ」俺は言った。

ロスは青デニムの男になっていた。毎日同じズボンを穿き、カジュアルな青いシャツに、グレーのランニングシューズという格好で、靴下は履いていなかった。俺はサンドイッチとビールをもらった。掃除機の音は次第に弱まり、俺は女なしでこの男が過ごす昼夜を想像しようとした。この男のあらゆる特権も安楽も、今や意味を奪われている。カネだ。俺の考え方や生き方を決定づけたのはカネ、つまり親父のカネだったのか？　俺が親父の申し出を受け入れようが、冷たく断ろうが、それは他のあらゆるものを圧倒するような何かなのだろうか？

「俺にはいつわかるんだ？」

「数日だ。連絡が来る」親父は言った。

「どんなふうに？」

「どんなふうだろうとだ。私は単にいなくなる。しばらくのあいだ、私は仕事の方ではおとなしくなり、それから単にいなくなるのだ」

「でも旅の目的を知ってるやつらもいる。信頼している同僚たちが」

「やつらはある程度のことは知っているよ。私に息子がいるのを知っている」親父は言った。「そして連中は私がいなくなるのも知っている」

俺たちは特に何も言わない状態に戻った。俺は親父の両手が動きだすのを待ったが、ロスは顎髭の向こうに座り、モルガン・ライブラリーの東室の上の方の階を探索したときのことについて長々と話した。開館時間の後で、贅沢に絵の描かれた天井の下に並んだ稀覯本の背表紙のタイトルを記憶したのだ。そして俺はそのとき自分も一緒にいたのを言わないことに決めた。


地下鉄の線路の反対側のプラットホームに女がいた。壁のところに立ち、ゆるいズボンに淡い色のセーターという格好で、両目を閉じていた。誰がそんなことをするのか。地下鉄のプラットホームで人がひしめき、電車が行き来するなかで。俺は女を見て、自分が乗るべき電車が来たとき、乗らずに再び線路が空くのを待ち、彼女を見るのを再開した。女はさらに内側に引きこもっていくようで、だから俺は信じることを選んだ。前にも二度見た女であってほしかった。歩道に立って動かずに両目を閉ざしている女。プラットホームは混みだし、俺は女を見るために立ち位置を変えねばならなかった。俺は女がなんらかの文化的結社の戦争に関わっているのだろうかと考えた。自らの役割、使命の解釈を練り上げている流浪の派閥の一味。これは看板の要点だったのかもしれない。もしも看板があればだが。他の派閥に向けたメッセージだ。別の理論、別の信念の闘士たちへの。

俺はこの考えが気に入った。完全に筋が通っていた。そして俺は自分がプラットホームを離れ、階段を駆け上がり、道を渡り、別の階段を下り、回転式ゲートを通り、反対のプラットホームに行き、女に訊いてみるのを想像した。彼女のグループ、セクトについて。

だがあれは別の女だったし、看板もなかった。もちろん俺には最初からわかっていたことだ。俺には女の側に電車が入り、人々が出てきて、人々が乗るのを待つ以外にすることなど何もなかった。女がそこに立ってはいないだろうと確かめたかった。誰もいないプラットホームの後ろに、両手を腰のところで組み、両目を閉じた女はもういないのだと。


俺は電話をかけてメッセージを残し、ある日、気がつけば彼女の住居の、つまりはエマの住居の道の反対側に立っていた。男がそばを歩いた。埃をかぶった靴を履き、ベルトからは鍵を束ねたリングがぶら下がっている。俺は自分の鍵を確認した。それから道を渡り、ロビーに入り、彼女の部屋のベルを押した。内側の扉はもちろん鍵がかかっていた。俺は待ち、もう一度押した。彼女の学校まで歩き、誰かにエマ・ブレスロウに会わせてもらえないかと頼んでみることを考えた。俺は彼女のフルネームを心のなかで言ってみた。

彼女の携帯電話はもう機能していなかった。先史時代への急降下だ。最後に話したときに、最初に俺は何を言ったか？

法令遵守・倫理関連担当。

それから何を？

西コネティカットの大学。俺たちが出会った馬の飼育場からそれほど離れていない。君もおいでよ。馬に乗れるよ。

俺は彼女の学校へは行かなかった。混雑した街路を長々と歩き、頭を丸めた四人の若い女たちを見た。彼女たちはグループであり、友人同士であった。厭世的で意気消沈した格好をして花道に立つモデルのような、大袈裟な歩き方などしてはいなかった。観光客だ、と俺は思った。北欧からだ。そして俺は彼女たちの外見に意味を読み込もうという気が乗らない試みをした。だがときに、街路が俺を圧倒する。受け入れるべきものがあまりに多く、俺は考えるのをやめ、歩き続けねばならない。

俺は学校に電話した。彼女は短期の休暇中だと誰だかが言った。

仕事が決まり、二週間以内に始まるが、それは学期開始よりかなり前だった。ロスに付き添うときが来た。戻るとき、折りあいをつけるときが。あそこに戻るのを自分がどう感じるかわからなかった。コンヴァージェンスに、あの地表の裂け目にだ。今、設定された日にちや週について、議論の余地はなく、提案できる代案もなかった。俺は状況を、つまり親父の状況を受け入れていた。だが俺はエマに話しておく必要があった。彼女にすべてを伝えるのだ。やっとだ。父親について、母親について、継母について、名前の変更について、立入制限階について、夜にベッドで俺につきまとう、家系にまつわる事実のすべてについて。

その夜遅く、彼女は電話してきた。緊急事態が発生し、重圧が降りかかっているかのような声で一語一語を口にしていた。スタックが消えた。五日前のことだ。彼女は今、デンヴァーでスタックの父親と一緒にいた。いなくなって二日目からそこにいる。警察は失踪者通知を発行した。この事件にあたっている探索部隊があった。彼らはスタックのコンピュータとその他の機器を押収した。両親は私立探偵に連絡した。

彼ら二人、母親と父親、共有された苦悩、失踪を決意する息子の謎。父親は息子が誰かに連れ去られ、監禁されたわけなどないと確信していた。スタックのいつものはぐれたふるまいを超えた、何かしらの行動の徴候があった。それがすべてだった。他に何があるというのか？　彼女は疲れ切っていた。俺は手短に話し、俺がしなければならないことを言い、彼女にどう連絡すればいいか訊いた。彼女はまた電話すると言って、切った。

俺は寝室に立ち、敗北感を抱いていた。それは安っぽい利己的な感情であり、心の痛みだった。雨が窓を打っていて、俺はそれを開き、冷たい風を入れた。それから俺はドレッサーの上の鏡を見て、頭に銃弾を撃ち込んで自殺するシミュレーションをしてみた。俺はさらに三回そうして、そのたびに違った表情を作ってみたのだった。

7

見渡すかぎり砂嵐が吹き荒れ、滑走路にはなかなか近づけなかった。着陸のタイミングを待つあいだ、俺たちの小型飛行機は施設の上空を旋回していた。この高さからだと建物それ自体が図形や形状の模範となっていた。荒野の光景だ。あらゆる線に角度、張り出した翼《よく》の部分が、どこでもない場所にしっかりと設置されていた。

ロスは俺の前の席に座り、狭い通路の向かいの女とフランス語で話していた。飛行機には五席あり、乗客は俺たちだけだった。親父と俺は何時間から何日にも引き延ばされた時間を旅して、一晩をどこかの大使館だか領事館で過ごした。俺は親父が物事を引き延ばしているように感じた。一日でも長生きするために到着を遅らせようとしているのではなく、単に物事を巨視的に見ているのだ。

どんな物事だ？

精神と記憶だ、と俺は推測する。親父の決意。父と息子としての俺たちの邂逅。三十年以上が過ぎ、それに浸っては離れる。

これが長い旅の向かうところだ。自分の背後に何があるかに目を向け、視野を拡げ、規則性を見出し、人々のことを知り、あれやこれやの重要性を検討し、それから自分を呪うか祝福するかし、親父の状況ならば、人生をもう一度すっかりやり直すチャンスがあると自身に言い聞かせるのだ。しかも様々な可能性がある。

親父は狩猟用のジャケットにブルージーンズという恰好だった。

ロスと俺がこの最後の航空機に乗ったときには、女はすでに席に着いていた。彼女は親父の案内人として、最後の数時間へと導いていくのだろう。二人の話は途切れ途切れに聞こえ、ここかしこでフレーズが聞き取れた。すべて手続きと日程に関することで、ある日のオフィスでの仕事の詳細についてだった。女は三十代なかばのようで、病院スタッフを連想させる緑色の上下を着ていた。名前はダリアだった。

飛行機は弧を描いて下っていき、施設が地上から浮かび上がってくるように見えた。まわりには熱く焼けた砂と岩があった。外は砂嵐で、今ではさらによく見えるようになっている。巨大に膨らむ暗い波のなかを、砂ぼこりがただ直立に上る。うねりが生じて垂直になり、一マイルか二マイルの高さになる。俺には何もわからなかった。マイルをキロメートルに換算しようとし、それからこんな現象を指し示す単語をアラビア語で思い浮かべようとした。こんなふうにして、俺は自然の壮観から自分を守ろうとするのだ。単語を考えてみよう。

ハブーブだ、と俺は思った。

嵐の轟音が近づき、風が航空機を揺らすようになると、俺たちは実体的な危険を感じ始めた。女が何か言い、俺はロスに通訳するよう頼んだ。

「畏敬という紛糾だ《ザ・コンプリケイションズ・オブ・オー》」親父は言った。

英語で言っても、フランス語のように響いた。俺はそのフレーズを繰り返し、親父もそうした。そして飛行機は片側を高くして先進的要塞から離れた。俺はこれが、自分が今から歩くだろう無人の廊下に掛かるスクリーンの一つで、自分が遭遇するかもしれない映像の、震える深淵における予告編なのではないかと思い始めた。


俺にはここが前に自分が使ったのと同じ部屋なのか確信がなかった。同じに見えたかもしれない。だが俺はここにいて違いを感じた。今ではただの部屋だった。俺は部屋をじっくり見る必要はなかったし、そのなかに自分が存在しているという端的な事実を分析する必要もなかった。俺は一泊旅行用の鞄をベッドの上に置き、肉体の記憶のなかの長旅を振り払うために、ストレッチをし、スクワットジャンプをした。その部屋は俺の理論化や抽象化のためにあるのではなかった。俺は部屋と一体化しなかった。


ダリアはこの地域の出身だったのかもしれないが、出自はここでは重要ではなく、一般的な分類というのは限定するためどころか、名づけるためになされるのでもないということを、俺は理解していた。

女は俺たちを広い廊下に導き、そこには御影石の土台にしっかりと固定されたオブジェがあった。それは人間の形をしていた。男で、裸で、ポッドに入れられてはいないが、銅や大理石や粘土で作られているわけでもなかった。俺は素材が何かを当ててみようとした。単純な姿勢をした肉体で、ギリシアの川の神でもローマの二輪戦車の御者でもなかった。首のない男が一人。そいつには首がなかったのだ。

　女は振り向いて俺たちに向きあい、後ろ向きに歩きながらときおりフランス語で話し、ロスは面倒くさそうに通訳した。

「これはシリコンと繊維ガラスでできたレプリカなんかじゃない。本物の肉体であり、人の細胞組織であり、人間だ。肉体は定められた時間、皮膚に塗られた凍結防止剤で保存される」

　俺は言った。「首がないな」

　女は言った。「えっ?」

　親父は何も言わなかった。

　他にもいくつか人体があり、女のものもあった。まるで博物館の廊下にでも来たかのように、肉体は明らかに展示されていて、すべて首がなかった。脳は冷凍倉庫にあって、首なしというモチーフは廃墟から掘り出された古典期以前の彫像を意識したものだろうと、俺は考えてみた。

　俺はステンマルク兄弟のことを思った。俺はあの双子のことを忘れていなかった。これは彼らが発想した死後を表現する内装であり、この展示によって暗に示された予言があるのだ、と俺は閃いた。人間の肉体が最新の防腐剤に浸され、未来の芸術市場で主要商品となる。かつて生きていた肉体の意識なき記念像が、オークション会場の展示室に置かれ、あるいはマディソン通りの小洒落た道にある上流階級用の骨董品店のショーウインドーに設置されているのだ。あるいは首のない男と女が、ロシアの寡占資本家《オリガルヒ》所有のロンドンのペントハウス内の広々としたスイートルームの片隅を占める。

アーティスの隣にある親父のカプセルは準備ができていた。俺は前の訪問で見たマネキンのことは考えないようにした。過去の参照とそれへの関係から自由になりたかった。肉体による光景は俺たちが、ロスと俺が戻ってきたことを立証し、もうそれだけで十分だった。

ダリアは扉と壁の色が調和した誰もいない廊下を抜けて、俺たちを連れていった。角を曲がると、驚いたことに扉が半開きになった部屋があり、俺は近づいて覗き込んだ。ありふれた椅子と、様々な用具が一様に広がったテーブルがあり、白いスモックを着た小柄な男が、はるか向こうの壁のベンチに座っていた。

ミニチュアのような部屋で、剝き出しの壁に、低い天井に、ベンチと椅子があり、俺には不吉なものに思えた。だがそれは散髪や髭剃り以上のためのものではなかった。床屋はロスを椅子に座らせ、速《すみ》やかに仕事をし、梳《す》き鋏《ばさみ》と音のしないバリカンを使っていた。彼と案内人は、俺には特定できない言語で短くやりとりをした。そしてふさふさとした髪の毛から親父の顔が現れてきた。髪は顔のための巣だった。剃られた顔というのは悲しく物語る。虚ろな両目、硬直した頰骨の下にくぼみのできた顔、口があらわになった顎。俺は多くを見すぎているのだろうか？　圧縮された空間は誇張に誘う。髪はあらゆるところで落とされ、頭部は小さなわだちや傷を示す。それから眉毛だ。あまりにも速くて、俺はその瞬間を見逃した。

椅子がまわりを囲うなかで、親父の手が震えだし、俺たちは止まらねばならなかった。俺たちは立ったまま眺めていた。俺たちは動かなかった。俺たちは奇妙にも敬虔な沈黙を保っていた。

震えがおさまると、案内人と床屋が再びしゃべりだしたが、理解できなかった。そしてこれは最初にロスから、続いて人造庭園にいたベン＝エズラという男から聞いた言語だと俺は閃いた。二人は、世界に現存するどんな言説の形態よりも表現力豊かでかつ正確な、開発中の言語システムのことを語っていたのだった。

床屋は昔ながらの剃刀《かみそり》と泡を使って、口と顎のあたりのくぼみの仕上げをした。俺はダリアが不規則な音節のような単位で、ときおり平凡で単調な語りの合間に息切れのような中断を入れながらしゃべるのを聞いていた。上半身が傾いていた。左手を動かして、女は何かしらをしていた。

床屋はたどたどしい英語で、体毛はそのときまでにさらに綿密に剃るのだと俺に言った。それから、彼らはロスが椅子から立ち上がるのを手助けした。親父は準備万端に見えた。ひどい話だが、俺が見たのはこんなだった。残されたものは着ている服以外に何もない男。


俺は廊下を歩いた。二回目だったので、角を曲がるたびに多少の記憶が展開していった。扉と壁の数々。空色に染まった長い廊下に、壁の上方と天井の隅に描かれた、かすんだ灰色の飛行機雲らしきもの。俺は何かを考えるために立ち止まった。今までに考えるために立ち止まったことなどあっただろうか？　何者かが歩いて通るまで、時間は中断されているようだった。どんな輩《やから》だろうか？　俺はかつて親父が人間の生のスパンに関して発した言葉について考えていた。俺たちが生きて過ごす時間、文字どおり毎分毎分、誕生から絶命までについて。とても短い期間で、秒単位で数えられるかもしれないと親父は言った。そして俺はまさにそれをしてみたかったのだ。一分間の六十分の一である、秒として知られた間隔という文脈において親父の生を計測する。そうすると俺に何が伝わってくるだろうか？　それは印となるだろう。親父の過ごした昼夜の頑固な流れに沿って、親父が何者で、何を言い、何をし、何をしなかったかを示す、整然とした連続における最後の数字。ある種の記憶の紋章であり、意識の最後の閃きにおいて、親父に囁くものだ。だが結局、俺が親父の年齢を知らないという事実があった。秒という素晴らしき数字に変換するための何年何ヶ月何日という数字を。

俺はそれで動揺しないことにした。この男は子どもが宿題をやっているあいだ、妻と息子を拒絶して扉を出ていったのだ。**サイン、コサイン、タンジェント**。これらは、俺がその時点から続く挿話に結びつけることになる神秘的な言葉だった。その瞬間に、誕生日を含めて、親父の特定の数字にまつわるあらゆる責任から俺は解き放たれたのだった。

俺は再び廊下を歩きだした。俺がここにいるのは一時的にだ。俺ぐらいの年齢、体型で、前にここに来たことのある者の義務をまといながら、一歩一歩進んだ。それから俺はスクリーンを見た。下側の縁が見え、壁一面を覆えるほど幅広いシートが天井の隙間から少し突き出ているのが見える。歓迎すべき光景だった。映像の連続する力によって、時間のなかでの俺の浮遊感は圧倒されるだろう。その衝撃がいかなるものであろうとも、俺には外の世界が必要だった。

俺はスクリーンが床まで下がるであろうところから五メートルほど離れたあたりに立った。どんな出来事が飛び込んでくるのかを考えながら、立って、待った。出来事、現象、啓示。何も起こらなかった。ゆっくり百まで数えたが、スクリーンは今の位置から動かなかった。もう一度やってみた。つぶやいて数を数え、十になるたびに止めるが、スクリーンは下りてこなかった。俺は目を閉じて、しばらく待った。

目を閉じて立つ人々。俺は目を閉ざす疫病の一部だったのだろうか?

長い廊下の無人の静寂、彩色された扉と壁、自分は唯一の人間で動かず、この状況のために設計されたような環境でどうすることもできずにいるという認識。事態は子ども向けの物語に似てきていた。

俺は目を開いた。何も起きない。虚無のなかの少年の冒険。

俺は壁の片側に、宝石を添えられた巨大な頭蓋骨が、メガ頭蓋骨が飾られている石室をはっきりと覚えていた。今回は状況が違っていた。防塵マスク姿の男がロスと俺を、俺がヴィアーと認識した場所、あるいは状況へと連れていった。多数あるなかの一つだが、と俺は思ったが、立入制限階の一つに滑り降りるときに、時間が宙吊りにされる瞬間があり、瞬間でないものがあった。それから俺たちは男について会議室へと入った。他に四人が、長テーブルのそれぞれの側に二人ずつ座っていた。男と女で、全員頭と顔の毛を剃り、ゆるめの白い服を着ていた。

それはロスの服装でもある。親父は比較的注意深く、軽めの刺激剤で奮いたたされていた。案内係は向かいあった椅子に座るよう俺たちに指示し、部屋を去った。俺たちは、六人とも互いをあまりよく見ないよう努めた。誰にも言うことなど一言もなかった。

こいつらはこの役目を自ら選んだ者たちだったが、にもかかわらず、各人が経験した人生の最後の数時間に没入していた。俺はこの状況でアーティスが言わねばならなかったどんなことでも歓迎した。ここにいる連中は赤の他人であり、こいつは俺の父親であり、思慮深い沈黙は、はっきりとした祝福だった。あらゆる狂った執着が、しばらくのあいだ埋もれていた。

長くは待たされなかった。三人の男に二人の女が入ってきた。中年でちゃんとした服装をし、明らかにここへの来訪者だった。一同はかなり離れたテーブルの端に座った。こいつらは後援者だと俺は悟った。ロスが前に説明していたが、個人として私的に後援している連中か、あるいは一人か二人は、どこかの機関か研究所か秘密組織から来た使節なのかもしれなかった。後援者である親父自身がここにいて、今ではネクタイもスーツも身につけず、個人としての来歴もない、坊主頭の失われた人物になっている。

また少し時間が過ぎ、沈黙が流れ、やがて次のお出ましとなった。背の高い陰気な女が来た。タートルネックときつめのズボンという恰好、アフロ・スタイルに丸まった髪にはわずかに白いものが混じっていた。

俺はこういったものを心に留めた。自分相手につぶやき、どんな顔であり、体型であり、服装であるかを特定した。もし俺がこれに失敗するなら、その個人は消えるということなのだろうか？

女はテーブルの片隅に立ち、両手を尻にあて、両肘を突き出しながら、テーブルそのものに向けて話しているように見えた。

「ときに歴史とは、単一の生同士の束の間の触れあいなのです」

女は俺たちに、それについて考えさせた。俺は挙手して具体例を出すことが求められているのだと思ってしまいそうになった。

「私たちには具体例など必要ない」女は言った。「ですが、とにかく一つあります。痛々しいほどに単純なものが。ある科学者がどこそこの研究所の隅で、人目につかず研究している。豆と米で食いつないでいます。理論、公式、合成を完成させられない。精神はなかば錯乱しています。それから彼は世界を半周して会議に出席し、別の方角から来た科学者とランチをし、ほんの少し意見交換する」

俺たちは待った。

「結果はどうか？　結果は、私たちが銀河系における人間の位置を理解するための新たな手段となります」

俺たちはさらに待った。

「あるいは他に何が？」女は言った。「あるいは銃を持った男が群衆のなかから主要国の指導者に歩み寄り、そして何もかもが今までと同じでなくなります」

女はテーブルを見ながら考えていた。

「あなたがたの状況。あなたがたほんのわずかな人々は、復活への旅の手前にいます。あなたがたは完全に、私たちが歴史と呼ぶ語りの外側にいるのです。ここには地平はまったくない。私たちは内省を誓います。自分たちが何者なのか、どこにいるのかを深く追究するのです」

女は彼らを見た。親父に他の四人を一人ひとり。

「あなたがたそれぞれが、自分自身とだけ関わる一つの生になろうとしているのです」

こいつは不気味に響かせようとしたのだろうか？

「圧倒的多数の他の人々は、健康を損ね、死ぬために、そして地下室での準備のためにここに来ます。あなたがたはゼロKと印をつけられます。あなたがたは先駆者であり、時期尚早に入口をくぐることを選んだのです。入口を。壮大なエントランスでも脆弱なウェブサイトでもなく、理念と、熱望と、なんとかなしとげられた現実の複合体をです」

俺には女のための名前が必要だった。今回やってきて、俺は誰にも名をつけていなかった。名前によって、しなやかな肉体に特徴が加わり、出身地が暗に示され、この女がここにもたらした状況を特定する一助になるだろう。

「それはまったくの暗闇でも、完全なる沈黙でもないでしょう。あなたがたにはわかっています。導かれているのですから。まずは生物医学的な改訂作業を受けることになります。今からもう数時間後にです。脳の編集です。やがてあなたがたは自分自身と出会い直します。別の次元での、記憶、アイデンティティ、自己にです。これが我々のナノテクノロジーの要諦です。あなたがたは合法的に死ぬのか、違法になのか、それともどちらでもないのか？　気になりますか？　頭蓋のなかで幻影的な生を過ごすのです。浮遊した思考。受動的なタイプの精神の把握。ピシッ、ピシッ、ピシッ。新たに生まれた機械のように」

女はテーブルのまわりを歩み、反対側から俺たちに演説した。こいつに名前をつけることはもう忘れよう、と俺は思った。これが最後のひとときだったのだ。俺はこの旅を終わらせてしまいたかった。卵管のなかで意志を固めた父親。日々の営みに追われる老いた息子。エマ・ブレスロウが戻ってくる。法令遵守・倫理関連担当の職。財布を確認し、鍵を確認する。壁に、床に、家具。

「もしも私たちの惑星が自己維持的な環境を保全すれば、それは万人にとってどれほどいいことでありながら、どれだけ凄まじくあり得ないことでしょうか」女は言った。「いずれにせよ、地下というのは、進んだモデルが自らを実現するところです。地下にもぐったのは諸々の困難な状況に屈服したからではありません。ここは単に人間の企てによって、必要になったものが見つかった場所にすぎません。私たちは未来の文脈のなかで生き、呼吸をし、今この場所でそうしているのです」

俺はテーブルの向かいのロスを見た。親父はどこか別の場所にいた。夢のように漂っているのではなく、懸命に考え、昔を振り返り、何かを見ようと、あるいは何かを理解しようとしていた。もしかしたら、俺も同じ緊迫した瞬間を思い出しているのかもしれなかった。俺たち二人が部屋にいて、親父が言葉を口にする。

私はあいつと一緒に行く、と親父は言ったのだ。

今、二年が経ち、親父はこの言葉へと通じる道を見出していた。「あちらの世界は、つまり天空の世界ですが」女は言った。「システムに対してまさに敗北しようとしています。人間をエレベーターのボタンと玄関のベルから区別する性質や特性のあらゆる側面における流れをゆっくりと吸収する、透明のネットワークに対してです」

俺は考えてみたかった。「流れをゆっくりと吸収する」について。だが女は話し続けた。テーブルの上から俺たちの方に視線を向け、集団的側面において俺たちをじっくりと見た。地球人たちと丸刈りの別世界人たちを。

「あなたがたのうちの何人かは地上に戻るでしょう。もう感じていませんか？　自律性の喪失を。仮想化されているという感覚を。あなたがたが使う機器類は、どこへでも持っていけます。部屋から部屋へ、毎分毎分、逃れようもなく。自分に肉体がないと感じたことはありますか？　自分を導くのにあなたが依拠する、コード化されたあらゆる衝動。室内のすべてのセンサーがあなたを見て、あなたを聞き、あなたの習慣を追跡し、あなたの能力を測定する。あなたをメガデータに組み込む、連結された全データ。不安になるようなものがありますか？　テクノロジーのウイルス感染、システムの完全なシャットダウン、地球の内破といったことが気になりますか？　あるいはそれはもっと個人的なことでしょうか？　あなたがたはあらゆる場所で、そしてどこでもない場所で起こる、おぞましいデジタル・パニックと深く関わっていると感じていますか？」

女にはZから始まる名前が必要だった。

「ここではもちろん、私たちは継続的に方法を改善しています。私たちの科学を蘇りという神秘に投入しているのです。些末なことでこそこそしているのではありません。適用が休止になることはありません」

ぶっきらぼうな声だ。権威的で、わずかに訛りがある。そして肉体の緊張に、張りつめたエネルギー。ジーナ《Zina》と呼んでよかったかもしれなかった。あるいはザラ《Zara》か。大文字のZが単語を、名前を支配するさま。

扉が開き、男が一人入ってきた。傷んだジーンズに、プルオーバーのシャツに、髪を編んで後ろに垂らしている。これは新しかったが――つまり編んだ髪がだ――この男が双子のステンマルクの片割れだとは簡単にわかった。どちらの方か、そしてそれは重要だったのか？

女はテーブルの片側の端に陣取っていて、男は反対側の端という位置についた。形式張るということもなく、ステージ用の振りつけがなされているようにはまったく思われなかった。二人は互いにあいさつもしなかった。

男は表情と手を連動させた身ぶりをして、我々はどこかで始めねばならないのだから、とにかく起こることを見ているように、と暗に伝えた。

「聖アウグスティヌス。彼が言ったことをお教えしよう。こうだ」

やつはそこで止め、両目を閉じ、自分の言葉は闇に属し、何百年も離れたところから到来するのだという印象を与えた。

「実際、死の最中《さなか》にある人間にとって、死のない死があるということほど大きな禍《わざわ》いはないであろう」

一体なんだ、と俺は思った。

男が両目を開くまでに間があった。それからやつは、はるか向かいの、ザラの頭上の壁を見つめた。

男は言った。「私は、この発言をもたらしたラテン語文法をめぐる瞑想のなかに、それを位置づけようとは思わない。単に難問の一つとして諸君の前に提示するだけだ。考えるためのものとして。肉体を収納するポッドのなかで、諸君が没頭するためのものとして」

前と同じ無表情のステンマルクだ。だがこいつは明らかに年を取っていた。顔はかなりやつれ、両手の静脈は深く青みがかっていた。俺は双子に合計で四つの名を与えたが、それを今復元することはできなかった。

「テロと戦争が今や至るところで起き、我らが惑星の地表を吹き荒れている」男は言った。「そしてそれらすべてはどこまで達するか？　醜悪な類《たぐ》いの郷愁にだ。原始的な武器。リュックを背負って爆弾ベストを着た男。必ずしも大人の男とは限らない。子どもかもしれないし、女かもしれない。その言葉を口にしよう。人力車だ。いまだに町や都市によっては手で引いている。二輪の小型な乗り物で、小型の自家製爆発物だ。そして戦場では、旧ソビエト製の前時代の古い突撃銃に、使い古した昔の戦車。こうしたすべての攻撃に戦いに虐殺が、ねじれた回想のなかに埋め込まれている。ぬかるみでの衝突、聖戦、爆破された建物、どこもかしこも瓦礫だらけの何百もの道に変わり果てた都市。我々を時間に逆行させる接近戦。ガソリンも、食べ物も、水もない。ジャングルで群れる人間ども。無辜《むこ》の者を粉砕し、小屋を焼き、井戸に毒を放つ。血まみれの歴史を蘇らせるのだ」

首を傾け、両手をポケットに入れている。

「そしてポスト都市のテロリストは、自らが帰化した都市や国を捨て、何に貢献するのか？　隔世遺伝的な恐怖を伝えるウェブサイト。恐ろしい民間伝承にある斬首。そして獰猛な禁令、何百年も前からの教義にまつわる論争。別のカリフ領に属する者を殺す。至るところに潜む歴史と記憶を共有する敵。そう名指されていなくとも、それは寄り集まった世界戦争の奔流なのだ。それとも私は狂っているのか？　それとも私は無駄口をたたく愚か者か？　遠く離れた領土でも敗れた戦争。村を急襲し、男を殺し、女を犯し、子どもを連れ去る。何百人も死ぬ。だが考えてもみたまえ。映像も写真もまったくない。すると何が問題なのか、どこに反発があるのか。そして日の当たる場所での武勲。我々はそれをあらゆるときに目にする。燃えさかる戦車とトラック、黒いフードをかぶった兵隊か民兵が、押しつぶされた有刺鉄線のまんなかに立ち、大火を目撃している光景。そのあいだに彼らは焦げた浴槽をハンマーやライフル銃の台尻、車用万力で叩き、先祖代々の打楽器的なビートを夜に向けて放っている」

男はほとんど発作を起こしているような状態に見えた。体は揺れ、両手はぐるぐる回っていた。

やつは言った。「戦争とは何か？　なぜ戦争について語るのか？　ここでの我々の関心はさらに広く、さらに深い。我々は毎分、不滅の肉体と精神についての共有された信念と展望に取り囲まれながら生きている。だが彼らの戦争は不可避になりつつある。戦争とは人間による出来事のぼやけた表面上のさざ波にすぎないのではないか？　あるいは私は脳の病気か？　外の世界には欠損が、集合的意志を導く浅はかな精神がないのだろうか？」

男は言った。「戦争がなければ、彼らは何者なのか？　これらの出来事は執拗なかたまりであり、我々に触れ、我々を拡げ、我々がこれまでに目撃したよりもはるかに巨大で世界規模の一人芝居へと連れていくのだ」

ザラは今、男を見ていて、俺は彼女を見ていた。彼らは地表に張りついていた。そうではないだろうか、二人ともが？　地球とはすべての意味において、太陽から三番目の惑星であり、死すべき存在の領域であり、あらゆる定義において中間である。女には名字も必要だということを俺は忘れたくなかった。俺は女に対して、それについての責任を負っていた。だから俺はここにいたのではなかったか？　超越というダンスを、策略と戯れによって転覆するために？

「自転車に乗る者たち。歩くか、よろめくか、這うかする以外で、戦闘区域における非戦闘員の唯一の移動手段。以前の世界戦争と同じく、走ることは戦闘中の徒党かその光景を報じる報道カメラマンのために残された営みだ。接近戦への切望はあるのか。頭骨を粉砕し、タバコを吸うことへの。神聖なる場における自動車爆弾。何百人もの力によるロケット弾の発射。悪臭漂う地下で暮らす家族。光もなく、熱もない。外では男たちがかつての国の英雄の銅像を取り壊している。神聖化された行為。回想のなかで、追体験のなかで根づく。迷彩服を着た男たちが泥にまみれる。銃弾で傷だらけのジープに乗る男たち。反逆者、志願兵、暴徒、分離主義者、活動家、闘士、反体制派。そして荒涼とした記憶と深い憂鬱へと故郷を戻す人々。死のない死がある部屋のなかの男」

男は再び無表情になった。無表情の体はわずかに揺れている。やつの兄弟はどこだ？　それにこの男とザラとの関係はどんなだ。もっとももしかすると、彼女はナデヤかもしれないが。彼には故郷に残してきた妻がいて——これについてはもうそういう設定にしてある——兄弟は姉妹と結婚したのだ。俺は二人の息のあった語りにおいて、双子が生き生きと論争を交わすのを聞きたかった。いない方の双子はなめらかなナノボディと化し、独りぼっちでポッドのなかで冷やされているのだろうか？　ポッドはすべて同じ高さなのだろうか？　そしてここにはナデヤがいて、テーブルの反対側の端に立っている。やつらは組みあわせを間違えた恋人なのか、それとも赤の他人なのか？

ステンマルクは言った。「黙示録は時間の構造と、長期的な気候と宇宙の大変動に本質的に備わっているものである。だが我々は自ら望んだ地獄《インフェルノ》の徴候を目にしているのだろうか？　そして我々は先進諸国が、あるいはそこまで進んでいない国でも、もっとも地獄然とした兵器を配備し始めるまでの日数を数えているのだろうか？　それは不可避ではないのか？　世界の様々なところにある秘密の避難所。計画中の侵略はサイバー攻撃によって無効化されるのか？　爆弾とミサイルは標的に命中するのか？　我々はこの地下にいて安全なのか？　そしてメガトン数がどれほどであれ、大陸から大陸への衝撃はどれほどの大きさになるのか？　世界の意識への一撃が？　ポスト広島、ポスト長崎はどうなるのか？　粉々にされたかつての都市に戻ること。以前の十万倍も破滅的な原始時代の廃墟。私は死者や、瀕死者や、重傷者のことを考える。懐かしくも人力車に乗せられ、破壊された風景のなかを引っ張られていく。あるいは私は昔の映画の一場面、そのぼやけた記憶のなかに迷い込んでいるのだろうか？」

俺はテーブルの向こう、ロスの隣に座った丸刈りの女を盗み見た。期待や、喜びに近いものが女の顔に見えた。話し手が語らねばならないことなどどうでもよかった。彼女はこの人生を脱して無時間の休息へと滑り込みたがっていた。肉体、精神、そして個人的事情による心もとないしがらみを、すべてあとに残していくのだ。

ステンマルクの話は終わったようだった。両手を体のまんなかで組み、頭を垂れていた。この祈りの姿勢で、彼は同僚に何かしらを言った。彼は居住者の言語を話していた。コンヴァージェンスに特有のシステムで、海のなかでコミュニケーションを取るイルカを連想させるような音声と動作の組みあわせだった。彼女は頭を上下に振ることを含む、拡張された発言で応答していた。頭の動きは他の状況でなら滑稽だったかもしれないが、ここではそうではなかった。ナデヤが頭を上下に振る限りでは。

彼女の訛りは、何を言っているにしてもぼんやりとした泡のなかで消えていた。女は立っていた場所を離れ、テーブルの片側に沿って歩き、片手で先駆者それぞれの頭部に順々に触れていった。

「時間とは複数であり、時間とは同時進行です。この瞬間が起こり、起こり続け、起こるでしょう」女は言った。「私たちがここで開発してきた言語によって、みなさんはこういった概念を理解できるようになるでしょう。あなたがたのなかでカプセルに入る人たちは。あなたがたは新生児となり、時間をかけてこの言葉はしみ込んでいくのです」

女はテーブルの角を曲がり、反対側に進んだ。

「記号、象徴、動作、規則。この言語の名前は、それを発する者にだけ接近できます」

女は親父の頭に手を置いた。俺の父親か、あるいはその形代《かたしろ》に。じきに親父がなるだろう裸のアイコンに。カプセルのなかで眠り、仮想の復活を待つのだ。

女の訛りは今ではさらに目立っていた。たぶん俺がそうなるのを求めたからだ。

「テクノロジーは自然の力となりました。私たちはそれを制御できません。それはこの惑星中を吹き荒れるようになり、私たちに隠れる場所はありません。もちろん、まさにここを、この絶えず変化する飛び地を除いて。ここでは私たちは安全な空気を吸い、近年、私たちを様々な次元で駆り立てた戦闘的本能や流血の絶望の枠外で生きるのです」

ステンマルクは扉の方へと歩いた。

「雄々しき命令など無視するのだ」彼は俺たちに言った。「そんなものは諸君を殺すだけだ」

それから男は行ってしまった。どこへだ。次はなんだ。ナデヤは顔を上げ、部屋の隅へと離れていった。今では両手を挙げ、頬に触れ、そして女はコンヴァージェンスの言語を話していた。彼女には強い存在感があった。だがそいつは何を言っているのか？　誰に向かって？　女は単独の人物だった。自己にこもり、襟の高いシャツと、ぴっちりしたズボンを身にまとっている。俺は他の場所にいる女たちのことを思い浮かべた。主要都市の歩道や大通りにいて、風が吹き、そよ風で女のスカートがまくれ上がる。風を受けたスカートが張りつくさま。両脚の形がはっきりし、そのあいだでスカートが吹き上げられ、ひざと太ももがあらわになる。これは親父の考えだったのか、俺のだったのか？　スカートがはためいて両脚を打つ。爽快な風に打たれ女は横を向き、その力を逃れる。スカートが飛び跳ね、太もものあいだで折り重なる。

彼女はナデヤ・フラバルだった。それが女の名前だった。

8

俺は自室の椅子に座り、誰かが来て、自分を別のどこかへ連れていくのを待っていた。

俺は自由な行動のことを考えていた。一歩一歩、一語一語、地上のどこか、外の世界で俺たちが経験するものだ。空の下で歩いて話し、日焼け止めを塗り、子を孕《はら》み、俺たちが排泄するトイレと俺たちが身を清めるシャワーの脇にある鏡で自分が年を取っていくのを眺める。

今ここに、居住空間に俺はいる。昼と夜は入れ替え可能で、居住者は魔術的な言語を話し、監視し、盗聴している人間に居場所を通知するディスクの入ったリストバンドの着用を強制される、制御された環境にだ。

もっとも俺はリストバンドを着用していなかったが。そうではなかったか？　今回の旅は違っていた。臨終を看取るのだ。父親に付き添い、許容された階の先の、深部まで行くことを許可された息子。

俺は椅子に座ったまましばらく眠り、目覚めると部屋に母親がいた。マデリンか、あるいはその幻影が。なんて奇妙なんだ、と俺は思った。母さんがここで、よりによって今、俺を見つけるとは。夫である時期もあったロスが嘆かわしい選択をしたのに続いてとは。俺はその瞬間に没入していたかった。俺の母親《マイ・マザー》。この二単語が、この巨大なくぼみによって仕切られた空間にどれだけそぐわないことか。ここでは人々は、自らの国籍、過去、家族、名前について、作為的に白紙状態を維持しているというのに。家庭用テクノロジーという分身とともにマデリンが居間にいて、リモコンでテレビを消音にする。ここに母さんがいて、息を吸い、熱を発しているのだ。

俺は昔よく、近所の巨大薬局の荘厳な通路に沿って、母さんについていったものだった。まだつぼみのような、年ごろの男子だったころで、薬の箱やチューブについたラベルを読んでいた。ときたま俺はこっそりと容器を開き、なかに入った印刷物を読んだ。注意、警告、副作用、禁止事項についての大仰な専門用語を見てみたかったのだ。

「うろちょろするのはもう終わりよ」母さんは言った。

母さんがベッドで横になり、死んでいくときほど、俺は人間らしさを感じたことはなかった。それは、弱さや脆弱さにさらされた「ただの人間」と称される者のはかなさではなかった。それは、自分が嘆きによって拡張していく人間だということを俺に理解させた、悲しみと喪失のうねりだった。記憶があったのだ。至るところに、呼び起こされもせずに。映像に、空想に、声があったのだ。そして女の最後の一息が、その息子の抑圧された人間性をどれほど搾り出すことか。杖をついた近隣住民が、いつもそうだが動かずに、扉のそばにいて、母さんが腕の長さほどの触れられる距離にいて、動かない。

マデリンは親指の爪で、購入した品の値札をはがす。俺たちをこんな目にあわせる外の世界のあらゆるものに対する、断固とした復讐の行為だ。マデリンは一つの場所に立ち、両目を閉じて、ある種のリラックスのために両腕を何度も何度も振り回す。マデリンは永遠と思えるほど長く交通チャンネルに見入る。車が音もなく画面を横切り、母さんの視界を過ぎ、運転手と同乗者それぞれの人生に戻っていく。

母さんは母さんなりに普通であり、自由な精神を持ち、俺が帰って安全に過ごせる居場所だったのだ。

付き添いは特徴のない男で、人間というよりも生き物といったふうに思えた。そいつは俺を連れて廊下を進み、やがて食事室の扉を指さし、去っていった。

食べ物は医薬用栄養物といった味で、俺はそれを片づけるにはどうすればいいかを考え、心のなかでどうにかしてしまおうとしていた。そのとき、修道士が歩いて入ってきた。俺はしばらくのあいだ修道士のことは考えなかったが、忘れたわけでもなかった。こいつは俺がいるときにだけここにいるのだろうか？　全身を覆う茶色のローブを着ていて、裸足だった。それはわかったのだが、なぜ、どのようにしてわかったのかはわからなかった。修道士は向かいのテーブルに座り、皿のなかのものだけを見ていた。

「俺たちは前もここにいましたね、あなたと俺で。それでまた二人でここにいる」俺は言った。

俺は堂々と修道士を見た。俺はこいつがチベットの聖なる山でなした旅について説明したことに触れた。それから俺はこいつが食べるのを見た。顔は皿のそばにあった。俺は二人でホスピスに行ったことに触れた。こいつと俺とで、隠れ家へ行ったことに。俺はその言葉を思い出せて、自分で驚いた。

俺はその言葉を二度口にした。修道士は食べ、それから俺も食べたが、俺はこいつを見続けた。長い両手に濃密な外見。修道士は最後の一口をローブにこぼしていた。フォークから落ちたのか、口からこぼれたのか？

修道士は言った。「私は記憶より長く生きたのだ」

こいつは年を取って見え、身にまとったどこの者でもないという雰囲気はこれまでよりも深まっていて、そして実際にそれが俺たちの居所だった。どこでもない場所が。俺はこいつがフォークに載せた食べ物を食べ終えようとしているのを見ていた。

「でも今も、死んで、連れていかれるのを待つ人々のところを訪れていますよね。彼らの感情的、精神的必要のために。それで、あの言語を話されるんでしょうか。ここで話される言葉を話すのですか？」

「全身が拒絶している」

これには勇気が出た。

「私は今ではウズベク語しか話さない」

俺はそれに対してなんと言えばいいのかわからなかった。だから「ウズベキスタン」と言った。

修道士は食事を終えた。皿はきれいになっていた。こいつがここを離れる前に、俺は何か言いたかった。どんなことでもいい。俺の名を教えるんだ。こいつは修道士で、俺は誰だったか？　だが俺は止まらねばならなかった。長い剝き出しの時間、俺は自分の名前を考えられなかった。修道士は立ち、椅子を押して戻し、扉へと歩みを進めた。何者でもないのと、何者かではあるあいだの瞬間。

やがて俺は言った。「俺の名前はジェフリー・ロックハートです」

これはこいつには飲み込めない発言だった。

だから俺は言った。「食べたり、寝たり、精神の幸福について人々に話していないときには、何をされているんですか？」

「廊下を歩く」修道士は言った。


部屋に戻る。そぎ落とされた空間へと。

俺が見たことがなかった、あらゆる区画に部門に部署。コンピュータ・センター、物資調達管理部、攻撃や自然災害用のシェルター、中央指令部。娯楽施設はあったのだろうか？　蔵書に、映画に、チェスのトーナメントに、サッカーの試合は？　立入制限階はどれぐらいあるのか？


親父は手術台の上で裸になっていた。体毛はなかった。親父の時間と人生を、この似たところのほとんどない外形と結びつけるのは難しかった。俺は今まで人間の肉体について、それがどれほど哀しい姿をしているかについて考えたことがあっただろうか。その絶大な力について。親父の肉体からは、それが一人の人間の命であると示すだろうあらゆるものが取り去られている。それは匿名性へと堕したもので、あらゆる通常の反応が、今や弱まっていた。俺は顔をそむけなかった。俺には見る義務があると感じた。俺は観照的になりたかった。そして自分の奇怪な精神のなかのどこか遠くの点で、俺はある種のわずかな報いのことを知っていたのかもしれなかった。不当な扱いを受けた少年の満足だ。

親父は生きていた。麻酔によって落ち着いた段階にとどまっていて、何かを言っていた。あるいはたぶん何かが言われていた。一語か二語が肉体から自然発生的に飛び上がってきているようだった。

スモックに手術用マスクという格好の女が、ロスの反対側に立っていた。俺は、だいたい了承したと示すために女を見て、それから肉体の方に向いた。

「麻布《あさぬの》にジェッソ」

そんなことが聞こえてきたと思う。それから他に、理解できないような不明瞭な発音の断片が聞こえた。くぼんだ顔面と肉体。男のうなだれた一物《いちもつ》。残りの部分は単なる手足で、突き出たパーツだった。

俺は音でしかない言葉に頷き、ほんの少し女と見つめあい、それから再び頷いた。俺はジェッソが美術において使われる用語で、表面か展色剤を意味するということだけは知っていた。麻布にジェッソ〔ジェッソとは、絵を描く前に麻布などに塗る白い下地材を指す〕。

俺はほんの少し親父と二人になることを許され、宙を見つめたまま時間が過ぎていった。やがて他の連中が来て、ロスがカプセル内で過ごす、ゆるやかに時間の流れる長い休暇期間の手はずを整えた。

俺はある部屋へと連れていかれたが、四方の壁すべてに途切れることなく部屋そのものの光景が描かれていた。家具は三つだけで、椅子が二つに低いテーブルが一つだったが、みないくつかの角度から描かれていた。俺は立ち尽くして、首を回し、それから体を回し、壁画をじっくりと見た。四つの平面が、空間的外延である三つの物体の背景であるだけでなく、それ自体の肖像でもあるという事実は、なんらかの深遠な研究方法を適用するに値する主題のように思われた。おそらく現象学だが、俺はその難題には歯が立たなかった。

やっと女が入ってきた。小柄で、スエードのジャケットとニットのズボンという格好できびきびしていた。その両目は光り輝いているように見え、それで俺は、親父の肉体を無遠慮に眺めていたときに、手術用マスクをつけて俺の反対側に立っていた女だと気づいたのだった。

そいつは言った。「立っている方がいいのね」

「そうです」

女はそれについて考えてからテーブルのところに座った。沈黙があった。紅茶とクッキーを載せたトレーを持って入ってくる者はいなかった。

女は言った。「何度も議論したの。ロスとアーティスと私で。私たちは生まれるのを選ぶことなく生まれる。私たちは同じように、選ぶことなく死ななければならないのか？　彼が私たちの好きにさせてくれた資金は決定的に重要だった」

他に俺は何を見たのか？　女はとても魅力的なデザインのスカーフをしていた。年は五十五歳、およそここら辺の出身で、権威ある人物なのだろうと俺は判断した。

「アーティスが地下室に入ってから、私はあなたのお父様と、ニューヨークとメーンでときを過ごした。彼は今までよりもっと気前よくなった。人が変わってしまってはいたけれど。もちろんあなたはそれを知っている。喪失のせいでほとんどずたずたになって。ある種の運命を受け入れることを拒絶するのは、人間の栄誉ではないのか？　私たちがここで求めているのはなんなのか？　命だけ。起こるにまかせましょう。私たちに息吹を」

俺はこの女が、親父への配慮から俺に向かってしゃべっているのだと理解した。親父が頼み、こいつは応じていたのだ。

「私たちには災厄の時代を脱するよう導く言語がある。やがて訪れるときに起こり得るだろうことについて、私たちは考え、語ることができる。なぜ未来時制へと進んでいく私たちの言葉に、全身で従わないでいられるのか？　もし私たちが率直に、意識は持続するだろう、冷凍保存防腐剤が肉体を育て続けるだろうと自身に言い聞かせたら、それは祝福された状態への最初の覚醒となる。私たちはそれが起こるようにするためにここにいる。単にそれを望むのでも、それに這って向かうのでもなく、この企てをあらん限り重要視する」

女がしゃべるときにその指は震えた。俺はわずかに用心した。一瞬一瞬思考に凝り固まる女がいて、あれこれを起こすことに決めている。

「理論だの議論だのはもうたくさんだ」俺は言った。「ロスと俺で、俺たちがどうするかについてあらゆる次元から語り、怒鳴りあった」

「彼はあなたが決して父さんと呼んでくれないって言ってた。まったくアメリカらしくない話ね、と私は言った。彼は笑おうとしたけど、どうしても無理だった」

地味なシャツとズボンという格好で、俺は自分が壁画へとふらついていき、気づかれずに進むのを想像できた。部屋の片隅に立つ陰気な人物。

「人間の生命とは、宇宙の塵のなかに浮遊していた有機物の小さな分子の偶然的な結合である。生命の持続はそれほど偶然的ではない。生命は持続するために、人類の何千という年月のなかで私たちが学んだことを利用する。それほどでたらめにでもなければ、それほど偶然的にでもない。でも不自然にでもない」

「そのスカーフについて教えてください」

「内モンゴルのヤギのカシミヤね」

女がこの事業の重要メンバーの一人であるということがますます明らかになった。双子のステンマルクが創造面での中核であり、冗談好きの空想家なのだとしたら、この女は収入を生み出し、方向を決めていたのだろうか？　こいつはコンヴァージェンスなる理念の発端となった連中のなかの一人だったのか。それをこの過酷な地理に設定し、信憑性と法の限界を超える。ここでの自身の役割を拡げてきた財務担当者であり、哲学者であり、科学者である。この女に特有の経験はなんだったのだろうか？　俺は訊ねはしないだろう。それに名前を訊いたり、こいつのために名前を作ったりもしないだろう。俺なりに進歩したのだった。家に帰るときだ。

だが女は、ロスが俺に訪れてほしがっていた最後の場所があると言った。こいつは俺をヴィアーへと連れていった。女と俺と、二人の付き添いがいて、俺が前に行ったことのある立入制限階よりもさらに奥まで進んだ。どのようにしてそれがわかったのか？　俺はそう感じたのだ。骨の奥底で。もっとも、過ぎ去った時間と上辺の距離がどれほどかを示す手がかりが何もないのは明らかだったが。

俺は壁のくぼんだところへと連れてこられ、呼吸装置と宇宙服に似た防護服を着せられた。着るのが大変ということはなく、この格好のおかげで俺は出来事が非現実的であるという状況に没入することができた。

女は言った。「何かしらの停滞なり、二、三の計画の先延ばしなり、ときおりの災難なりを私たちが耐え抜かねばならなかったのは、単に当然のことでね。希望が挫《くじ》かれた事例もいくつかあった」

女は防毒マスクの向こうから俺を見ていた。

「以前ほどの水準とまではいかないけれども、あなたのお父さんからの支援を維持するための有効な措置がある。財団に、理事に、いくつかの妨害となる制限に、予防手段に、時間的制約がある」

「別方面からの支援があるでしょう」

「もちろん、常にね。でもロスが私たちにしてくれたことは転換点だった。彼の不屈の信念に、彼の世界規模の資源がね」

「たぶん脱落者もいたんでしょうね」

「もっとも影響力のある参加者であろうとする彼の意志」

俺たちは狭い通路に沿ってゆっくりと進むようにさせられた。

壁の一面には、ひびの入った粘土板が水平に設置され、一行にぎっしりと圧縮して、数字、文字、平方根、立方根、プラスとマイナスの記号が刻まれていた。さらには、括弧や無限大やその他の記号が、そういったすべてのまんなかに置かれたイコールの記号とともにあった。論理的、あるいは数学的な等しさを示していた。

俺はその等式によって何を示そうと意図されているのかわからなかったが、訊いてみる気もなかった。それから俺はコンヴァージェンスのことを考えた。名前自体を、単語自体を。二つの異なった力が交点へと接近していく。一息一息の、終わりと始まりの融合だ。粘土板の等式は、死と生の力が重なったときに、一つの人体に起こることを科学的に表現したものだろうか？

「親父は今どこにいるんです？」

「冷却の途中。あるいは、もうじきそうなる」女は言った。「あなたは例の息子なの。もちろん、あなたにはこの場所と同様に、このコンセプトにも疑問があるということを、彼は私に理解させようとした。懐疑というのはある状況では美徳である。もっとも、往々にして薄っぺらなものではあれども。でも彼は決してあなたを頑迷だとも言わなかった」

俺は単に親父の息子というのではなく、例の息子だったのだ。遺族であり、法定推定相続人だった。俺たちは入口トンネルとエアロックのところまで来て、冷凍保存区画に入っていった。もう付き添いはおらず、俺たちはわずかに上りの傾斜になった歩道を進んでいった。じきに開けた空間が目に入り、数秒してそこに何があるのかが見えた。

輝くポッドに入った人体が並んでいて、俺は自分の見ているものを飲み込むために立ち止まらねばならなかった。冷凍されて一時停止状態になった裸の男たちと女たちが、長い縦列と横列を形成していた。女は俺を待ち、俺たちはゆっくりと、ここからはっきりと見える高台へと近づいていった。すべてのポッドは同じ方向を向き、何十、何百とあった。俺たちの道は、それらによって構造化された列を突っ切っていた。肉体は広大な地面のスペース中に並べられ、様々な肌の色をした人間が、画一的な姿勢をして、両目を閉じ、腕を胸の上で組み、両足をきつくくっつけている。余分な肉はないようだ。

俺は前に来たときに、ロスと俺で見た三つの人体のポッドを思い出した。それは罠にかけられ、弱った人間で、希望に満ちた将来への境界領域で立ち往生した一人ひとりの人間の命だった。ここでは、考えるべき、想像すべき生は何もなかった。これは純粋な壮観であり、単一の実体であり、冷凍状態の威厳ある肉体だった。それはある種の先見性のある芸術であり、広範な含意のあるボディアートだった。

心をよぎる唯一の生はアーティスに属するものだった。俺はアーティスがフィールドワークをしているのを思い浮かべた。泥だらけの溝と屈まねば入れない空間の時代について。ものが掘り出される――土のついた道具と武器、切れ目の入った石灰石の断片が。今俺の目の前に広がる人工物には、どこか先史時代に近い何かがあったのだろうか？　未来のための考古学。

俺はモンゴル製スカーフをまとった女がこう言うのを待っていた。地表であらゆるものが壊滅的に崩壊して長く経ったのちに、ある日、復活するよう設計された文明がここにはあるのだ、と。だが俺たちは黙って、歩いては止まり、また歩きだした。

もしこれが、親父が俺に見てほしかったものならば、畏怖と感謝による激しい痛みを感じることは、俺にとって相応の義務だった。そして俺は実際にそうなった。抑えきれない空想に満ちた科学がここにあった。俺は感嘆を抑えることができなかった。

俺は最後には、何十年も前のハリウッドのミュージカル映画に出てくる華々しく振りつけられたダンスのことを思い出した。行進する軍隊のようにダンサーたちの動きはぴったりそろっていた。ここでは、カットもディゾルブも音声も動きもまったくないが、俺は見続けた。

やがて俺は廊下を進む女についていった。荒廃した風景が壁に延々と描かれていて、それらは予言的なものを意図した光景だった。二重の風景であり、それぞれの壁は向かいの壁を反復している。美観を損ねた丘に谷に草地。俺は左を見て、右を見て、再び左を見た。片側の壁ともう片側の壁を比べてみた。それらの絵画は蜘蛛の仕事のように精巧だった。廃墟を強調する繊細さ。

俺たちはついにアーチ状になった入口まで来た。それは狭く小さな部屋に通じていた。壁は石ででき、かすかな明かりがともっている。女が手招きし、俺はなかに入り、数歩前進すると、立ち止まらねばならなかった。

遠くの壁に、二つの流線型のケースがあった。俺がさっき見たものより背が高かった。片方は空で、もう片方には女の肉体が入っていた。部屋には他に何もなかった。もっとよく見るために近づきはしなかった。俺にはあいだに入る空間を維持することが求められているように思えた。

女はアーティスだった。他の誰だというのか？　だがその光景を、現実を飲み込むのにしばらくかかった。あの人の名前をそれにくっつけ、その瞬間が俺に浸透してくるまでには。最後には俺は数歩前に進み、アーティスの肉体の姿勢がポッドに入った他の者たちの姿勢と違っているのを確認した。

あの人の肉体は内側から光っているようだった。爪先で直立し、丸めた頭は上を向き、両目は閉じ、胸は硬くなっていた。それはケースに収められた理念化された人間であるが、アーティスでもあった。両腕は脇にあり、指は太ももに置かれ、両足はわずかに離れていた。

美しい光景だった。創造のモデルとしての人間の肉体だった。俺はそれを信じた。この段階において老いることのない肉体だった。そしてそれはアーティスでもあった。ここに一人でいて、この施設全体の主題を何かしらの尊敬の尺度にしようとしていた。

俺は自分の気持ちを共有しようと思った。たとえ表情か、単に頷くといった、動作によってだけでも。だが俺を連れてきた女を見つけようと振り向いたら、彼女はいなくなっていた。

空のカプセルはもちろんロスのものなのだろう。親父の体型が復活するのだろう。顔には表情があり、脳は（民間伝承では）アイデンティティという湿った次元で機能する準備をしているのだろう。何年も前に、この男と女はどうすれば知ることができただろう。自分たちがこんな環境に住まうことになるだろうと。この地中に、この孤立した部屋に、裸で、絶対的で、おおよそ不死の状態で。

俺はしばらく見て、それから振り返ると入口に付き添いが立っているのに気づいた。若くて、性別はわからない。

だが俺は立ち去る準備ができていなかった。俺はとどまり、両目を閉じ、考え、思い出していた。

アーティスと、シャワーカーテンの水滴を数えるという話を。ここでは、数えるものは、この内側では、無限にあるだろう。**未来永劫**。あの人の言葉だ。この単語の味わい。俺は目を開き、もうしばらくのあいだ見た。息子であり、継息子であり、特権的な目撃者なのだ。

アーティスはここにいて、ロスはいなかった。

俺は付き添いについてヴィアーに乗り、降りてから二十メートルかそこらごとに閉まった扉のある廊下を進んでいった。俺たちは交差点に着き、付き添いが誰もいない廊下を指さした。とても単純な文だ。主語に、目的語に、述語動詞。物事が狭まっていき、そして俺は今、一人になり、体がこの長く広がった空間へと縮んでいった。

やがてなめらかな表面にしわ、ひだが。俺は下り坂にさしかかるとすぐに廊下の突き当たりのスクリーンを確認した。そして俺は再びここにいて、何かが起きるのを待っている。

スクリーンが完全に広がりきるよりも前に、最初の人物たちが現れていた。

白黒の兵隊たちが、霧を抜けて大股で歩いてくる。

凄まじい映像が入り、破壊された乗り物の前の席で大の字になった、迷彩服を着た兵隊の押しつぶされた肉体が見え、ほとんどすぐにカットとなった。

迷える犬たちが都心の遺棄された区域の路上をぶらついている。ミナレットがスクリーンの端に見える。

雪の降るなか兵隊たちが、一様に屈んでいる。十人の男たちが木製のうつわからスープのようなものをすくっている。

不毛の風景を突き進む白い軍用トラックの空からの映像。おそらくドローンによる映像だろう、と俺は考えた。たとえ俺自身に対してだけでも、よくわかっているじゃないかと思わせるために。

音声つきなのに気づいた。かすかな雑音に、エンジンの回る音に、遠くの銃声に、かろうじて聞こえる声。

ピックアップトラックの荷台に腰を下ろした二人の武装兵がタバコを口にくわえている。

ローブとスカーフをまとった男たちが、スクリーンの外にいる標的に向けて石を投げている。

六人の兵隊が荒廃した狭間胸壁のなかで身がまえ、壁の向こうに目を向けている。ライフル銃の台尻が壁の切り込みから突き出ていて、一人は漫画に出てくる人物のようなフェイスマスクを装着している。鮮やかな色をしていて、長いピンク色の顔面に、緑色の眉毛、ルージュの頰に、いやらしい赤い口。それ以外はすべて白黒だった。

俺にはその目的がなんなのか自問する必要はなかった。こういったものすべての背景にある意味について、精神構造について。ステンマルクだ。あいつのおかげでそれはここにあったのだ。会議室にいた集団へのやつの演説の、おおよその視覚的等価物だ。

会議室。あれはいつだったか？　あの集団に正確には誰がいたか？　ステンマルクの世界戦争。情熱的であり、ときおり震えている男。

黒ずくめの男たちが一列縦隊で歩む。それぞれが長剣を手にしている。日が昇り、儀礼的殺人が行われる。頭から爪先まで黒で、冷厳な規律がその歩調で示されている。

掩蔽壕《えんぺいごう》、砂袋が積まれているなかで、兵士たちが眠っている。

大脱出《エクソダス》。人々の大群がどんな持ち物でもなんとかなるものは運んでいる。服に、フロアランプに、カーペットに、犬。彼らの後方ではスクリーン中で火が上がっている。

背景の音声が純粋な音になったことに気づくのに時間がかかった。何かを表現する意図のどんな痕跡も拒絶する、引き延ばされた信号。

機動隊が、幅広い遊歩道を後退する人々にスタン榴弾を投げつけている。

初老の男二人が荒廃した地形を自転車で進む。それから雪に覆われた平野を戦車の縦隊に沿って進む。足を引きずって水路を歩む者が一人、見えていた。

死体。ジャングルの空き地で殺された人々。ハゲワシどもが死体の周辺を歩んでいる。

それはひどかったが、俺は見ていた。俺は他に見ている者たちのことを考えた。他のスクリーンで、他の廊下で、施設全体の様々な階で。

ミニバンの外に子どもたちがいて、入るのを待っている。遠くではまだ黒煙が上がっていて、子どもの一人がそちらを振り返り、他の子どもたちはカメラの方を向いた。無表情だった。

接近戦だ。六、七人の男がナイフと銃剣を手にしている。迷彩のジャケットを着た者がいて、流血に集中し、カメラがクロースアップになり、背の高い男がよろめき、ほとんど倒れそうで、他の者たちはストップモーションに突入している。

ドローンからの別の映像で、荒廃した街が、ゴーストタウンが映り、瓦礫のあいだを小さく映る人々が漁《あさ》り回っている。

髭が伸びた兵士の顔。不慣れな戦士といったタイプで、黒いニット帽をかぶり、タバコが口から突き出ている。

大股でそそくさと歩く聖職者。正教会の司祭だ。肩マントに修道服という、規範的な服装をしている。その後ろを人々が行進し、他の者たちも加わり、絵画を抱え、拳を挙げていた。穴の開いた道路にうつぶせになった死体。爆弾の残骸があらゆるところに。廊下はスクリーンを見る人々であふれている。彼らはみな、俺と同じことを考えている。別の漫画のフェイスマスク——アニメのフェイスマスクだ。他の連中のあいだにいる兵士が現れ、ライフルを上半身で支え、彼の白い顔、紫色の鼻、赤い唇が嘲るような冷笑で丸くなる。後ろから映されていたチャドル姿の女が、車を出て、下を向きながら混雑した広場へと歩いていき、そこで少数の者たちが気づき、見て、散り散りになり始める。カメラは後ろに引き、それから爆発が起きる。純粋に視覚的なもので、スクリーンをバラバラにし、俺たちのまわりの空気をずたずたにするように思えた。見ている者たち全員のまわりの空気を。

墓のそばで嘆く人々、オートマチック銃を肩に掛けた者たちがいて、さっき見えたのと同じ黒煙が遠くにあり、上っても拡がってもいないが、しかし完全に、奇妙なほどに穏やかで、絵の描かれた背景幕に似ていた。

おかしな帽子をかぶった小さな子どもが、雪のなかに糞《くそ》をするため、尻を剝き出してしゃがんでいる。

それから中断が入り、今まで間断なく続いていた、背景に鳴り響く気味の悪い悲しげな雑音が消えていった。スクリーンはありふれた灰色の空で満たされ、カメラはゆっくりと水平になり、最初の印象的な映像が現れた。

兵隊たちが霧を抜けて歩いてきた。

だが今度はそのショットが長引き、男たちは進み続け、そのなかには怪我をした者もいた。足を引きずり、顔は血で汚れ、二、三人はヘルメットだったが、大多数が黒いニット帽をかぶっている。

音声が再び流れる。今度は現実的で、どこかで爆発し、飛行機が低空で飛び、男たちはさらに用心して進み始め、武器を体にしっかりと押しつけている。彼らは燃えるタイヤの山の前を移動して街路に入る。建物は倒壊し、残骸があらゆるところに散らばっている。俺は彼らが砕けた石の上を歩くのを眺める。孤立した叫び声が聞こえたが、じき集中的な武器の発砲により制圧される。

それは、武装した男たちの伝統的な戦争のように見えたし、聞こえた。そして俺はステンマルクが語ったねじれた郷愁を思い出す。あらゆる世界戦争はこの手の映像に埋め込まれている。タバコを口にした兵士に、掩蔽壕で眠る兵士に、頭に包帯を巻き、顎髭を生やした兵士。

至近距離での発砲音と、隠れる男たち。どこから音がするかを探り、撃ち返す。背景の音声は行動と一体化する。やかましく、そばから聞こえ、声が上がり、俺はスクリーンから後ずさらねばならなかった。たとえカメラがより詳細に映すようになってきているにしても。地形に沿って徐行し、クロースアップで男たちの顔を映す。若者もそれほど若くない者も、引き金にかかった指を、破壊された建物の骨組みにもたれる肉体を。それは迅速で、はっきりして、拡大されている。何かが差し迫っているという感覚。そして俺にできたのは、ただ見て聞くことだけだった。音と映像の唐突なごった返し。カメラは揺れ、小刻みに震え、それから壊れた車の残骸のなかに男が立っているのを見つけた。ライフルがその地帯を一掃していた。彼は何度か発砲し、上半身がリズミカルにたじろぐ。彼はひょいと屈み、待つ。俺たちみなが待つ。カメラはそのあたりをじっと映す。それは空虚な残骸であり、小雨であり、そしてやがて一人の人間が見えるところに戻ってきた。運転席にひざまずき、もう一度、砕けた脇の窓から発砲する。沈黙に近い状態が続き、カメラはしゃがんだ男を斜めから映している。彼はヘッドバンドをつけ、ヘルメットはかぶっていない。それから様々な区画で発砲が再開され、映像が揺れ、その男は撃たれた。それは自分が見ていると思っているものだ。カメラは彼を見失い、泥だらけの背景だけを追う。雑音は強烈になり、敏速に発砲され、同じ言葉を繰り返す声、そして彼は戻ってきて、開けた場所をさまよい、ライフルは持たず、カメラが落ち着き、再び撃たれ、膝をつき、俺は見ているときにこういった言葉を自分につぶやく。彼は再び撃たれ、膝をつく、と。その人物のはっきりとした映像が映し出される。カーキ色の野戦用ジャケットを着て、ジーンズとブーツを着用し、先のとがった髪をしている。彼は実物の三倍の大きさで、ここで、俺の上で、撃たれて血を流し、胸にしみが散っている。若い男で、目を閉じ、ずばぬけてリアルだ。

それはエマの息子だった。スタックだった。

彼は前方に倒れ、カメラが回転して離れ、そしてそれはまさにその者、息子であり、少年だった。今、戦車が迫り、俺は再び彼を見る必要があった。なぜならば、たとえ疑いはなかったとしても、それはあまりにも速く展開し、十分な長さではなかったからだ。十二台の戦車のゆるやかな列が砂袋の障害物を突破し、俺はここで立って待っていた。なぜ連中がそれを再び見せるというのか？　だが俺は待たねばならなかった。俺は見る必要があった。戦車はキリル文字とローマ字で書かれた標識のある道を移動していた。**コンスタンティノフカ**。その名の上には頭蓋骨が乱暴に描かれていた。

スタックがウクライナにいる。自衛集団か義勇兵大隊か。他の何であり得るだろう？　俺は見続け、待ち続けていた。リクルーターたちは彼の年齢どころか名前でさえも知っていたのだろうか？　彼は帰郷した地元民だ。本姓、獲得した名前、あだ名。俺が知っているのはスタックだけで、おそらくそれが知るべきことのすべてだ。自分の国になった子ども。

俺はスクリーンが真っ暗になるまでいなければならない。俺は待ち、見なければならない。そしてもしも連中が付き添いをよこしたとしても、その付き添いも待たねばならないだろう。そしてもしもスタックが再び現れなければ、映像が消え、音がなくなり、スクリーンが上がり、廊下全体が暗くなるがままにしよう。他の廊下には何もなく、人々はおとなしく流れるように移動するが、この廊下は暗くなり、俺はここで両目を閉じて立つのだ。これを以前にやったときにはいつも、暗い部屋に立ち、動かず、両目を閉じる。奇妙な子どもと大きくなった男。俺はこんな空間へと自分を進めていたのだろうか。長く冷たい無人の廊下へと。扉と壁の色は調和し、すっかり静まり返り、影が俺の方に流れてきている。

ひとたび闇が完全になれば、俺はただ立って、待つのだろう。懸命に何も考えないようにしながら。

9

俺は歩道から三、四フィートのところにタクシーが駐められているのを見て、それから道路の側溝に膝をついた男を見る。脱いだ靴は背後に置いてある。男はおじぎをして、頭が舗装に向かう。そいつがタクシーの運転手でメッカの方向を向いているということを理解するのに少し時間がかかる。男はメッカに向けておじぎをしているのだ。

週末にはときおり、俺は親父のタウンハウスの客間に、料理担当者という特典つきで滞在する。会社を象徴するような連中の一人で、そういった案件を担当する若めの男が細かいことを語る。平叙文をゆっくりずるずると疑問形へと跳ね上げていく、いかにも今風の話し方でだ。

ときおり俺は博物館に行くことを考える。単に展示室に来た者たちの話す言語を聞くためにだ。前に俺は、紀元前四世紀のキプロスの石灰岩でできた墓標から、武器と鎧の展示されたところまでずっと、男と女を追いかけたことがあった。二人が話を再開するのを待ち、それが何語なのか特定するのだ。あるいは特定しようと挑戦するか、ばかげた推測をこね回す。そいつらに近づいて丁寧に訊ねるという考えは俺のなかにはなかったのだ。

俺は、法令遵守・倫理関連担当という文字の入った、不透明のアクリル板のブース内で画面の前に座っている。ここには上手く適応していた。日ごろの性分という観点からだけでなく、必要不可欠な任務を遂行し、この仕事に固有の言語に順応するために俺が編み出した方法という文脈においてもだ。

車椅子の物乞いが、普通の服装をして、きれいに髭を剃り、しみのついた紙コップではなく、手袋をした手を街路の群衆に向けて突き出している。

会社での親父のキャリア形成には広範な紆余曲折があり、そしてコンヴァージェンスという終わりの場所へ至る。俺は自分に言い聞かせる。自分はこれに対する反動、あるいは報復として人生の内側に身を潜めているのではないのだ、と。とはいえ、俺は永遠にロスとアーティスの陰に立つことになる。そして俺に取り憑いているのは、二人の生の共鳴ではなく、その死に方なのだ。

なぜたまにタウンハウスで一晩過ごせるよう頼んだのか自問するとき、俺は同時に、このなんの変哲もない区域にあるエマの暮らす建物のことを考える。あるいは彼女がかつて暮らしていた場所のことを。そして俺はよく近所を歩いてみる。何を見るのも、何を知るのも期待せず、ただ内にあるものを、痛ましい喪失が影の存在を生み出すさまを感じながら。そして今回、彼女の道で、俺は今まで理解しようとさえもしなかった可能性を悟る。

近所の食料品店で、俺はボトルや紙容器の賞味期限を忘れずに確認する。俺は物資が、パッケージ商品が陳列されているのに手を伸ばし、最後尾から品を取り出す。なぜならば、そこにもっとも新鮮な食パンが、牛乳が、シリアルが置いてあるからだ。

背の高い女たちに、もっと高い女たち。俺は型に則った姿勢をして街路の隅に立っている女を探す。よくわからないアルファベットの看板を掲げていてもいなくてもいい。俺がまだ見ていない、見るべき何があるのだろう。群衆のただなかで動かずにいる人物から学べる教訓にはどんなものがあるか？あの女の場合は差し迫った脅威という問題かもしれない。人間は一人ひとり常にそうしてきた、そうではないか？　中世的だと俺は思う。ある種の前兆だ。あの女は俺たちに身構えるよう伝えているのだ。

ときおり、夢を切り抜けるのに、夢から醒めるのに午前中いっぱいかかってしまう。だが俺は戻ってきて以来、たった一つの夢の断片でさえも思い出すことができない。スタックとは白昼夢であり、画面上にぼんやりと現れた少年兵であり、俺の頭上にまさに衝突しようとしている。

俺は歩いて見て回る。立ち往生してうめきをあげる車列を、地域規制法を飛び越える高層タワーマンションへと跳ね上がっていく外貨を。

俺は学校なる環境で働くという思惑を気に入っている。ある時点でその思惑が些末なことにすぎなくなっていくのがわかってはいながらも。バンが月曜日の早朝に到着するが、その車はマンハッタンで暮らす二人の従業員をすでに乗せている。そして俺たちは大学のあるコネティカットの小さな自治体まで移動する。つつましやかなキャンパスに、平凡な前途の学生たち。俺たちは木曜の午後までいて、それから車で都心に戻る。俺たち三人が、どうでもいい話を展開する新たな作法を案出するさまは興味深い。

長ったらしいゆるやかな人生とは、自分が慣れつつあるという気のしている代物だが、唯一の問題はそれが結局どれほど退屈なのかということだ。

だが俺はそう考えているのか、それとも俺は実質を求めているのか？　日常性という安楽の平衡を保つ方法を？

俺はモノクローム絵画が掛けられた部屋に入り、ロスがどうにか言おうとした最後の言葉を思い出す。**麻布にジェッソ**《ジエッソ・オン・リネン》。俺はその用語から意味を切り離し、それが千年間話されていない、失われた美しい言語の断片なのだと考えようとしてみる。室内の絵画はキャンバスに描かれた油彩《オイル・オン・キャンバス》だが、俺は美術館と画廊に行って、麻布にジェッソを塗ったものと記載された絵画を探そうと自分に言い聞かせる。

俺は何時間も歩き、ときおり、犬の糞《くそ》でできた汚れをかわす。

エマと俺はかつては恋人同士だった。俺のスマートフォンは尻のところにずっと居座る。なぜなら彼女がどこか外に、デジタルの荒野にいて、そして着信音は、めったに鳴らないが、彼女の声かもしれないのだから。少しのあいだ離れていた彼女の。

俺はスライスされた食パンを食べる。冷凍庫で長持ちするからだ。ギリシアやイタリアやフランスのパンではできないことだ。俺はレストランでは厚くてパリパリのパンを食べる。たいてい好んで一人で食べる。

重要とされていなかったとしても、こういった何もかもが重要なことだ。俺たちが食うパンのことは。パンのおかげで自分の先祖が誰なのか気になったが、それもほんの少しのあいだだけだった。

俺は自分が喫煙の習慣を再開することを知っている。起こったすべてのことが理論上は、俺をその方向へと駆り立てている。だが俺は禁欲にスポイルされているようには感じない。過去にそうだったほどには。渇望は去り、そしてもしかしたら、そのことが俺をだめにしているのかもしれない。

タウンハウスの客間の天井からは豪華なランプがぶら下がっている。俺はそれをつけては消す。そのときはいつも絶対に、自分が**ペンダントライト**という言葉を思い浮かべているのに気づくのだ。

路上で、これといってどこかへ向かうのではないときに、俺は財布と鍵を確認する。ズボンのチャックを確認する。ベルトから股まで、あるいは反対方向に、しっかりと閉まっているか確かめる。

安らぎというのは恐怖に比例して強まるということはない。それは限られた時間だけ続く。何日も、それから何ヶ月も心配し、そしてついには息子が到着する。息子は無事で、親はそのあいだひたすら、自身が別の物事や環境や状況に集中できなかったことを忘れるのだ。なぜなら今は息子がいるのだから。さあ、夕食にしましょう。ただ、息子はここにいない。そうではないか？　彼はウクライナの、コンスタンティノフカと読める道路標識の近くのどこかにいる。彼が生まれ、死ぬ場所だ。

様々な言語に、いつも鳴るサイレンに、束になった群衆のなかの物乞い。男か女か、起きているのか寝ているのか、生きているのか死んでいるのか。近づいて、へこんだプラスチックのコップに一ドル札を落とすときでさえも、見分けるのは難しい。

二ブロック進んでから、俺は何か言ってみるべきだったと自分に言い聞かせた。決めておいた何かを言い、話が複雑になりすぎる前に話題を変えるのだ。

俺は大学の事務オフィスのブースに座り、リストの事項に横線を引いていく。項目を消さずに、取り消し線用のチェックボックスをクリックし、消す必要のある画面上の各項目に線を引く。線と項目。時間が経つと、各項目上に引かれた線が目に見える形でやる気を引き出しながら、俺の進歩を示してくれるのだ。取り消し線が引かれる瞬間は最高で、子どものように喜びを感じる。

俺は、俺たちが、エマと俺が、鏡で自分たちを見るのに費やしたわずかな瞬間のことを考える。それは一人称複数であり、混じりあったイメージだった。そしてそれから悲しく嘆かわしい限りだが、彼女に俺が何者なのかを言い損ねてしまったことについて考える。マデリンとロスの、ロスとアーティスの物語を話せず、冷凍されて一時停止になった父親と継母の静物画のような未来について話せなかったのだ。

俺は長く待ちすぎた。

俺は彼女に、切り離された環境で会ってほしかったのだ。俺を作った力の外で。

やがて俺は側溝のヘドロにひざまずいて、メッカの方角を向いたタクシー運転手のことを思い出す。そして俺は、彼の世界における確固とした位置を、この世界での散り散りの生と調和させようとしてみる。

ときおり、俺はあの部屋のことを、切り詰めた部屋の風景のことを考える。壁に、床に、扉に、ベッド。単音節のイメージで、単に抽象的であるにすぎない。俺は自分が椅子に座っているのを見ようとする。それがそこにあるすべてだ。非常に細やかな映像だ。あれにこれに椅子の上の男。付き添いが扉を叩くのを待っている。

修復作業に、足場に、防護用の白い覆いが大きく広がる向こうにある建物のファサード。足場の下に立ち、前を通り過ぎる者全員に怒鳴り散らす顎髭の男。それは俺たちに聞こえる単語やフレーズではなく、純然たる音で、タクシー、トラック、バスによる騒音の一部だった。ただ、それとても人間の発する音なのだ。

俺はカプセルのなかのアーティスのことを考え、俺の断固たる信条に反して、あの人は最低限の意識を経験できると想像してみる。あの人が初めて経験する孤独の状態にあると考える。なんの刺激もなく、反応を引き起こすような人間的活動もなく、記憶の最低限の痕跡がある。それから、俺は内面での独白を想像しようとしてみる。あの人のだ。自ら生み出し、おそらく止めどない、自身の声でもあるような三人称の声による開かれた散文を、単一の低いトーンによる、ある種の旋律を。

公共のエレベーターで、俺は正確にはどこでもない場所にこっそり視線を向ける。自分が他の者たちとともに封じられた箱のなかにいて、誰もじろじろと見られるのに対して自分の顔面を堂々と差し出すことに乗り気でないと知りながら。

エマが電話をしてくるとき、俺はバス停に立っている。彼女は俺に、スタックに起きたことを伝える。口数を最小限に抑えて。彼女は俺に、学校での仕事を辞め、アパートメントを解約し、あの子の父親と暮らすつもりだと伝える。そして俺は二人が離婚したのか別居中だったのか思い出せない。それが重要なわけではないが。バスが来たが行ってしまい、俺たちはもうしばらく話す。静かに、ほとんど知らない者同士であるかのように。そして俺たちはまた話そうと互いに約束する。
そのときを見たのだとは俺は彼女に言わない。

10

街を横切って西から東に向かうバスでのこと。男と女が運転手のそばに座り、女と子どもがバスの後ろに座っている。俺はまんなかに席を見つけて特にどこも見ず、心は空っぽか、ほとんどそれに近い状態だった。燃えるような輝きに、光の奔流に気づきだすまでは。

数秒後、路上は太陽が染める光に満ち、バスはこの輝く瞬間を運ぶかのようだった。俺は両手の甲のきらめきに目を向けた。見て、耳を澄ませ、泣き叫ぶような人の声にぎょっとした。俺は自分の席から振り返り、子どもが立って、後部の窓に向いているのを目にした。バスはミッドタウンにいて西側がはっきりと見え、彼は燃えさかる太陽を指さし、それに向けて叫んでいた。太陽は高層ビル群の並びのあいだで、不気味なほど正確にバランスを保っていた。この密集した都心においては圧巻の見ものだった。その力強さが、巨大な球体の赤いかたまりが。そしてここマンハッタンでは、年に一度か二度、太陽の光線が街路の碁盤目に沿って一直線になるという自然現象があるのを、俺は知っていた。

この出来事がなんと呼ばれているのかは知らなかったが、俺は今それを見ていたし、子どもも同じだった。彼の切迫した叫びはこの状況にふさわしく、ずんぐりとした体で大きな頭をした男の子自身が、この光景に包み込まれていた。

そして今、再びロスがオフィスにいる。潜んでいた親父の幻が俺に、誰だって世界の終わりを思うがままにしたいものさ、と語る。

これはその子が見ていた光景なのか？　俺は自分の席を離れ、子どもの近くに立った。彼の両手は胸のところで丸まり、軽く握られ、やわらかで、震えている。母親は座って穏やかな面持ちで、子どもと一緒に外を見ていた。男の子は叫ぶのにあわせて小さく飛び跳ね、そしてそれは絶えることなく続き、元気を与えてくれるものでもあった。言語以前のうなりだ。俺は、彼になんらかの障害がある――大頭症や知的障害――と思いたくはなかったが、畏敬の念からのこんなわめきは、言葉よりもはるかにふさわしいものだった。

すっかり円形になった太陽が、路上に光を注ぎ、俺たちの両脇の高層ビルを照らす。そして、子どもは空が俺たちに崩れ落ちてくるのを見ているのではなく、地球と太陽の親密な触れあいのなかに純粋な驚きを見出しているのだ、と俺は自分に言い聞かせた。

俺は自分の席に戻って前を向いた。天の光なんかいらない。俺にはこの子の驚きの叫びがあった。

訳者あとがき

現代アメリカを代表する作家ドン・デリーロは一九三六年に生まれ、一九七一年に『アメリカーナ』で小説家デビューを果たす。だが、現在では「ノーベル文学賞にもっとも近い作家たち」の一人に数えられるデリーロが広く一般的に認知されるようになるのは、一九八五年に発表され、全米図書賞を受賞した『ホワイトノイズ』によってであった。このデリーロの出世作は、昨年末にノア・バームバック監督によって映画化されるとともに、都甲幸治氏と私の共訳で水声社より新訳が刊行された。そしてこのたび、原書の刊行からおよそ七年を経て訳出されることとなった『ゼロK』（二〇一六年）は、『ホワイトノイズ』の姉妹編といった仕上がりになっている。

もちろん、そもそもデリーロの各作品間には共通点が多い。デリーロ作品に慣れ親しんできた読者ならば、『ゼロK』をひも解いて、過去の様々な作品の残響を見出すことだろう。例えば、主人公の父親である桁外れの大富豪ロス・ロックハートは、『コズモポリス』（二〇〇三年）――本作は二〇一二年にデヴィッド・クローネンバーグ監督により映画化されている――の若き主人公であり、金融取引によって莫大な財をなしたエリック・パッカーを髣髴《ほうふつ》させる。またロスが、ニコラス・サタースウェイトという本名を改めたという逸話からは、『墜ちてゆく男』（二〇〇七年）に登場する美術商のマーティン・リドナウ――かつてドイツの過激派の一員だったと思しき彼の本名はアーンスト・ヘキンジャーである――を思い出してもいいだろう。

『ゼロK』の主人公ジェフリー・ロックハートは、恋人であるエマの住まいを訪ね、彼女と前夫の養子でウクライナ生まれのスタックの部屋に入り、壁に掲げられた旧ソビエト連邦の地図に載る地名を読み上げるが、そのなかには『アンダーワールド』（一九九七年）の終盤で舞台となるセミパラチンスクも含まれる。現在ではセメイと呼ばれ、カザフスタン共和国内に位置するこの都市には、旧ソ連時代、核実験場が設置――ロスも息子との会話のなかで、「ソビエト政府が核実験を行った場所」に言及している（本書四六頁）――されていた。『アンダーワールド』の結末では、セミパラチンスク市内にある奇形の胎児を展示した「異形博物館」の光景と、「放射能クリニック」にいた奇形の子どもたちの姿が描き出されており、原書が八〇〇頁を超えるこの大作を読み終えた者は、セミパラチンスクという名を決して忘れられなくなることだろう（『アンダーワールド（下）』上岡伸雄、高吉一郎訳、新潮社、二〇〇二年、五六二―五六七頁）。

だが、『ホワイトノイズ』以外の作品にもこのような共通点を数多く見出せる一方で、『ゼロK』がおよそ三十年前のこの出世作に意図的に似せられていることは、両者を一読すれば自ずと明白になる。まず何よりも死が主題となっているところが共通している。『ゼロK』では、ロスの二番目の妻であり、語り手ジェフリーの継母であるアーティス・マーティノーが不治の病に冒され、死を目前にしている。おそらくカザフスタン内と思われる荒野に建造された謎の施設で、彼女の肉体は冷凍保存され、科学技術の進歩により病気の治療が可能となったタイミングで蘇生させる手はずになっていた。六十歳を超えるも健康であった父親のロスは、アーティスの死が間近に迫ると、息子相手に「男は先に死ぬべきではないのか?」(二一四頁)と問い、「私もあいつと一緒に行く」(二二五頁)と言いだす。この「男は先に死ぬべきではないのか?」という台詞は明らかに、『ホワイトノイズ』のジャック・グラッドニーとバベットの夫婦を想起させる。彼らは五十歳前後であり、妻の方には死が差し迫っているわけではなかったが――鉄道事故により空中に漏れた有毒物質を意図せずして吸い込んだジャックは、今のところ健康だが、医学的にはいつ死んでもおかしくない――二人とも死の恐怖に怯え、「どちらが先に死ぬのか?」という疑問を口にしていた(『ホワイトノイズ』、二五頁)。そして、妻のバベットは先に死にたいと言う一方で、ジャックは以下のように思う。

本音を言えば、私は先には死にたくない。孤独か死のどちらかを選べと言われれば、その決断には一秒の何分の一かはかかるだろう。だが私は孤独にもなりたくない。(……)彼女が死ねば、私は混乱して、椅子や机に話しかけるようになるだろう。我々二人を死なせないでくれ、神秘と渦巻く光に輝くあの五世紀の空に向かって、私は大声で叫びたい。我々二人を永遠に生かしてくれ、病気か健康かはどうでもいい。
(一一〇頁)

ここでジャックが考えていることは、ロスの「あいつなしで過ごす人生なんか生きたくない」(一二五頁)という台詞とも、明らかに重なっている。

このような明確な類似は主題にとどまらない。『ゼロK』のジェフリーは謎の施設の廊下にて、スクリーンにたびたび映し出される水害、竜巻、焼身自殺、戦争などの悲劇的な映像をじっと眺めるが、同様に『ホワイトノイズ』のグラッドニー一家――夫婦と四人の子どもからなる――は、自宅での金曜日の晩餐時に、テレビに映し出された「洪水や地震や土砂崩れや火山の噴火」に魅せられる。そして彼らは「もっと壮大でもっと華々しく、もっと圧倒的なやつをもっと見たい、と思った」のだった（七三頁）。大学教授であったジャックは、同僚たちとの昼食時に「どうして善意を持った責任感あるまともな人々が、テレビに映った大惨事に夢中になるんだろうな?」と問う。アメリカ環境学科長のアルフォンスは「自然なことさ、普通なことだ」と応じ、「我々の注意を引くのは大惨事だけだ。我々は大惨事を欲し、必要とし、大惨事に頼っている。それが別のどこかで起こるかぎりはな」と言う（七四―七五頁）。ジェフリーは必ずしもスクリーンに映し出される映像に魅了されているわけではないが、執拗に反復される黙示録的な映像が『ホワイトノイズ』を想起させるのは明白である。

あるいは、些細なところに目を向けても、『ホワイトノイズ』と『ゼロK』のあいだには様々な類似を発見できる。日本には「中二病」なる俗語があるが、両作にもまさにこの病に感染し、親からすると大変扱いにくい十四歳の少年が登場している。前者において両親にたびたび突っかかり、長々と自説を展開するハインリッヒについて、バベットは「いつの日か、バリケードで入口を固めた部屋に立てこもり、無人のショッピングモールで自動小銃を何百発も撃ちまくるんじゃないか、そして彼を捕まえに重火器とメガホンと防弾服を身につけた特殊部隊《SWAT》がやってくるんじゃないか」と心配する（三一―三二頁）。同様に本作でエマは、息子のスタックが「学校に戻りたがらないの。八月から新学期なのに。時間の無駄だって言って。まったく無意味な時間だって。自分にとって意義のあることを学校は何も教えてくれないって」（二二八頁）と不安を口にする。そんなエマに対して、ジェフリーは「十三か十五ならどうってことない。十四歳は花開く最後の季節だ」（二〇〇頁）と応じる。『ホワイトノイズ』でもハインリッヒについて、「十四歳で、成長しようともがきながら、誰にも気づかれまいともしていた。彼の抱えた秘密を我々全員が知っていた」と、わざわざ十四歳であることが強調されている（一一七頁）。

また『ホワイトノイズ』の映画版に目を向けると、ジャックと同僚のマーレイの二人による講義のシーンは、ジャックを演じるアダム・ドライバーの好演により、迫力ある素晴らしいものとなっている。ジャックはヒトラーを、マーレイはプレスリーを実例にして、死についてかわるがわる語り、教室にいた多くの学生たちを魅了する（七八―八二頁）。『ゼロK』でも、ジェフリーからステンマルク兄弟と勝手に命名された、謎の施設で重責を担う双子により、十人前後の聴衆を前にして死を主題とした掛けあい演説が行われるが（八二頁―）、映画版『ホワイトノイズ』を見れば、このシーンがジャックとマーレイによる講義を意識したものだと確信できるだろう。

そして、『ホワイトノイズ』、『ゼロK』ともに、最終章で夕日による神々しい光景が描き出される。意識的に比較するまでもなく、この二作を虚心坦懐に読み進めれば、『ゼロK』が『ホワイトノイズ』の姉妹編であることは誰の目にも明らかになるだろうが、当然ながらデリーロがなしたのは、単なる焼き直しや自己模倣のたぐいでは断じてない。『ゼロK』においては、一九八五年から二〇一六年までの世界の激変がしかと反映されているのだ。

この小説が主題とする、人体を冷凍保存し、発展した未来の科学技術により蘇生させ、永遠の生を実現するという発想は、ジェフリーが指摘するとおり、「別に新しい発想ではない」（一七頁）。『マオ

Ⅱ』（一九九一年）の訳者である渡邉克明氏によると、一九六七年にはすでに、「ミシガン州のクライオニックス研究所において、液体窒素を用いた史上初の人体冷凍保存術が施され」ている（渡邉克明「囁き続ける水滴――ドン・デリーロの『ゼロK』における「生命の保守」」、山口和彦、中谷崇編『揺れ動く〈保守〉――現代アメリカ文学と社会』春風社、二〇一八年、二八二頁）。フィクションに関しても、例えば、手塚治虫による『ブラック・ジャック』の第一四七話「未来への贈りもの」（『ブラック・ジャック⑯』秋田書店、一九七九年、六七―九一頁）は、『ゼロK』と酷似した内容となっている。難病に冒された夫の死を間近にした女性に、ブラック・ジャックはソ連科学アカデミーの医療センターで人工冬眠を施し、科学技術の進歩した未来において治療を受けるという選択肢を提示する。自らも難病に苦しむ妻は、「あたしこの人といっしょにいきます!!」（九〇頁）と訴え、夫とともに冷凍保存されることを選び、二人は隣りあったカプセル内で人工冬眠に入る。もちろんデリーロが『ブラック・ジャック』を参照したかは重要ではなく、ここで確認したいのは冷凍保存した肉体を後々復活させるという発想の陳腐さである。

だが、『ゼロK』で問題になっているのは、「未来への贈りもの」が発表された一九七〇年代末と違い、二〇一六年においてこの技術は、ロスが言うとおり「新しい発想ではない」けれども、それが「今まさに完全なる実現へと近づきつつある」（一七頁）ということなのである。再び渡邉氏の論考を引くと、『ゼロK』で描かれた「「コンヴァージェンス」のモデルとなったのは、アリゾナ州スコットデールにある世界最大の人体冷凍保存施設「アルコー延命財団」（The Alcor Life Extension Foundation）であ」り、「そこには現在一四〇体余りが冷凍保存されて」いて、「その中にはレッド・ソックスで活躍した野球選手テッド・ウィリアムズ（Ted Williams）の遺体も含まれている」とのことだ（渡邉、前掲書、二八二頁）。人体の冷凍保存を行っているのはアメリカの団体だけではなく、二〇一八年九月十四日の『アベマタイムズ』には、冷凍保存施設を提供するロシアのクリオロス（KrioRus）社の代表であるウダロワ・ワレーリヤ・ビクトロブナ氏が登場し、二〇〇三年以降現在までに六十四人が冷凍保存され、そのうちの一人は日本人であると述べている。

『ゼロK』が提起しているのは、『ホワイトノイズ』刊行時よりも科学技術がさらに進歩し、永遠の生でさえも必ずしも絵空事ではなくなりつつある現代において——死の恐怖を除去する薬を必死で求めるバベットの姿も、『ゼロK』読了後には牧歌的に思えてしまうかもしれない——、人間は科学技術による「果実」といかに向きあうべきかという悩ましい問題である。おそらく凍結した肉体を解凍し、第二の人生を謳歌する人間が出現する日も決して遠くないのだろう。そのときに人間社会はどうなってしまうのかを、『ゼロK』を参照して今のうちから熟慮しておくことは、決して気の早い行いではないに違いない。

だが、科学技術の劇的な進歩が描かれる一方で、『ゼロK』は自然災害に対する人間社会の脆弱さを突きつけてもいる。そのことは第一部の「チェリャビンスクの時代に」というタイトルからも明らかである。チェリャビンスクとはロシアの都市名、州名であり、二〇一三年二月十五日に隕石が落下した場所である。幸いなことに死者は出なかったものの、衝撃波により千人以上が負傷し、数多くの建造物に被害が出た。どれほど科学技術が進歩しようとも、被害を防ぎようのない自然災害も数多く存在するという事実が、チェリャビンスクという名によって象徴されているように思われる。実際に、『ゼロK』の出版からおよそ四年後に世界中に拡散した新型コロナウイルスは、いまだに完全に収束する気配を見せず、一九八五年と比べればはるかに進歩しているはずの科学技術といえども決して万能でないことを、人類に知らしめ続けている。

そしてさらには、冷戦終結後も結局は平和など訪れず、人類が戦争の危機から解放されることはないし、むしろ一九九一年の旧ソ連崩壊以来、世界は混迷を増す一方であるということが、第二部の「コンスタンティノフカの時代に」というタイトルにより暗示されている。

スタックがおそらくはウクライナ側の義勇兵大隊に参加し命を落としたコンスタンティノフカとは、二〇二三年五月現在も連日ニュースで言及される、ロシアと国境を接するウクライナ東部のドネツク州の都市である。もちろんスタックが参戦したのは、二〇二二年二月二十四日に始まった「第二次ロシア・ウクライナ戦争」ではなく、二〇一四年の「ロシアによるクリミア半島の強制「併合」と東部ドンバス地方での紛争」からなる「第一次ロシア・ウクライナ戦争」である（小泉悠『ウクライナ戦争』ちくま新書、二〇二二年、二三—二四頁）。二〇一四年にロシアはクリミア半島を併合し、ドネツク州と、その北隣に位置して同じくロシアと国境を接するルハンスク州では、親露派によりドネツク人民共和国、ルハンスク人民共和国創設が宣言される。だが四月の人民共和国創設宣言後、ウクライナの新政権とのあいだで武力紛争が生じ、八月にはロシアが大規模な軍事介入を実施する。二〇一五年二月にミンスクで停戦が合意されるが（ミンスク2）、その後も散発的な小規模の戦闘が続く（服部倫卓、原田義也編『ウクライナを知るための65章』明石書店、二〇一八年、二九三—二九六頁）。スタックが父親と話している「最近あったこと」（二〇八頁）というのも、「第一次ロシア・ウクライナ戦争」のことを指すのだろう。

小泉悠氏は「第二次ロシア・ウクライナ戦争」について、「突然起こったものではなく、それに先立つ文脈が存在していた」（『ウクライナ戦争』、二四頁）と述べているが、『ゼロK』に続いて二〇二〇年秋に刊行された『沈黙』は、この文脈を踏まえてなのか、再び戦争を主題としている。このデリーロの目下のところの最新小説は、近未来である二〇二二年二月十三日を舞台とし、スーパーボウル開始直前に原因不明の大停電が発生し、携帯電話等の通信機器も作動しなくなるなかで、人々が自らの来し方を振り返るという内容である。高校の物理教師であるマーティン・デッカーは、中国人により停電が引き起こされ（日吉信貴訳、水声社、二〇二一年、三七頁）、今起きている事態は第三次世界大戦であると主張するが（八九頁）、停電の原因は最後まで不明であり、その主張にはなんの根拠もない。とはいえ、単なる停電であれば、携帯電話が完全に作動しなくなるとも考えにくいので、それを上回る危機的事態の発生が示唆されていると言えよう。

そして完全なる偶然の符合にすぎないが、ロシアによるウクライナへの侵攻が始まったのが二〇二二年二月二十四日であり、『沈黙』で描かれた一夜とほんの十一日間しか離れていないことには驚きを禁じ得ない。プーチン氏やその側近たちが『沈黙』を読み、そして戦争を決意したなどといったことはあり得ないし、デリーロ氏に霊能力があるわけでもないだろう。だが確かなのは、デリーロがデビュー時から現在に至るまで一貫して、冷徹に世界の現実を見据えてきたことである。このたびの『ゼロK』の訳書刊行をきっかけに、デリーロの優れた作品の数々が、文学ファンのみならず、世界の今について考えることを望む幅広い読者のもとに届いたならば、訳者としてこれほどうれしいことはない。

＊＊＊

『沈黙』と『ホワイトノイズ』に続いて、今回も翻訳を進めるにあたって様々な苦労があった。ジェフリーがスタックを懐柔するために口にする、「人間だけが実存する。岩はある、しかし岩は実存しない。樹木はある、しかし樹木は実存しない。馬はある、しかし馬は実存しない」(Man alone exists. Rocks are, but they do not exist. Trees are, but they do not exist. Horses are, but they do not exist.) という一節(二三四頁)の出典を特定するのにも、既訳書を見つけるのにも、今やネット時代であるにもかかわらず相当骨が折れた。これはマルティン・ハイデガーの『形而上学とは何であるか』(一九二九年)の第五版につけられた序論(一九四九年)からの引用である。この序論は創文社から刊行されている『ハイデッガー全集』の第九巻『道標』(辻村公一、ハルトムート・ブフナー訳、一九八五年)に収録されており、引用部分はその四七一頁に依拠している。出典を特定するまでの過程で、ジョージ・スタイナーの著作には大いに助けられたが、彼による以下の解説を読むと、この引用箇所の言わんとするところが明確になるだろう。

人間だけが「存在を思考する」ことができるというきわめて具体的な意味において、人間だけが「外-にある」'ex-ists'。樹木や岩や神はある*is*けれども、existence〔現実存在、実存〕という言葉を人間が自分の外に立つ(ここからして'ex-ist'にハイフンが入れられる)可能性と解するならば、existするものではない。自分の外に立つとは、存在の光輝に忘我的に身を開きさらすことで、この姿勢には'ex-istence'〔実存〕と'ec-stasy'〔忘我恍惚〕との間の語源学的連関が一つの手がかりとなろう。

(『マルティン・ハイデガー』生松敬三訳、岩波現代文庫、二〇〇〇年、一五七—一五八頁)

他に『ゼロK』では、アウグスティヌスの『神の国』(第十三巻第十一章)から引用がなされているが（二六二頁）、こちらについては金子晴勇氏と泉治典氏による訳文を参照した（『神の国（上）』教文館、二〇一四年、六四〇頁）。

翻訳を進めていると、自分一人ではどうしてもよくわからない部分が必ず出てくるものだが、今回も友人たちに助けてもらった。私よりも一回り若いが、私よりもはるかに賢い盟友の熊澤貴久くんには、IT、ビジネス関連の用語について質問させてもらった。『ブラック・ジャック』の「未来への贈りもの」のことを教えてくれたのも熊澤くんである。大学生時代からの親友で、美術史を専門とする玉生真衣子さんには美術関連でどうしてもうまく訳せない部分について相談させてもらった。熊澤くんと玉生さんのおかげで私の抱いていた疑問の多くが氷解することとなった。本当にどうもありがとうございました。

そして、水声社の小泉直哉さんには、今回もただただ感謝の気持ちしかない。実は一昨年の五月に同じく小泉さんの編集で『沈黙』の訳書が刊行となったときには、すでに私は本書の翻訳に着手しており、二〇二一年末までには刊行するつもりでいたのだが、諸般の事情により、結局当初の予定から一年半も遅れることになってしまった。それでも、最後まで見捨てずに訳文を何度も丁寧にチェックしてくださり――もちろん、本訳書に落ち度があるとすれば、それはすべて私の責任である――本当にどうもありがとうございました。

日吉信貴

二〇二三年五月二十七日

著者・訳者について——

ドン・デリーロ（Don DeLillo）　一九三六年、ニューヨークに生まれる。アメリカ合衆国を代表する小説家、劇作家の一人。一九七一年、『アメリカーナ』で小説家デビュー。代表作に、『ホワイトノイズ』（一九八五年／邦訳＝水声社、二〇二二年）、『リブラ——時の秤』（一九八八年／邦訳＝文藝春秋、一九九一年）、『マオⅡ』（一九九一年／邦訳＝本の友社、二〇〇〇年）、『アンダーワールド』（一九九七年／邦訳＝新潮社、二〇〇二年）、『堕ちてゆく男』（二〇〇七年／邦訳＝新潮社、二〇〇九年）、『ポイント・オメガ』（二〇一〇年／邦訳＝水声社、二〇一九年）などがある。

＊

日吉信貴（ひよしのぶたか）　一九八四年、愛知県に生まれる。現在、明治学院大学、東邦大学等非常勤講師（現代英語文学）。翻訳家。主な著書に、『カズオ・イシグロ入門』（立東舎、二〇一七年）、『カズオ・イシグロ『わたしを離さないで』を読む——ケアからホロコーストまで』（共著、水声社、二〇一八年）など、主な訳書に、キャサリン・バーデキン『鉤十字の夜』（水声社、二〇二〇年）、ドン・デリーロ『沈黙』（水声社、二〇二一年）、ドン・デリーロ『ホワイトノイズ』（共訳、水声社、二〇二二年）などがある。

装幀——宗利淳一

ゼロK

二〇二三年六月二〇日第一版第一刷印刷　二〇二三年六月三〇日第一版第一刷発行

著者——ドン・デリーロ

訳者——日吉信貴

発行者——鈴木宏

発行所——株式会社水声社
東京都文京区小石川二—七—五　郵便番号一一二—〇〇〇二
電話〇三—三八一八—六〇四〇　FAX〇三—三八一八—二四三七
【編集部】横浜市港北区新吉田東一—七七—一七　郵便番号二二三—〇〇五八
電話〇四五—七一七—五三五六　FAX〇四五—七一七—五三五七
郵便振替〇〇一八〇—四—六五四一〇〇
URL : http://www.suiseisha.net

印刷・製本——精興社

ISBN978-4-8010-0732-1